Die unrühmliche Geschichte der
Frankie Landau-Banks

E. Lockhart

Die unrühmliche Geschichte der

Frankie Landau-Banks

Aus dem Englischen von
Katharina Diestelmeier

CARLSEN

Außerdem von E. Lockhart bei *Carlsen* erschienen:
15 Jungs, 4 Frösche und 1 Kuss

CARLSEN-Newsletter
Tolle neue Lesetipps kostenlos per E-Mail!
www.carlsen.de

1 2 3   12 11 10
Alle deutschen Rechte bei CARLSEN Verlag GmbH, Hamburg 2010
Originalcopyright © E. Lockhart 2008
Originalverlag: Hyperion Books for Children, New York
Originaltitel: The Disreputable History of Frankie Landau-Banks
Umschlagillustration: formlabor
Umschlagfotografie: © getty images/Johner;
© iStockphoto/Graça Victoria, Duncan Walker
Aus dem Englischen von Katharina Diestelmeier
Lektorat: Kerstin Claussen
Herstellung: Karen Kollmetz
Satz: Dörlemann Satz, Lemförde
Druck und Bindung: GGP Media GmbH, Pößneck
ISBN: 978-3-551-58216-4
Printed in Germany

Für

Kate, Polly, Cliff, Aaron und Catherine,

meine Freunde vom College, die alles über Golfplatzpartys
und mitternächtliche Abenteuer wissen

Ein Beweisstück

14. Dezember 2007

An: Schulleiter Richmond und das Direktorium der privaten Alabaster-Oberschule

Ich, Frankie Landau-Banks, gestehe hiermit, dass ich allein hinter den Taten des Ehrenwerten Basset-Ordens stecke. Ich übernehme die volle Verantwortung für die Unruhe, die der Orden verursacht hat – für den Bibliotheksbusen, die Wauwaus im Fenster, die Nacht der tausend Hunde, die Rebellion der eingemachten Roten Bete und die Guppy-Entführung.

Das heißt, ich habe die Anweisungen gegeben.
Ich und niemand sonst.
Egal was Porter Welsch Ihnen in seiner Erklärung mitgeteilt hat.
Natürlich sind die Hunde des Ordens menschliche Wesen mit einem freien Willen. Sie haben sich ohne erkennbar Skrupel an den Aktionen beteiligt. Ich habe sie in keinster Weise bedroht oder sie dazu gezwungen, und sie haben aus freien Stücken meine Anweisungen befolgt und nicht, weil sie Angst vor Repressalien haben mussten.
Sie haben mich aufgefordert, Ihnen ihre Namen mitzutei-

len. Bei allem Respekt, dieser Aufforderung möchte ich nicht nachkommen. Es ist nicht an mir, ihnen einen tadeligen oder untadeligen Ruf zu verleihen.

Ich möchte betonen, dass viele der Eskapaden des Ordens einen sozialkritischen Hintergrund hatten. Und dass wahrscheinlich viele der Ordensmitglieder durch die Aktivitäten, die ich angeordnet habe, von einem viel selbstzerstörerischen Verhalten abgehalten wurden. Von daher haben meine Aktionen vielleicht zu einem größeren Ganzen beigetragen, trotz der Unannehmlichkeiten, die Sie zweifellos dadurch erlitten haben.

Ich habe vollstes Verständnis für die Ungehaltenheit der Verwaltung über die Vorfälle. Ich sehe ein, dass mein Verhalten den reibungslosen Betrieb Ihrer patriarchalen Einrichtung gestört hat. Und doch möchte ich Ihnen nahelegen, jedes der Projekte des Ehrenwerten Ordens mit einer gewissen Gehaltenheit zu betrachten angesichts des kreativen zivilen Ungehorsams politisch bewusster Schüler und ihrem Willen, sich künstlerisch auszudrücken.

Ich bitte Sie nicht darum, mein Verhalten zu entschuldigen; ich möchte nur, dass Sie es nicht schuldigen, ohne seinen Kontext zu berücksichtigen.

Mit freundlichen Grüßen
Frances Rose Landau-Banks,
10. Klasse

Schwan

Obwohl es im Nachhinein betrachtet nicht so spektakulär war wie die Missetaten, die sie als Zehntklässlerin nach ihrer Rückkehr ins Internat verüben würde, war das, was mit Frankie Landau-Banks im Sommer nach der neunten Klasse passierte, doch ein Schock. Zumindest war es schwerwiegend genug, um Frankies konservative Mutter Ruth zu beunruhigen und um verschiedene Jungen aus Frankies Nachbarschaft in New Jersey zu Gedanken (und sogar Taten) zu provozieren, die sie bisher nie für möglich gehalten hatten.

Frankie selbst war ebenfalls verunsichert.

Zwischen Mai und September wuchs sie zehn Zentimeter und nahm zehn Kilo zu, genau an den richtigen Stellen. Aus einem dürren, linkischen Kind mit viel zu großen Händen im Vergleich zu den Armen, einer krausen, nicht zu bändigenden braunen Mähne auf dem Kopf und einem so kantigen Kiefer, dass Grandma Evelyn mitfühlend erklärte: »Wenn man eine Schönheitsoperation in Betracht zieht, kann es nicht schaden, das noch vor dem College zu erledigen«, wurde eine kurvenreiche, unkonventionell aussehende junge Frau, was die Jungen ausgesprochen anziehend fanden. Sie wuchs in ihr knochiges Gesicht hinein, bekam eine fülligere Figur und verwandelte sich von einem nicht gerade ansehnlichen Kind in eine Sahneschnitte – alles, während sie ruhig in einer Vorort-Hängematte lag, Kurzgeschichten von Dorothy Parker las und Limonade trank.

Das Einzige, womit Frankie selbst zu der Veränderung beigetragen hatte, war der Kauf einer Pflegespülung, um ihre krause Mähne zu bändigen. Es war nicht ihre Art, sich an einer Typänderung zu versuchen. Auch ohne die war sie in Alabaster ganz gut klargekommen, und das, obwohl ihr Internat (wie ihre ältere Schwester Zada immer sagte) eine Einrichtung war, in der das Verhältnis von weißen Protestanten angelsächsischer Herkunft zu anderen Protestanten zehn zu eins betrug, die Katholiken so gut wie gar nicht in Erscheinung traten und die Mitglieder des »Stammes« größtenteils ihre Namen von so was wie Bernstein in so was wie Burns abgeändert hatten.

Frankie war in Alabaster auf Grund der Tatsache durchgekommen, dass sie Zadas kleine Schwester war. Als Frankie dort in der neunten Klasse angefangen hatte, war Zada in der zwölften gewesen, und wenn sie auch nie zu den angesagtesten Schülern gehörte, besaß Zada doch einen festen Freundeskreis und genoss einen gewissen Ruf, weil sie mit ihrer Meinung nicht hinter dem Berg hielt. Sie hatte Frankie im ersten Schulhalbjahr hinter ihrer Gruppe aus Elft- und Zwölftklässlern herzockeln lassen und allen klargemacht, dass man ihre kleine Schwester besser in Ruhe ließ. Sie erlaubte Frankie, bei

Bedarf mit ihr Mittag zu essen, und stellte sie Leuten aus der Rudermannschaft, der Lacrossemannschaft, der Schülermitverwaltung und dem Debattierklub vor. In Letzterem wurde Frankie Mitglied – und es stellte sich heraus, dass sie eine erstaunlich harte Gegnerin war.

Frankie hatte ihren Teil zur Übereinkunft bezüglich ihres neunten Schuljahres beigetragen, indem sie Zada nicht mehr in Verlegenheit brachte als unbedingt nötig. Sie trug die Kleider, die Zada ihr vorschlug, passte im Unterricht auf und freundete sich mit einer Gruppe von Klassenkameraden an, die leichte Außenseiter waren und weder demonstrativ albern noch gähnend langweilig.

Am Ende des Sommers dann, als Zada nach Berkeley abrauschte, war Frankie kurvig, graziös und hatte genug Sex-Appeal, dass die Jungen in ihrem Alter auf der Straße stehen blieben, wenn sie an ihnen vorbeiging. Aber da wir auf diesen Seiten Frankies Veränderung und ihr sogenanntes Fehlverhalten wahrheitsgetreu aufzeichnen wollen, ist es wichtig zu erwähnen, dass ihr körperlicher Reifungsprozess zunächst nicht von einer entsprechenden geistigen Entwicklung begleitet wurde. Intellektuell gesehen war Frankie zu jenem Zeitpunkt alles andere als das beinahe schon kriminelle Superhirn, das das Fischbefreiungsbündnis schuf und als Erwachsene wahrscheinlich die CIA führen, Actionfilme drehen, Raumschiffe entwerfen oder möglicherweise (wenn sie auf Abwege gerät) einer Einheit des organisierten Verbrechens vorstehen wird. Zu Beginn der zehnten Klasse war

Frankie Landau-Banks nichts von alledem. Sie war ein Mädchen, das gerne las, bisher nur einen Freund gehabt hatte, gerne im Debattierklub war und immer noch Wüstenspringmäuse in einem Käfig hielt. Sie war hochintelligent, aber setzte ihren Verstand weder für ungewöhnlich ehrgeizige Ziele noch auf sonst wie seltsame Weise ein.

Ihr Lieblingsessen war Avocadocreme und ihre Lieblingsfarbe Weiß.

Sie war noch nie verliebt gewesen.

Eine zufällige Begegnung, die sich als bedeutsam erweisen sollte

Am Tag nachdem Zada nach Berkeley abgereist war, fuhren Frankie und ihre Mutter für ein langes Wochenende mit Frankies beiden geschiedenen Onkeln und drei Cousins an die Küste. Sie mieteten ein klappriges Sechs-Zimmer-Haus auf einer winzigen Zementparzelle, zwei Häuserblocks vom Strand und der Promenade entfernt. Frankies Cousins waren zwischen zehn und dreizehn. In Frankies Augen waren sie nichts weiter als ein paar abscheuliche Kreaturen, die sich ständig miteinander prügelten, mit Essen bewarfen, furzten und Frankies Sachen durcheinanderbrachten, wenn sie ihre Zimmertür nicht abschloss.

Jeden Tag schleppte die gesamte Gruppe Liegestühle, Decken, Brezeln, Bierdosen (für die Onkel), Saftkartons und Sportgeräte zum Strand, wo man sich für gute sechs Stunden niederließ. Frankie gelang es nicht, einen Roman zu lesen, ohne dass ein Krebs auf ihr Knie gesetzt wurde, ein Eimer Salzwasser auf ihren Bauch platschte oder ein Karton Traubensaft auf ihrem Handtuch verschüttet wurde. Es gelang ihr nicht, schwimmen zu gehen, ohne dass irgendein Cousin ihre Beine festhielt oder sie nass spritzte. Es gelang ihr nicht, etwas zu essen, ohne dass einer der Jungen ihr ein Stück vom Teller stibitzte oder ihren Fuß unter Sand begrub.

Am letzten Urlaubstag lag Frankie auf einem Strandtuch und hörte ihren Onkeln, die alle einen Bauchansatz und bereits leicht schütteres Haar hatten, bei einer Unterhaltung über die Baseballsaison zu. Frankies Mutter döste in einem Liegestuhl. Die Cousins waren glücklicherweise gerade im Wasser, hielten Wettbewerbe darüber ab, wer am längsten die Luft anhalten konnte, und versuchten sich gegenseitig zu ertränken.

»Kann ich in die Stadt gehen?«, fragte Frankie.

Ruth nahm ihre Sonnenbrille ab und blinzelte zu ihrer Tochter hinüber. »Was willst du denn da?«

»Rumlaufen. Ein Eis kaufen. Vielleicht auch ein paar Postkarten«, antwortete Frankie. Sie wollte einfach weg von ihnen allen. Weg von diesem Gruppenleben, den Sportgesprächen, dem Gefurze und den Prügeleien.

Ruth wandte sich an einen ihrer Brüder. »Sind es nicht fast fünfzehn Häuserblocks bis ins Stadtzentrum, Ben? Was meinst du, wie weit ist es?«

»Jep, fünfzehn Blocks«, sagte Onkel Ben. »Sie sollte nicht alleine gehen.«

»Ich komme nicht mit.« Ruth setzte ihre Brille wieder auf. »Ich bin hier, um mich am Strand zu erholen, und nicht, um mir Postkarten in Andenkenläden anzugucken.«

»Ich kann alleine gehen«, sagte Frankie. Sie wollte sowieso nicht, dass Ruth mitkam. »So weit sind fünfzehn Blocks ja nun nicht.«

»Es gibt hier ein paar fragwürdige Gestalten«, warnte Onkel Ben. »Atlantic City liegt nur ein paar Meilen nördlich von hier.«

»Häschen, du kennst dich doch hier gar nicht aus«, sagte Ruth.

»Unser Haus liegt in der Sea Line Avenue 42«, erwiderte Frankie. »Ich biege links auf die Oceanview ab und von da aus geht es immer geradeaus bis zur Einkaufsstraße. Ich war mit Onkel Paul im Supermarkt, weißt du noch?«

Ruth kräuselte die Lippen. »Ich halte das für keine gute Idee.«

»Was soll denn bitte passieren? Ich werde zu keinem Fremden ins Auto steigen. Ich habe ein Handy.«

»Wir kennen die Stadt nicht«, sagte Ruth. »Ich möchte nicht darüber diskutieren.«

»Aber was soll passieren?«

»Ich möchte das jetzt nicht vertiefen.«

»Was glaubst du denn, wie ich in Alabaster über die Straße gehe, hm?«

»Puschelhäschen.«

»Ich gehe nämlich auch über die Straße, wenn du nicht dabei bist, Mom. Schon gewusst?«

»Lass sie ruhig, Ruth«, sagte Onkel Paul. »Ich habe es Paulie Junior letztes Jahr auch erlaubt, als er erst zwölf war, und das war kein Problem.«

»Siehst du?«, sagte Frankie zu ihrer Mutter.

»Halt du dich da raus, Paul«, sagte Ruth giftig. »Mach mir nicht das Leben schwer.«

»Wenn Paulie Junior in die Stadt geht, ist das okay, und bei mir nicht? Paulie Junior bohrt immer noch in der Nase. Das ist wirklich Doppelmoral.«

»Ist es nicht«, erwiderte Ruth. »Was Paul mit Paulie Junior macht, ist seine Sache, und was ich mit dir mache, ist meine Sache.«

»Du behandelst mich wie ein Baby.«

»Nein, das stimmt nicht, Häschen«, sagte Ruth. »Ich behandle dich wie eine sehr attraktive, noch sehr junge Jugendliche.«

»Ohne Verstand.«

»Vielleicht ohne das allerbeste Urteilsvermögen«, sagte Ruth.

»Seit wann fehlt es mir an Urteilsvermögen?«

»Seit du fünfzehn Häuserblocks weit in die Stadt gehen willst, obwohl wir die Gegend nicht kennen und du einen mehr als knappen Bikini trägst.« Ruth war jetzt ärgerlich. »Ich hätte dich nicht mit Zada Kleider kaufen lassen sollen. Im Ernst, Frankie, du hast kaum was an, gehst in die Stadt, verläufst dich, was glaubst du, was dann passiert?«

»Ich würde dich auf dem Handy anrufen.«

»Darum geht es nicht.«

»Worum dann – würdest du es mir erlauben, wenn ich unattraktiv wäre?«, fragte Frankie.

»Komm mir nicht so.«

»Und wenn ich noch beim Ferienhaus vorbeigehe und mir ein Kleid anziehe?«

»Frankie.«

»Wenn ich ein Junge wäre, würdest du es mir dann erlauben?«

»Willst du uns den letzten Urlaubstag mit einem Streit verderben?«, sagte Ruth wütend. »Willst du das?«

»Nein.«

»Also hör auf mir zu widersprechen. Lass es gut sein und genieß den Strand.«

»Gut. Dann geh ich die Promenade entlang.« Frankie stand auf, rammte die Füße in ihre Flipflops, schnappte sich die Tasche mit ihrem Portemonnaie und stolzierte durch den Sand davon.

»In einer Stunde bist du wieder da!«, rief Ruth. »Ruf mich auf dem Handy an, wenn es später wird.«

Frankie antwortete nicht.

Es ging nicht darum, dass sie Postkarten kaufen oder überhaupt unbedingt in die Stadt gehen wollte. Es ging auch nicht darum, dass Ruth zu streng war oder dass Paulie Junior letztes Jahr alleine in die Stadt hatte gehen dürfen.

Das Problem war, dass Frankie für sie alle – für Onkel Ben und ihre Mutter und vielleicht sogar für Onkel Paul – Puschelhäschen war.

Nicht eine Person, die über Intelligenz, Orientierungssinn und die Fähigkeit verfügte, ein Handy zu benutzen. Nicht eine Person, die in der Lage war, ein Problem zu lösen.

Noch nicht einmal eine Person, die alleine fünfzehn Häuserblocks weit gehen konnte, ohne überfahren zu werden.

Für sie war sie Puschelhäschen.

Unschuldig.

Schutzbedürftig.

Unbedeutend.

Eine halbe Stunde später und eine knappe Meile die Promenade hinunter fröstelte Frankie in ihrem Bikini. Sie hatte ein halbes Hörnchen Schokoladensofteis gegessen, bevor der Himmel sich bewölkt hatte. Jetzt fror sie von dem Eis, aber es hatte fast fünf Dollar gekostet und sie brachte es nicht über sich, es wegzuwerfen.

Sie hatte klebrige Hände und wünschte, sie hätte ein Sweatshirt dabei.

»Isst du das noch?«

Frankie drehte sich um. Am Rand der Promenade saß ein kräftiger, etwa siebzehnjähriger Junge mit sandfarbenem Haar und baumelte mit den Beinen. Er hatte seine kleinen, freundlichen Augen wegen des Windes zusammengekniffen und seine Nase war mit Sommersprossen übersät.

»Es ist zu kalt.«

»Kann ich es haben?«

Frankie starrte ihn an. »Hat deine Mama dir nicht beigebracht, dass es sich nicht gehört zu betteln?«

Der Junge lachte. »Sie hat es versucht. Aber offenbar lasse ich mich nicht erziehen.«

»Willst du wirklich ein Softeis, an dem jemand Fremdes bereits geleckt hat? Das ist doch eklig.«

»Stimmt«, sagte der Junge, während er die Hand nach

der Eiswaffel ausstreckte. »Aber nur ein bisschen.« Frankie gab sie ihm. Er streckte die Zunge heraus und berührte das Eis damit. Dann drückte er es in die Waffel hinein, wobei er seinen ganzen Mund darüberstülpte. »Siehst du? Jetzt ist das Schlimmste vorbei und da ist nur noch meine Spucke. Und ich habe ein Gratiseis.«

»Mh-mhm.«

»Du wärst überrascht, was Leute alles tun, wenn man sie um etwas bittet.«

»Ich wollte es sowieso nicht mehr.«

»Ich weiß.« Der Junge grinste. »Aber du hättest es mir vielleicht auch gegeben, wenn du es eigentlich noch gewollt hättest. Einfach, weil ich dich darum gebeten habe. Meinst du nicht?«

»Du hast eine Menge Chuzpe. Pass bloß auf, dass sie dich nicht zerquetscht.«

»Ich hasse es, wenn Essen weggeworfen wird. Ich habe immer Hunger.« Der Junge hob die Augenbrauen und plötzlich hatte Frankie das Gefühl, dass ihre Mutter Recht gehabt hatte, was den knappen Bikini anging. Sie hatte nicht genug an.

Sie stand hier in etwas, das praktisch ihre Unterwäsche war, und unterhielt sich mit einem fremden Jungen.

In etwas, das sogar noch kleiner war als ihre Unterwäsche.

Mit einem gut aussehenden Jungen.

»In welche Klasse gehst du?«, fragte sie, um über etwas Unverfängliches zu sprechen.

»Ich komme in die zwölfte. Und du?«

»In die zehnte.«

»Du bist ja noch ein Kind!«

»Sag das nicht.«

»Okay.« Er zuckte mit den Achseln. »Aber ich hätte dich älter geschätzt.«

»Tja, bin ich aber nicht.«

»Auf welche Schule gehst du?«

»Sie liegt in Nord-Massachusetts.« Frankie sagte das, was Alabaster-Schüler immer sagen, um nicht für angeberisch gehalten zu werden, wenn sie erklären müssen, dass sie auf eine der teuersten und anspruchsvollsten Privatschulen des Landes gehen. Genau wie Yale-Studenten grundsätzlich sagen, sie gingen auf eine Uni in New Haven.

»Wo genau da?«, fragte der Junge.

»Wieso? Kennst du Nord-Massachusetts?«

»Ein bisschen. Ich bin auf der Landmark in New York.«

»Oh.«

»Jetzt bist du mir was schuldig. Also, welche Schule?«

»Sie heißt Alabaster.«

»Wow.« Ein Lächeln erschien auf seinem Gesicht.

»Was?«

»Komm schon. Von Alabaster hat ja wohl jeder schon gehört. Exeter, Andover, Alabaster. Das Triumvirat der privaten Eliteoberschulen.«

»Wahrscheinlich.« Frankie wurde rot.

»Ich bin einfach nur für den Nachmittag hier rausgefahren. Aus New York«, sagte der Junge.

»Allein?«

Er zuckte mit den Schultern. »Jep. Ich hab mich mit der Menstruationsabteilung gestritten.«

»Der was?«

»Mit meiner Mutter. Der Menstruationsabteilung, der Mütterabteilung, du weißt schon.«

»Weil du sauer auf deine Mutter bist, hockst du hier alleine rum und schnorrst Mädchen um Softeis an?«

»So was in der Art.«

Frankies Handy summte in ihrer Tasche. »Wo wir gerade von Müttern sprechen«, sagte sie und klappte das Telefon auf. »Meine macht Randale.«

»Wo bist du?«, wollte Ruth wissen. »Ich gehe hier die Promenade entlang und sehe dich nirgends.«

»Ich bin in der Nähe der Eisbude. Was ist denn?«

»Paulie Junior ist in eine Qualle getreten. Wir packen zusammen. Welche Eisbude? Hier sind mindestens fünf Eisbuden.«

»Bleib dran.« Frankie wollte nicht, dass ihre Mutter diesen Jungen sah. Diesen coolen, fremden Jungen, mit dem sie wahrscheinlich gar nicht reden sollte. Und sie wollte auch nicht, dass der Junge Ruth begegnete. »Sie zerrt an meiner Kette«, erklärte sie ihm und streckte die Hand aus. »Ich muss los.«

Seine Hand fühlte sich warm und fest in ihrer an. »Viel Glück in der Schule«, sagte er. »Vielleicht sehen wir uns mal.«

»Frankie? Frankie! Mit wem redest du da?«, bellte Ruths Stimme aus dem Telefon.

»Wir werden uns nicht sehen«, sagte Frankie lachend im Weggehen. »Du wohnst in New York.«

»Vielleicht, vielleicht auch nicht«, rief der Junge. »Alabaster hast du gesagt, stimmt's?«

»Stimmt.«

»Alles klar.«

»Ich muss los.« Frankie hielt das Telefon wieder ans Ohr. »Bin schon auf dem Rückweg, Mom. In fünf Minuten bin ich da. Also beruhig dich bitte.«

»Tschüs!«, rief der Junge.

Frankie rief zurück: »Ich hoffe, das Softeis hat dir geschmeckt.«

»Vanille mag ich lieber!«, entgegnete er.

Als sie sich noch mal nach ihm umdrehte, war er verschwunden.

Alter Junge

Frankies Vater Franklin hätte gerne einen Sohn gehabt, den er nach sich benennen konnte. Da Ruth bei Frankies Geburt aber schon zweiundvierzig war, war ihm bewusst, dass er wohl keinen mehr bekommen würde. Er beschloss daher, dem kleinen Mädchen einfach einen Namen zu geben, der Frank so nahe kam wie möglich. Also nannten sie sie Frances. Mit der Zeit wurde aus Frances Frankie und Franklin wurde zu Senior.

Als Frankie fünf war, ließen sich ihre Eltern scheiden. Ruth fand, dass Senior ihre intellektuellen Fähigkeiten gering schätzte und ihr keinen Raum gab, sich zu entfalten. Senior (ein atheistischer weißer Protestant angelsächsischer Herkunft) ärgerte sich über Ruths praktiziertes Judentum und fand, dass der Stress, den das Zusammenleben mit zwei kleinen Mädchen und einer manchmal schlecht gelaunten Frau verursachte, die Perfektion seines Golfspiels und seine medizinische Karriere (die nicht so steil verlief, wie er wollte) in Mitleidenschaft zog. Nach der Trennung zog Ruth mit den beiden Mädchen in die Nähe ihrer Familie nach New Jersey, während Senior in Boston blieb, die Kinder einmal im Monat besuchen kam – und all die Internatsrechnungen bezahlte.

Senior Banks war Lungenfacharzt. Im Geiste war er jedoch ein Alter Junge, der sich stärker für das Netzwerk seiner Kumpel aus der *Ivy League*, dem Zusammenschluss acht amerikanischer Eliteuniversitäten, interessierte als für die Krankheiten seiner Patienten. Er hatte Alabaster besucht (damals, als es noch eine reine Jungenschule gewesen war) und später Harvard, genau wie *sein* Vater Alabaster und später Harvard besucht hatte.

»Alter Junge« bedeutet Ehemaliger, aber nach Frankies Verständnis – sogar noch vor ihrer intellektuellen Explosion im zehnten Schuljahr – war dieses Oxymoron mehr als zutreffend. Seniors Jugend war immer noch der Faktor, der die größte Rolle in seinem Selbstverständnis spielte. Seine früheren Schulkameraden waren seine besten Freunde. Mit ihnen spielte er Golf, mit ihnen ging er etwas trinken, in ihren Landhäusern machte er Urlaub. Ihnen vermittelte er Stellen; sie schickten ihm Patienten und baten ihn, den Kuratorien von Kunstorganisationen beizutreten; sie brachten ihn mit anderen Leuten in Kontakt. Seine Arztpraxis lief im Jahrzehnt nach der Scheidung von Ruth deutlich besser.

Als Frankie mit der zehnten Klasse begann, fuhren sie und Ruth nach Boston und holten Senior ab, der sie auf dem letzten Stück begleitete. Obwohl er verhältnismäßig wenig mit ihrem Leben zu tun hatte, wollte Frankies Vater sich die Gelegenheit nicht entgehen lassen, über den alten Campus zu schlendern und sich an seine ruhmreichen Tage zu erinnern. Er und Ruth legten einen angespannten und aufgesetzten guten Willen an den

Tag, während das Auto nach Nord-Massachusetts hineinfuhr. Senior saß am Steuer und erzählte dabei vom Eislaufen auf dem Teich und von American-Football-Spielen. »Das sind die besten Jahre deines Lebens«, dröhnte er. »Jetzt schließt du die Freundschaften, die dein Leben lang halten werden. Diese Leute werden dir Jobs verschaffen und du verschaffst ihnen welche. Das ist ein Netzwerk, das dir Chancen bietet, Puschelhäschen. Chancen.«

Ruth seufzte. »Wirklich, Senior. Im Arbeitsleben geht's heute demokratischer zu.«

»Wenn sich das verändert hat«, schnaubte Senior, »warum zahle ich dann für Alabaster?«

»Damit sie eine gute Ausbildung erhält?«

»Ich bezahle nicht für die Ausbildung. Die bekommt man auch für zehntausend weniger im Jahr. Ich bezahle für die Beziehungen.«

Frankies Mutter zuckte mit den Schultern. »Ich meine ja bloß, setz sie nicht so unter Druck. Lass Häschen ihren eigenen Weg finden.«

»Hallo, Mom«, sagte Frankie vom Rücksitz aus. »Ich kann für mich selbst sprechen.«

Senior trank einen Schluck Kaffee aus einer Thermosflasche. »Ich denke nur praktisch, Ruth. So funktioniert die Welt nun mal. Wer einmal im Klub drin ist, gehört dazu und das macht dir das Leben leichter. Dann ist es ein Kinderspiel, die richtigen Leute zu treffen, mit denen du bewegen kannst, was du in der Welt bewegen möchtest.«

»Vetternwirtschaft.«

»Das ist keine Vetternwirtschaft, so funktioniert das Universum. Leute stellen Leute ein, die sie kennen, Schulen nehmen Leute auf, die sie kennen – das ist ganz natürlich. Frankie baut Loyalitätsverhältnisse auf – und die anderen Leute ihr gegenüber genauso.«

»Dad, ich bin immerhin seit einem Jahr auf der Schule. Du redest, als wäre ich noch nie dort gewesen.«

»In der zehnten Klasse ging es für mich so richtig los.«

Frankie dachte: Armer Senior. Er hat gar kein Leben. Nur die Erinnerung an ein Leben. Bemitleidenswert.

Und dann dachte sie: Ich habe keine Freunde in Alabaster, die ich auch nur annähernd so gern mag wie Senior seine alten Freunde aus der Oberschule.

Vielleicht bin eher ich bemitleidenswert.

Und dann dachte sie: Dieses ganze Klubgetue ist doch total bescheuert.

Und dann dachte sie: Ich würde gerne in Harvard studieren.

Und dann dachte sie – denn das hatte sie fast die ganze Fahrt nach Alabaster über gedacht: Ob mich Matthew Livingston dieses Jahr wohl bemerkt?

ALABASTER

Informationen über die Örtlichkeit und die Lage Alabasters, die dortigen Kursanforderungen und die in diesem Rahmen erforderlichen sportlichen Aktivitäten werden auf diesen Seiten nur so weit vermittelt wie unbedingt notwendig. Dass Frankie Landau-Banks Modern Dance belegte und Ultimate Frisbee spielte, ist völlig irrelevant für das Verständnis sowohl des Ehrenwerten Basset-Ordens als auch des Fischbefreiungsbündnisses oder irgendeiner der anderen falschen Organisationen, die die sogenannten Verbrechen in Alabaster verübten. Es spielt keine Rolle, dass sie zunächst Latein als Wahlfach nahm, weil ihr Vater fand, dass sie das tun sollte. Und es ist unerheblich, wie sie ihr Wohnheimzimmer dekorierte.

Folgendes ist dagegen wichtig: Frankie Landau-Banks war und ist noch immer in vielerlei Hinsicht ein ganz normales Mädchen. Sie hatte Spaß an Kleidung und war froh, über den Sommer so viel gewachsen zu sein, dass eine ausgiebige Shoppingtour für die Schule nötig war. Sie kaufte sich im Drogeriemarkt die *InTouch* und konnte lächerliche Fakten über Stars behalten. Sie kicherte albern, wenn sie amüsiert oder verlegen war. Sie fühlte sich in der Gegenwart angesagter Schüler unbehaglich und fand nicht heraus, ob sie gut aussah oder unglaublich hässlich war, denn oft hatte sie innerhalb einer Stunde das Gefühl, dass beides zutraf. Zu Beginn der zehnten Klasse vermisste sie ihre Schwester, machte sich Sorgen wegen Geometrie und ging Porter (dem Zehntklässler, Mitglied des Spionageklubs und Lacrossespieler, der im vorigen Schuljahr von Oktober bis Mai ihr Freund gewesen war) aus dem Weg, um sich stattdessen nach Jungen zu verzehren, die älter waren als sie und sie überhaupt nicht beachteten.

Nach Matthew Livingston, um genau zu sein.

Weitere Fakten über Alabaster, die für diese Chronik durchaus von Bedeutung sind:
1. Frankies Zimmergenossin Trish war eine sommersprossige, pferdeverrückte Blondine, die in der ersten Hälfte ihrer Sommerferien verreist war und in der zweiten Hälfte in einem Stall auf Nantucket ausgeholfen hatte. Sie war eine derjenigen, die zu allen nett sind, wenn sie auch zu niemandem außer ihrem Freund Artie eine besonders enge Beziehung hatte. Trish interessierte sich für Psychologie, Rhetorik und Backen; sie spielte Lacrosse und Hockey und schien für ein Haus im Prominentenurlaubsort Kennebunkport prädestiniert zu sein. Ihr Mund erweckte den Eindruck, mehr Zähne zu enthalten, als eigentlich hineingehörten, obwohl sie alle gerade und weiß waren.
2. Artie, Trishs Freund, war Mitglied des Audiovisuellen

Technikklubs (AVT), was bedeutete, dass er Schlüssel zu verschiedenen Gebäuden auf dem Campus besaß.
3. Alabaster war komplett vernetzt – und alle Wohnheime hatten WLAN-Anschluss. Jeder Schüler besaß einen Laptop (der im Schulgeld inbegriffen war) und eine Alabaster-E-Mail-Adresse.
4. Der Campus von Alabaster umfasste wie der aller Privatschulen, die die *Ivy League*-Universitäten mit Studenten versorgen, viele, viele Gebäude, von denen die meisten uninteressant sind. Die paar folgenden spielen jedoch eine Rolle:
   a. ein altes und ziemlich verwahrlostes Theater, ersetzt durch
   b. ein neu gebautes Kulturzentrum;
   c. ein Museum im Haus des Gründers;
   d. eine Kapelle mit großen Buntglasfenstern, auf denen die Kreuzigung Jesu, verschiedene Darstellungen der Jungfrau Maria und eine Reihe Heiliger zu sehen waren. Dort fand zu Beginn jeder Woche eine obligatorische Morgenversammlung statt;
   e. eine alte Sporthalle (die jetzt leer und verschlossen war, weil sie renoviert werden sollte);
   f. eine neue Sporthalle mit einer hochmodernen Kletterwand und
   g. die Hazelton-Bibliothek, das architektonische Schmuckstück des Campus, das von einer großen, glänzenden Kuppel gekrönt wurde.
5. Im Hauptgebäude – genau wie an mehreren anderen gut sichtbaren Orten – hingen schwülstige Ölgemälde

ehemaliger Schulleiter, ausgezeichneter Lehrer, literarischer Größen und früherer Mitglieder des Direktoriums von beeindruckender und leicht lächerlicher Erhabenheit. Die Betreffenden waren ausschließlich Männer.
6. Und zu guter Letzt: Viele der Gebäude, die aus dem späten neunzehnten Jahrhundert stammten, waren durch sogenannte Dampftunnel miteinander verbunden – Wartungstunnel, in denen die unterirdischen Heizungsrohre verliefen. Diese Gänge waren verschlossen und der Zugang zu ihnen war den Schülern von der Schulverwaltung ausdrücklich untersagt. Aber die Geschichte hier gäbe es nicht, wenn nicht doch ein Weg hineinführte.

Die Allianz der Freak-Klubs

Eine vielsagende Anekdote über Frankie Landau-Banks: Im Oktober ihres neunten Schuljahres hatten sich der Schachklub, der Spionageklub, der Jugend-forscht-Klub, der Gartenbauklub, die Rollenspieler, der Geografieklub und ein paar andere wegen ihrer relativ begrenzten Mitgliederzahlen zusammengeschlossen. Sie nannten sich selbst die Allianz der Freak-Klubs, legten ihr Geld zusammen und beschlossen eine Party zu veranstalten. Die Party sollte zum Teil der Mitgliederwerbung dienen – damit die spärlichen Teilnehmerzahlen der meisten dieser Arbeitsgemeinschaften stiegen –, aber in erster Linie war sie ein gesellschaftliches Ereignis. Es würde einen DJ, Tortillachips, Zwiebeldip, warme Limo und möglicherweise sogar eine Discokugel geben.

Dem Debattierklub, in dem Frankie bereits Mitglied war, wurde leicht verspätet ebenfalls eine Einladung zugestellt, sich der Allianz anzuschließen, und natürlich debattierten die Debattierklubmitglieder darüber, ob sie der Allianz beitreten wollten oder nicht. Sie hielten sich selbst nicht für Freaks und wurden auch allgemein nicht als Freaks angesehen. Die Mitglieder des Debattierklubs hatten einen ähnlichen Status wie die Leute in der Schülermitverwaltung – wenn man wirklich cool war, gab man sich mit so etwas eigentlich nicht ab; aber dort mitzumachen ging nicht automatisch mit gesellschaftlichem Außenseitertum einher.

Bezüglich der Party hatten einige argumentiert, dass Debattieren in der Tat etwas für Freaks war. Sie sollten den Freakfaktor der von ihnen gewählten Aktivität akzeptieren. Wenn man es »Forensik« nannte statt »Debatte«, klang es ziemlich nach Freaks. Im Übrigen war die einzige Möglichkeit, sich gegen den Vorwurf des Freakseins zur Wehr zu setzen, den Begriff neu zu definieren, damit *Freak* und *schick* ein und dasselbe wurden, so wie es zweifellos in Teilen des Silicon Valley der Fall war.

»Wir müssen Freak-Tick durch Freak-Schick ersetzen«, argumentierte einer der Befürworter, während ein anderer darauf hinwies, dass gegen diesen Vorwurf anzukämpfen, indem man sich laut für unfreakig erklärte, vermutlich das Freakigste war, was man machen konnte. Dann erklärte er, dass er *freakig* nur im zweiten Teil seines letzten Satzes im negativen Sinn verwendet habe, was seine Klubkameraden hoffentlich verstanden hätten, auch wenn er das nicht vorauszusetzen wage.

Die Gegenseite argumentierte, dass es die gesellschaftliche Stellung der einzelnen Klubmitglieder untergraben würde, wenn man die fragile Akzeptanz des Debattierklubs aufs Spiel setzte. Sich mit den Mitgliedern des Geografieklubs zusammenzutun, die bekanntlich ständig in der Nase bohrten und unter Blähungen litten, würde dazu führen, dass die kollektive Moral der Mitglieder des Debattierklubs sank und vermutlich sogar die gesellschaftlich Angeseheneren unter ihnen das Team verließen, um die Mitgliedschaft in der Allianz zu umgehen. Die Gegner behaupteten des Weiteren, dass der Debattierklub darunter leiden würde, wenn sich mehrere seiner Führungspersönlichkeiten aus dem Staub machen würden. Er würde die Wettkämpfe verlieren, aus denen er sonst immer siegreich hervorgegangen war, in der Rangliste absinken und seinen Mitgliedern wäre der Zugang zu den besten Unis verwehrt. Die ganze Sache würde unweigerlich den Bach runtergehen.

Frankie, die damals noch neu im Klub gewesen war, hatte sich ebenfalls geäußert und die Diskussion beendet. »Wir vergessen die beiden springenden Punkte«, sagte sie, nachdem sie das Wort erhalten hatte.

»Und die wären?«, fragte Zada, die als Vorsitzende des Klubs die Moderation übernommen hatte.

»Erstens«, sagte Frankie, »wenn es unser erklärtes Ziel ist, die gesellschaftliche Stellung des Debattierklubs zu bewahren oder zu verbessern, müssen wir uns als Politiker verstehen.«

»Das heißt?«

»Ein Haufen geächteter Freaks, die eine Allianz gegründet haben, kann riesigen Schaden anrichten. Wir wären gut beraten, sie nicht zu verärgern, wenn wir Ansprüche auf eine gesellschaftliche Schlüsselstellung erheben wollen.«

Einen Moment lang herrschte Schweigen.

»Wir sollten sie nicht abblitzen lassen«, erklärte Frankie, »denn wer weiß, was sie jetzt, da sie sich zusammengeschlossen haben, tun werden.«

Weiteres Schweigen. Dann sagte Zada: »Gutes Argument. Was ist das zweite?«

»Es wird eine Party geben. Eine Menge Leute, die wir kennen, werden dort sein. Und wir sind eingeladen.«

»Na und?«

»Na ja. Wollen wir da hin? Ich persönlich würde gerne zu der Party gehen.«

Es fand eine schnelle Abstimmung statt und anschließend war der Debattierklub Alabaster offiziell der Allianz der Freak-Klubs beigetreten.

Der Moment, in dem sie den Raum verließ, war der glücklichste in Frankie Landau-Banks' neuntem Schuljahr.

Auf der Party lernte Frankie Porter Welsch aus dem Spionageklub kennen und tanzte mit ihm. Die Spionageklubmitglieder begeisterten sich für technologische Spielereien wie eine Überwachungsausrüstung, für Spurensicherung und Metalldetektoren, aber in Wahrheit besaßen sie insgesamt nichts weiter als ein Fernglas und eine ziemlich kleine Kamera und verbrachten ihre Zeit hauptsächlich damit, das Werk von John Le Carré und Frederick Forsyth zu lesen und zu diskutieren. Sie waren sowieso nur zu viert.

Porter war mit fünfzehn bereits eins neunzig groß. Er hatte schlaff herunterhängende schwarze Haare und war sehr kräftig, was ungewöhnlich war für Jungen, die in seinem Alter schon so überaus groß sind. Er war kein besonders guter Tänzer, aber das wusste er auch, und die Grimassen, die er beim Tanzen schnitt, ließen ihn permanent erschrocken aussehen – als würde es ihn in regelmäßigen Abständen selbst überraschen, dass er tanzte. Und noch dazu mit einem Mädchen.

Frankie wusste natürlich längst, wer Porter war. Sein Vater stand einem überdurchschnittlich profitablen Energieunternehmen vor, das allerdings häufig wegen fragwürdiger Geschäftsmethoden in der *New York Times* angeprangert wurde. (Die Schüler in Alabaster wussten solche Dinge über die Familien der anderen.) Vor mehreren Jahren hatte es daher einen Prozess gegeben, bei dem die Geschworenen zu keinem einstimmigen Urteil gekommen waren, und einige Verfahren waren noch anhängig – aber Mr Welsch war weiterhin ein erfolgreicher, wenn auch berüchtigter Firmenchef. Porter war der Jüngste von drei Geschwistern, die alle in Alabaster waren; seine Schwester Jeannie war zwei Jahre über ihm.

Porter fragte Frankie, ob sie am nächsten Abend mit ihm in der Bibliothek für Algebra lernen wolle, und sie sagte Ja.

Sie lachten über ihre Hausaufgaben (Babykram aus der Achten). Sie lasen beide gerne und mochten Erdbeermentos. Ehe Frankie wusste, wie ihr geschah, begleitete Porter sie zu ihrem Wohnheim zurück und sie küssten sich unter einer Straßenlaterne.

Sie mochte ihn. Er war groß. Er wirkte irgendwie

männlicher als die anderen Jungen in seinem Alter. Sie mochte sein unordentliches Wohnheimzimmer, in dem überall stapelweise Taschenbücher herumlagen. Sie mochte es auch, ihm auf dem Lacrossefeld zuzusehen, wo er ein Star war. Sie konnte gar nicht glauben, dass er *sie* wirklich mochte, da sie zu jener Zeit ziemlich nach einem unbeholfenen Kind aussah mit ihren schlaksigen Armen und zu langen Beinen, einem furchteinflößenden Kiefer und krausen Haaren; aber Porter sagte, er finde sie witzig und sie habe schöne Augen.

Es war schön, einen Freund zu haben. Und auch wenn sie nicht ineinander »verliebt« waren und Liebe nie ein Thema war, gingen Frankie und Porter mehrere Monate miteinander. Sie besuchte seine Lacrossespiele. Er hörte bei ihren Debatten zu. Sie schrieben sich bezaubernde E-Mails und verbrachten jeden Samstagabend miteinander. Beim Elternbesuchstag lernte sie seine Familie kennen (und war überrascht, dass sich sein Vater als freundlicher Mann mit schütterem Haar entpuppte, wo Porter mit solchem Abscheu von ihm gesprochen hatte). Sie hielten im Kino Händchen und saßen in der Schulmensa zusammen am Tisch. Sie waren das Paar in der Neunten, das am längsten miteinander ging.

Bis Mitte Mai.

Am 19. Mai erwischte Frankie Porter dabei, wie er mit Bess Montgomery rummachte, einer Elftklässlerin mit herzförmigem Gesicht, die auf große Jungen stand.

Frankie weinte.

Porter versuchte sich herauszureden.

Frankie sagte, sie wolle nie wieder mit ihm sprechen. Sie dachte, er würde an ihre Tür klopfen und sich wortreich entschuldigen, aber das tat er nie.

Matthew

Am zweiten Tag ihres zehnten Schuljahres, noch bevor der eigentliche Unterricht angefangen hatte, erblickte Frankie Matthew auf dem Campus. Er war in der Zwölften. Ein Kinn mit Grübchen, immer ein Lächeln auf den Lippen, verwuschelte dunkle Haare, ein schwarzes Brillengestell, das einen Kontrast zu seinen überaus breiten Schultern abgab. Matthew war ein Livingston, was hieß, dass sein Vater Zeitungen in Boston, Philadelphia und Burlington besaß. Seine Mutter war eine Person des öffentlichen Lebens und sammelte Spenden für die Stiftung »Diabetes bei Kindern« und andere liberale Wohltätigkeitsorganisationen. Sein Stammbaum reichte bis Jamestown zurück, die erste englische Kolonie in Amerika Anfang des 17. Jahrhunderts – aber seinen Kleidern hätte man das niemals angesehen. Wie die anderen Schüler in Alabaster trug auch Matthew seinen Wohlstand nicht vor sich her. Eine alte Baumwollhose und ein dünnes rotes T-Shirt mit einem Fleck auf dem Bauch, ausgelatschte Turnschuhe und derselbe Rucksack, den er, wie Frankie wusste, schon letztes Jahr gehabt hatte. Er war Herausgeber der Schülerzeitung und fuhr im Achter der Rudermannschaft mit, wo er auf der entscheidenden fünften Position saß. Wichtiger war allerdings, dass er bekannt dafür war, Mitternachtspartys zu organisieren und Golfwagen zu entführen.

Als Frankie Matthew in ihrem zehnten Schuljahr entdeckte, fuhr sie gerade mit dem Fahrrad hinüber zu der neuen Sporthalle, wo sie mit ihrer Zimmergenossin Trish zum Schwimmen verabredet war. Sie sah ihn den Weg entlanggehen und war so darin versunken, seinen Hüftschwung unterhalb des Bündchens der schäbigen Khakihose zu beobachten, dass sie – dämlich, mädchenhaft – die Kontrolle über das Fahrrad verlor, auf dem Rasen ins Schleudern geriet und stürzte.

Au. Sie hatte sich das Bein aufgeschürft und sich zum Affen gemacht. Frankie kam sich vor wie ein Idiot – bis Matthew Livingston (Matthew Livingston!) zu ihr herüberrannte, um ihr zu helfen.

Da kam sie sich vor wie ein Genie. Und wünschte, ihre Haare würden sich nicht in der Septemberhitze kräuseln. Denn da stand er und sah besorgt zu ihr herunter. Matthew Livingston!

»Alles in Ordnung?« Matthew befreite sie von ihrem Fahrrad und warf es zur Seite, als wöge es nichts.

Frankie sah sich ihr Bein an. Sie blutete am Knöchel. Sie war erleichtert, dass sie etwas halbwegs Intelligentes hervorbrachte: »Es heißt, Fahrradfahren verlernt man nicht«, witzelte sie, »aber offenbar stimmt das nicht.«

Matthew lächelte. »Hast du zum neuen Schuljahr neue Beine bekommen?«

»Genau«, erwiderte Frankie. »Sie funktionieren noch

nicht so richtig.« Es war überraschend einfach, sich mit ihm zu unterhalten. Letztes Jahr war sie unfähig gewesen, zwei Wörter am Stück zu sagen, wenn er in der Nähe war. »Guck mal«, sagte Frankie und zog einen Schmollmund, »ich hab sie schon ganz dreckig gemacht.«

Er streckte eine Hand aus und half ihr auf. »Du bist neu hier, in der Neunten, stimmt's? Ich bin Matthew Livingston.«

»Nein.« Sie verzog keine Miene, aber innerlich war sie schockiert. Er erinnerte sich nicht an sie.

»Wie?«, fragte Matthew.

»Ich bin in der Zehnten. Ich war letztes Jahr auch schon hier.«

»Wirklich?«

»Ich bin Frankie, Zada Landau-Banks' kleine Schwester.«

»Ich wusste gar nicht, dass Zada eine Schwester hat.«

In Wirklichkeit war Frankie Matthew mehr als einmal von Zada vorgestellt worden. Frankie hatte sogar mit Matthew (und vielen anderen) in der Schulmensa zu Abend gegessen. Zwei Mal. Das eine Mal hatte er, um etwas zu veranschaulichen, die Maiskolben von allen am Tisch eingesammelt und daraus unter Zuhilfenahme von Plastiktabletts und kleinen Saftbechern ein Modell des Parthenons gebaut, nur um sein Vorhaben, als es drei viertel fertig war, abzubrechen und zu sagen: »Oh Mann, das ist doch zu widerlich, ich werd mich wohl geschlagen geben müssen.«

Das andere Mal, im Spätfrühling, hatten er und sein

Freund Dean darüber gesprochen, mit jemandem namens Alpha einmal quer durch die USA zu fahren. Sie planten eine Tour von Boston nach San Francisco, wobei sie an jedem schmierigen Diner haltmachen wollten.

»Wir werden herausfinden, wo es das perfekte Stück Apfelkuchen gibt«, erklärte Matthew.

»Oder Kirsch«, fügte Dean hinzu.

»Oder Kirsch. Oder Zitronenbaiser. Einfach einen echt guten Kuchen, das meine ich. Wir haben vor, bei Schulanfang im Herbst mindestens fünf Kilo mehr zu wiegen als jetzt.«

»Und wir filmen das Ganze«, sagte Dean. »Wir machen einen richtigen Dokumentarfilm darüber, wie wir in ganz Amerika Kuchen essen.«

»Vorausgesetzt, wir überleben.«

»Jep. Alpha fährt wie ein Wahnsinniger. Haben wir schon erzählt, dass er versucht ein Beschleunigungsrennen an was für einer Schule er da auch immer ist zu veranstalten?«

»Wer ist Alpha?«, fragte Frankie.

Zada schüttelte den Kopf, als wollte sie sagen: Sei still, das erklär ich dir später, und fragte: »Wieso das denn?«

»Er hat ... *denn sie wissen nicht, was sie tun* gesehen. Und du kennst ihn ja, er macht gern die Welle. Auf jeden Fall haben diese Typen aus New York gesagt: Was, du willst mit einem Volvo ein Rennen gegen uns fahren? Er hat ja diesen gebrauchten Volvo, den seine Mutter ihm gekauft hat, und Alpha: Klar, ich fahre mit dem Volvo ein Rennen gegen euch! Und dann haben sie ihn damit fahren sehen und jetzt haben sie tierischen Schiss, denn Alpha in einem Volvo ist wie irgendwer sonst in einem verdammten Rennwagen.«

Zada verdrehte die Augen. »Was für ein Idiot.«

Dean lachte. »Er fährt dieses Rennen natürlich nicht wirklich. Du kennst doch Alpha, der redet viel, wenn der Tag lang ist.«

»Trotzdem fährt er wie der Teufel«, sagte Matthew. »Das heißt, wenn wir zurückkommen, sind wir entweder fett oder tot, aber auf jeden Fall wird im nächsten Schuljahr irgendwas anders sein.«

»Und es wird einen Film darüber geben!«, fügte Dean hinzu. »Was immer es ist.«

»Ihr Typen seid echt durchgeknallt.« Zada hatte gelacht und war aufgestanden, um ihr Tablett abzuräumen. Frankie folgte ihr.

»Und genau deswegen liebt ihr uns!«, hatte Matthew ihr hinterhergerufen.

»Vielleicht, vielleicht aber auch nicht«, brüllte Zada über die Schulter zurück.

»Auf welcher Uni ist Zada denn?«, fragte Matthew Frankie jetzt, als sie ihr Fahrrad aufhob.

»Berkeley. Es hat meinem Vater das Herz gebrochen, dass sie nicht nach Harvard gegangen ist.«

»Sie ist in Harvard angenommen worden?« Matthew sah beeindruckt aus. Frankie gefielen die Lachfältchen um seine Augen. »Wer hätte sich nicht für Harvard entschieden?«

Frankie zuckte mit den Schultern. »Sie hat's nicht so mit dem ganzen Kram. Sie wollte irgendwohin, wo es entspannter zugeht, weiter weg von zu Hause. Mein Vater kann ziemlich anstrengend sein.«

Matthew nickte. »Und, brauchst du jemanden, der dich hier ein bisschen rumführt?«

»Wie gesagt, ich bin nicht neu. Du kannst dich vom letzten Jahr nur nicht mehr an mich erinnern.« Sie war etwas betroffen.

»Ich weiß, dass du nicht neu bist.«

»Oh.«

»Aber …«

»Aber was?«

»Brauchst du vielleicht trotzdem jemanden, der dich hier ein bisschen rumführt?«

Er flirtete mit ihr.

Matthew Livingston, den Frankie seit diesem blöden Maisparthenon mochte, sogar, als sie mit Porter gegangen war; Matthew, der ihr Blut in Wallung brachte, sobald sie ihn sah; Matthew mit den breiten Schultern und diesen ausgeprägten Wangenknochen unter dem schwarzen Rand seiner Brille – Matthew flirtete mit ihr.

»Hilfe, Hilfe. Ich blute und kann die neue Sporthalle nicht finden!«, rief sie und hielt sich theatralisch den Handrücken an die Stirn.

»Schon besser«, sagte Matthew und brachte sie zu ihrem Ziel, wobei er sich auf dem Weg dahin Lügengeschichten über alles ausdachte, woran sie vorbeikamen.

Alpha

Alpha hieß in Wirklichkeit Alessandro Tesorieri, aber so nannte ihn niemand mehr. Schon an den ersten beiden Tagen seines neunten Schuljahres (jetzt war er in der Zwölften) war sein Status als Alpha-Hund so offensichtlich gewesen, dass irgendjemand einen Witz darüber gerissen hatte – und seitdem war er für alle Welt Alpha.

Alphas Mutter war nie mit seinem Vater verheiratet gewesen. Als Alessandro gerade ein Jahr alt war, lernte seine alleinstehende Mutter Elena den großzügigen Besitzer einer Kette von Juweliergeschäften kennen und ließ sich jahrelang von ihm aushalten – obwohl sie nie zusammenlebten. Der Junge war in Luxus aufgewachsen. Die besten Schulen, ein Penthouse in der Fifth Avenue, ein Landhaus. Das Paar war fast fünfzehn Jahre zusammen, bis zu dem Sommer nach Alphas zehntem Schuljahr auf Alabaster – als der Juwelenmagnat Elena wegen einer jüngeren Frau verließ. Er vermachte Alphas Mutter das Penthouse mit seinen horrenden monatlichen Nebenkosten, das er ihr gekauft hatte, und verschwand aus ihrem Leben.

Ohne das Schulgeld für das folgende Jahr zu bezahlen. Also verbrachte Alpha sein elftes Schuljahr auf einer staatlichen Schule in New York, was ihm in Alabaster einen legendären Ruf einbrachte. Aber trotz der Triumphe, die er den Gerüchten zufolge bei Beschleunigungsrennen, Hahnenkämpfen und Kickerturnieren feierte, war er unglücklich. Ohne sich mit Elena zu besprechen, schrieb er dem Schulleiter von Alabaster, Mr Richmond, im Frühjahr einen Brief, in dem er seine Situation darlegte (es fand sich kein Käufer für das Penthouse und Elenas dilettantische Versuche als Innenarchitektin brachten nicht viel ein) und um die Wiederaufnahme für das zwölfte Schuljahr bat – mit einem Stipendium.

Er wurde als siegreicher Held begrüßt. Frankie erfuhr Alphas komplette Geschichte von Matthew an jenem Tag, als er sie zum Schwimmbad begleitete. Und obwohl sie nichts dazu sagte – sie spürte, dass Matthew weiter ununterbrochen von seinem Freund quatschen wollte, ohne dass man ihn oder seine Taten anzweifelte –, fand Frankie, dass das eher nach einer Rückkehr mit eingezogenem Schwanz klang als nach einem Triumph.

Ist ein Alpha-Hund immer noch ein Alpha-Hund, wenn man ihn von seinem Rudel trennt?, fragte sie sich. Würde er sich in einem neuen Rudel auch zum Leitrüden aufschwingen oder würde er dort zum Kümmerer, zum Omega-Tier, zum ungeliebten Fremden? Und wenn er wirklich auch in diesem neuen Rudel zum Alpha-Hund geworden war, wie alle es von Tesorieri annahmen, würde er dann in sein altes Rudel zurückkehren wollen?

»Warum ist er zurückgekommen?«, fragte Frankie

Matthew. Sie standen vor der neuen Sporthalle und blickten durch Plexiglasscheiben auf die Kletterwand, die bis zur Decke reichte. Frankie war inzwischen zu spät dran fürs Schwimmen. Sie wusste, dass Trish vermutlich ohne sie mit dem Schwimmbrett ihre Bahnen zog. Aber sie wusste auch, dass Trish ihr verzeihen würde, nachdem ihr Vergehen Matthew Livingston einschloss.

»Er konnte ohne mich nicht leben«, witzelte Matthew. »Aber wenn er dort doch so viele Freiheiten hatte, wie du sagst? Hahnenkämpfe in der Lower East Side veranstaltet hat? Hört sich nicht nach der Art von Typ an, der freiwillig zurück ins Internat käme. Wo so ziemlich jede Sekunde unseres Tages verplant ist und irgendjemand ständig überwacht, was wir tun.«

»Für einen Typen wie Alpha sind Regeln dazu da, übertreten zu werden. Er liebt die Herausforderung«, sagte Matthew und sah Frankie an und nicht die Kletterer. »Ich glaube, für Alpha und seinen Volvo und seinen Haushahn war es ein Kinderspiel, diese Stadt für sich zu gewinnen. Er musste zurückkommen, um irgendwas Richtiges zu tun zu haben.«

Frankie schüttelte den Kopf. »Er ist zurückgekommen, weil er dadurch später die Chance hat, auf ein gutes College zu gehen, stimmt's?«

»Wahrscheinlich«, räumte Matthew ein. »Ey, Mann, wenn man vom Teufel spricht.«

»Was?«

»Da ist er.« Matthew hämmerte mit der Faust an die Plexiglasscheibe. »Alpha!«

»Er hängt da in der Kletterwand?«

»Er hängt in der verdammten Wand da. Wie aus dem Nichts aufgetaucht. Ich könnte schwören, dass er vorhin, als wir rübergeschaut haben, noch nicht da war, oder?«

Frankie zuckte die Schultern, dann folgte sie Matthew, als er in die neue Sporthalle und eine lange Reihe von Stufen hinunter bis zur Kletterwand rannte. Dean sicherte gerade Alpha, während der sich abseilte. Matthew und Frankie sahen zu.

Frankie hatte sich Alpha Tesorieri als einen dunklen italienischen Rebellen vorgestellt, der schwarze Lederklamotten trug und Motorrad fuhr.

Aber das war er nicht.

Er war – der Junge vom Strand.

Der ihr das Softeis abgeschnorrt hatte.

Der gesagt hatte: »Offenbar lasse ich mich nicht erziehen.«

Der gesagt hatte: »Ich habe immer Hunger.«

Alpha, mittelgroß, mit seinen sandfarbenen Haaren, einem breiten Brustkorb und glattem Gesicht, sah Frankie nicht an. »Aaaaah!«, brüllte er, als er auf dem Boden aufkam. »Diese Wand hat mich gerade von hier nach Tuscaloosa gekickt. Hiermit erkläre ich der Wand den Krieg, Dean. Hast du das gehört? Die Wand ist zum Ende des Halbjahres erledigt.«

»Du bist aus der Form, Rüde.« Dean lachte.

»Es ist, als hätte ich jedes einzelne Stück Kokoskuchen, das ich diesen Sommer gegessen habe, diese beschissene Wand raufgeschleppt.« Alpha warf sich theatralisch bäuchlings auf die Matten. »Ich bleib einfach hier liegen und halte Zwiesprache mit dem Fußgeruch«, verkündete er. »Das ist das Einzige, worin ich im Moment wirklich gut bin.«

»Rüde, hier ist Livingston mit einem Mädchen.« Alpha richtete sich auf. »Livingston!«, rief er und lief auf Matthew zu. »Lass mich als Geste brüderlicher Liebe meinen Schweiß an dir abwischen!« Er rieb sein nasses erhitztes Gesicht an Matthews T-Shirt. »Wie war's auf Martha's Vineyard?«

»Überall Schafe, Rüde«, sagte Matthew. »Schafe, so weit das Auge reicht. Und da, wo keine Schafe mehr sind, Ochsen.«

»Ich liebe Ochsen!« Alphas Blick huschte zu Frankie hinüber und zurück. Erkannte er sie wieder?

»*Du* liebst Ochsen? Na klar.« Matthew grinste.

»Nein, echt, die sind so maskulin. Wärst du nicht gerne ein Ochse? Oder ein Ochs, wie auch immer?«, fragte Alpha.

»Ein Ochse«, sagte Matthew. »Ochs ist Dialekt. Und nein, danke, wäre ich nicht.«

»Wer bist du?«, wandte sich Alpha an Frankie. »Du kannst mich Alpha nennen.«

»Das ist Frankie«, sagte Matthew.

Also erkannte er sie nicht wieder. Frankie streckte die Hand aus und Alpha schüttelte sie. Seine Hand war schweißnass, aber sie erinnerte sich daran, wie sie sich das letzte Mal angefühlt hatte.

»Entschuldige den Schweiß. Jetzt, wo ich dich mit

Schweiß vollgeschmiert habe, haben wir eine Bindung fürs Leben. Wusstest du das?«

Sie lachte.

»Im Ernst. Ich mach das nur bei Leuten, die ich mag. Du hast doch gesehen, wie ich das bei Livingston gemacht habe, stimmt's? Das ist wie Blutsbrüderschaft.«

Matthew tat so, als wollte er Alpha treten. »Laber nicht so rum, sonst will sie nie wieder was mit uns zu tun haben.«

»Ah, du bist also jetzt mit Livingston zusammen?«, fragte Alpha.

»Wir haben uns gerade erst kennengelernt, Rüde«, sagte Matthew lachend. »Also gib Ruhe.«

»Er sieht auch wirklich am besten von uns aus, findest du nicht?«, fragte Alpha und wischte sich über die Augenbraue. »Wie Adonis oder so.«

Das konnte Frankie nicht leugnen. Doch stattdessen sagte sie: »Ich glaube, wir haben uns vor ein paar Wochen am Strand getroffen.«

Alpha kniff die Augen zusammen, genau wie an dem Nachmittag, als sie sich zum ersten Mal gesehen hatten. »Ich bin aus New York. Da gibt's keinen Strand, abgesehen von Coney Island. Aber hey, jedes Mädchen, mit dem Livingston befreundet ist, ist auch meine Freundin. Ach übrigens, Dean, das ist Frankie.«

Dean kam herüber. »Hi, Frankie.«

»Sie ist Zadas kleine Schwester«, erklärte Matthew. »Erinnert ihr euch an Zada?«

»Bist du in der Neunten?«, fragte Dean.

»In der Zehnten«, erwiderte Frankie.

»Komisch«, sagte Dean. »Ich könnte schwören dich nie im Leben gesehen zu haben. Ich würde mich an dich erinnern. Das weiß ich ganz bestimmt.«

Als Matthew sich nicht an sie erinnern konnte, war Frankie sogar ein bisschen erfreut gewesen. Offenbar hatte sie sich so radikal verändert, dass er noch nicht einmal bemerkte, dass sie dasselbe Mädchen war. Als Alpha sich nicht an sie erinnerte, kam sie sich klein vor. Sie war nur ein weiteres Mädchen, mit dem er am Strand geplaudert und das er dann vergessen hatte. Aber als Dean sich nicht an sie erinnerte, wurde sie wütend. »Ich habe mehr als einmal mit dir zu Mittag gegessen«, sagte sie und sah ihn böse an. »Weil ich normalerweise bei meiner Schwester mit am Tisch saß. Wir haben uns einmal über *Pirates of the Carribean* unterhalten.«

»Die Geisterbahn in Disneyland oder den Film?«

»Die Geisterbahn. Wir haben die alte mit der neuen verglichen.«

»Ich kann mich nicht erinnern.«

»Ich habe dir erzählt, dass es in der alten Version überall versteckte Mickymäuse und Schatten von Pluto gab. Und dass Zada und ich das im Internet angeguckt haben, bevor wir hingefahren sind.«

Dean schüttelte den Kopf.

»Der große Felsen, der aussieht wie Goofy?«

Er zuckte mit den Schultern und Frankie fragte sich, wie er ein solches Gespräch hatte vergessen können.

»Er ist ein Trottel, dass er sich nicht erinnern kann«,

sagte Matthew, als hätte er sich nicht ähnlich verhalten.
»Sag, dass du ein Trottel bist, Dean.«
»Oh, ich bin ein Trottel. Das kann dir jeder bestätigen.«
»Alpha«, fragte Frankie und drehte sich um, »ist Dean ein Trottel?«
»Natürlich, Frankie-die-ich-vollgeschwitzt-habe. Aber er hat außerdem überhaupt kein Kurzzeitgedächtnis. Er hat die Hälfte seiner Gehirnzellen mit diesem Apparat, den er in seinem Zimmer hat, vernichtet.«
Dean nickte. »Das stimmt. Meine kognitiven Fähigkeiten sind stark beeinträchtigt.«
»Abgesehen von dem glatten Einserdurchschnitt.« Matthew knuffte Dean am Arm.
»Abgesehen von nichts«, erwiderte Dean. »Alles bloß Nebel und Spiegel. Achte nicht auf den Mann hinter dem Vorhang!«

Frankie konnte nicht weiter böse sein, obwohl sie sicher war, dass Dean log, wenn er sagte, dass er sich nicht an sie erinnerte. Wie konnte sie sauer auf die drei sein, wo sie so völlig würdelos waren? Auf herrliche Art albern. Bereit, sich bei der erstbesten Gelegenheit zu verulken, sich zu Boden zu werfen, ihre Schwächen einzugestehen. Dean machte sich offen über sich selbst lustig und schien sich beinahe für seine glatten Einser zu schämen. Alpha war es nicht peinlich, dass er kaum den einfachen Aufstieg an der Kletterwand geschafft hatte; er schwitzte Leute voll und spottete über sein Aussehen. Und Matthew – nun, auf Matthew hätte sie sowieso nicht böse sein können.

Diese Jungen waren sich ihrer Plätze im Leben so sicher – waren so voller Vertrauen in ihre Vorzüge und ihre Zukunft –, dass sie keinerlei Fassade nötig hatten.

Die Damen

»Es war der Typ vom Strand, das würde ich beim Grab meiner Mutter schwören«, schloss Frankie, während sie und Trish ihre Bahnen mit den Schwimmbrettern zogen. Trish war die Zimmergenossin, ihr erinnert euch. »Ich glaub's nicht«, sagte sie und schnaufte beim Paddeln.
»Er war es«, sagte Frankie.
»Der, der dein Softeis aufgegessen hat? Dessen Namen du nicht kennst?«
»Ja.«
»Und, seid ihr euch in die Arme gefallen?«
»Er hat sich nicht an mich erinnert.«
»Ach, komm.«
»Keiner von ihnen hat sich an mich erinnert, Trish.«
»Du machst Witze.«
»Weder Dean noch Matthew noch dieser Alpha. Als wäre ich unsichtbar.«
»Als wärst du unsichtbar *gewesen*«, verbesserte Trish sie. »Und jetzt bist du es nicht mehr.«
»Weil ich einen größeren Busen habe? Komm schon. Wenigstens ab und zu sehen sie einem Mädchen ja wohl auch ins Gesicht. Wie würden sie denn sonst überhaupt eins wiedererkennen?«

Trish lachte. »Wetten, dass die Jungs an dieser Schule völlig verwirrt wären und bei mindestens der Hälfte der weiblichen Schülerschaft unfähig, sie zu erkennen, wenn wir alle plötzlich Push-up-BHs oder Minimizer tragen würden? Ist dir nie aufgefallen, wie sie ständig mit deinem Busen reden?«

»Nein.«

»Na ja, du hattest letztes Jahr noch nicht besonders viel davon, nimm's mir nicht übel. Aber so ist es. Sie sprechen mit den Damen, wenn du verstehst, was ich meine.«

»Es kann sich doch nicht alles nur um die Damen drehen.«

»O doch, kann es.«

»Jetzt mal im Ernst.«

Trish zog sich auf den Beckenrand hoch. »Okay, du hast Recht. Matthew erinnert sich nicht an dich, weil er einer der tonangebenden Typen hier auf der Schule ist. Er interessiert sich nur für die Leute aus seinem Freundeskreis und nimmt sonst nichts wahr, auch wenn er es direkt vor der Nase hat – bis er ein Mädchen sieht, das er attraktiv findet.«

»Mhm, ich glaube nicht, dass er so ist.«

»Wie auch immer. Was Dean angeht, bin ich deiner Meinung. Ich glaube, er lügt, weil dieser Typ immer versucht sich wichtig zu machen. Er tut so, als würde er sich nicht an dich erinnern, weil er sich dann toll vorkommt – so behält er im Gespräch die Oberhand.«

»Aber warum hat er das nötig?«

»Weil Matthew dich ganz offensichtlich mag, darum. Und für Dean stellt alles, was ihm Matthew wegnehmen könnte, eine Bedrohung dar.«

»Gut, dass deine Mutter Seelenklempnerin ist.«

Trish wrang sich die Haare aus. »Stimmt. Nun zum Dritten. Unmöglich, dass sich dieser Alpha nicht an dich erinnert. Es ist schließlich erst zwei Wochen her, dass ihr am Strand miteinander geflirtet habt.«

»Ich habe sogar erwähnt, dass wir uns getroffen haben, aber er ist gar nicht darauf eingegangen. Als wäre es nicht er gewesen.« Frankie war inzwischen auch aus dem Becken geklettert. Sie trocknete sich die Beine ab.

»Warum sollte er das tun?«

»Ich weiß es nicht.«

»Aber der Typ am Strand wusste, dass du in Alabaster zur Schule gehst, oder? Wenn das hier also derselbe Typ ist, dann weiß er auch, dass du dasselbe Mädchen bist.«

»Ich weiß.« Sie betraten die Sauna und legten sich hin, umgeben vom heißen Geruch nach Zedernholz.

»Bist du enttäuscht?«, fragte Trish. »Magst du ihn?«

»Das würde ich vielleicht ...«, überlegte Frankie. »Kann sein ... Aber ich war mit Matthew Livingston dort.«

Trish setzte sich auf und zog ihr Handtuch zurecht. »Deshalb hat dieser Alpha so getan, als würde er sich nicht an dich erinnern«, sagte sie schließlich, als sie sich wieder ausstreckte.

»Warum?«

»Weil du mit Matthew dort warst.«

»Na und?«

»Matthew hat sich mit den Damen unterhalten, und wenn Matthew sich mit den Damen unterhält, kann sich die Konkurrenz auch gleich zurückziehen.«

»Uh.«

»Ich mein ja bloß.«

»Dass Alpha Matthew zuliebe einen Rückzieher gemacht hat?«

»Matthew ist ... na, ich sag mal so ...«, erklärte Trish. »Wenn ich nicht mit Artie zusammen wäre, würde ich nicht Nein sagen. Es gibt kein Mädchen in Alabaster, das Nein sagen würde. Wir sprechen hier von Matthew Livingston. Das heißt, dieser Alpha hatte zwar die älteren Rechte, aber er hat zurückgesteckt, als Matthew dich in die Finger bekommen hat.«

»Du sprichst von mir, als wäre ich ein Stück Fleisch.«

»Nein, das bist du natürlich nicht. Ich lebe nur meine eigenen Wünsche aus.«

»Wie meinst du das?«

»Es wäre cool, wenn sich die Typen meinetwegen streiten würden. Ich bin noch keine sechzehn und schon so gut wie verheiratet.«

»Ich weiß ja noch nicht mal, ob er mich wirklich mag«, sagte Frankie.

»Welcher von beiden?«

»Beide. Matthew.«

»Ich glaube nicht, dass Alpha dich angesprochen hat, weil er dein Eis wollte.«

Frankie rekelte sich. »Vielleicht ist er ja gar nicht so

ein Alpha-Hund, wenn er so schnell den Schwanz einzieht.«

»Genau das meine ich damit«, sagte Trish.

DAS PANOPTICON

𝓕rankie sah Matthew in der folgenden Woche mehrmals in der Schulmensa an einem Tisch voller Zwölftklässler; aber es war unmöglich für eine Zehntklässlerin, einfach zu einem Zwölftklässlertisch hinüberzugehen und Matthew vor allen Leuten Hallo zu sagen. Einmal lief er draußen in seinen Fußballtrainingsklamotten an ihr vorbei, ein paar Stollenschuhe in der Hand. »Spät dran!«, rief er ihr grinsend über die Schulter hinweg zu und lief in Richtung der Sportplätze davon.

Ach, er hatte großartige Beine.

War er letzten Endes vielleicht doch nicht an ihr interessiert?, fragte sich Frankie, während sie ihm nachsah.

War sie ihm zu jung?

Mochte er sie nicht mehr, seit sie Dean widersprochen hatte, als es um *Pirates of the Carribean* ging?

Die ganze Woche versuchte sie nicht an ihn zu denken und lernte auch wirklich für die Schule. Am Wochenende ging sie mit Trish und Artie in die Stadt und hatte ein Ultimate-Frisbee-Spiel.

Zu Beginn der zweiten Unterrichtswoche wählte Frankie allerdings Latein ab und belegte dafür ein Wahlfach namens »Städte, Kunst und Protest«, das viel spannender klang. Die Lehrerin war eine gewisse Ms Jensson. Sie war neu in Alabaster und trug perlenbesetzte Strickpullis und ausgefallene Röcke. Sie hatte an der Columbia-Universität Kunstgeschichte studiert und erklärte jedem, dass sie sich in Alabaster beworben hatte, um aus New York wegzukommen – und hier war sie nun und redete im Unterricht ständig über diese Stadt. Ironie des Schicksals.

Es war das erste Mal, dass Frankie ein Fach belegt hatte, das man nicht in einem Wort beschreiben konnte: Französisch. Biologie. Latein. Geschichte. Ms Jensson erklärte ihnen, dass man den Begriff Stadt ganz verschieden füllen könne und dass sich organisch gewachsene Städte von kleineren, konkreter geplanten Orten wie zum Beispiel dem Campus von Alabaster unterschieden. Die Schüler lasen Architekturkritiken, eine Geschichte der Stadt Paris und sie studierten das Panopticon – ein Gefängnismodell, das der Philosoph Jeremy Bentham Ende des achtzehnten, Anfang des neunzehnten Jahrhunderts entworfen hatte, das aber nie wirklich umgesetzt worden war.

Die Architektur von Benthams Panopticon war so angelegt, dass ein Aufseher alle seine Gefangenen ständig sehen konnte, ohne dass die Gefangenen wussten, ob sie gerade beobachtet wurden oder nicht – was ihnen das Gefühl gab, ununterbrochen von einer allwissenden Instanz überwacht zu werden.

Anders gesagt, jeder in dem Panopticon wusste, dass er ständig überwacht werden konnte, so dass letzten Endes nur wenig Überwachung tatsächlich nötig war.

Das Panopticon schuf ein so allgegenwärtiges Gefühl der Beobachtung, dass seine Insassen sich praktisch selbst kontrollierten.

Ms Jensson ließ die Schüler dann einen Ausschnitt aus einem Buch mit dem Titel *Überwachen und Strafen* lesen, in dem Michel Foucault die Idee des Panopticons als Metapher für die westliche Gesellschaft verwendet und für die Bedeutung, die diese der Normierung und der Kontrolle beimisst. Will heißen, dass es in unserem Leben viele Orte gibt, die wie das Panopticon funktionieren. Schulen. Krankenhäuser. Fabriken. Bürogebäude. Sogar die Straßen der Stadt.

Jemand beobachtet dich.

Oder: *Wahrscheinlich* beobachtet dich jemand.

Oder: Du hast das *Gefühl*, dass dich jemand beobachtet.

Also befolgst du die Regeln, ob dich nun jemand beobachtet oder nicht.

Du fängst an zu glauben, dass, wer immer dich beobachtet, übermächtig ist. Dass der Überwacher Dinge über dich weiß, die du nie jemandem erzählt hast.

Sogar wenn der Überwacher so blöd ist wie der Leiter eines Internats.

Oder ein achtzehnjähriger Schüler.

Oder ein fünfzehnjähriges Mädchen, das sich für einen achtzehnjährigen Schüler *ausgibt*.

Allumfassende Paranoia. Wie das unheimliche Gefühl, dass dein Vater weiß, du hast dieses Bier getrunken, auch wenn das schon vier Tage her ist und es keinerlei Anzeichen dafür gibt, dass er es weiß.

Oder wenn du allein zu Hause bist und aufs Klo gehst und trotzdem die Tür hinter dir abschließt.

Oder wenn du einen neuen Freund hast und allein in deinem Zimmer bist und in der Nase bohrst – und dann denkst, wie eklig, und dass dein Freund das irgendwie gesehen haben muss und mit diesem schleimigen, nasebohrenden Etwas, das du bist, Schluss machen wird, sobald du ihn das nächste Mal siehst. Und du hörst auch irgendwie die Stimme deiner Großmutter in deinem Kopf, die dich daran erinnert, ein Taschentuch zu benutzen. Und dieses fürchterliche, wichtigtuerische, tonangebende Mädchen – du hast noch ihre gemeine Stimme damals in der fünften Klasse im Ohr, als sie dich dabei ertappt hat, wie du einen Popel unter den Tisch geklebt hast, und dich daraufhin das halbe Schuljahr über »Popelfresser« genannt hat, obwohl du den Popel, wenn du ihn essen würdest, ja ganz offensichtlich gar nicht erst unter den Tisch geklebt hättest.

Es ist also nicht einfach so, dass du dir in der Nase bohrst, weil du gerade Lust dazu hast, oder dir nicht in der Nase bohrst, weil es unhygienisch ist. Sondern du führst im Geiste ein Gespräch mit all den Mächten, die dich beobachten und für dein (potenzielles oder reales) Nasebohren verurteilen könnten – auch wenn du rational betrachtet genau weißt, dass dich niemand sieht.

So funktioniert das Panopticon.

»Städte, Kunst und Protest« war viel besser als Latein. Frankie las alle Texte dafür immer sofort.

Die Einladungen

Frankie bemerkte die hellblauen Umschläge zum ersten Mal in der morgendlichen Geschichtsstunde, als das Schuljahr anderthalb Wochen alt war. Star Allan, eine Zehntklässlerin, die auf demselben Flur wohnte wie Frankie, saß neben ihrer Freundin Claudia und verglich ihre Mitschrift mit ihr.

Star war zierlich. Steuerfrau im Ruderteam. Mit einer grellen, lauten Stimme. Mit einem so langen und wippenden Pferdeschwanz, dass Frankie sich wunderte, dass sie davon nicht nach hinten umkippte. Mit einem Gehirn von der Größe eines Maiskorns. »Hast du auch eine bekommen?«, rief Star ihr über den Tisch hinweg zu und ließ kurz ihren Umschlag und die passende Karte darin sehen.

Frankie wusste, dass Star mit Dean ging.

»Nein.«

»Und du?«, fragte Star Trish.

»Was ist das denn?«

»Oh, ihr werdet es erfahren, wenn ihr es erfahren sollt!«, flötete Star. »Wenn ihr keine habt, kann ich euch meine nicht zeigen!«

Später beim Mittagessen in der Mensa kam Frankie nicht umhin, hellblaue Umschläge in den Händen und

Taschen mehrerer beliebter Zwölftklässler zu bemerken. Und als sie zum Ecktisch hinübersah, an dem solche Leute immer saßen, lümmelten Matthew, Dean, Alpha und die Clique auf ihren Stühlen und die Karten waren über den ganzen Tisch verteilt.

Nach dem Essen sah Frankie in ihr Postfach, aber da war nichts außer einem Flyer für das Wasserballspiel am Samstag.

An diesem Abend war Frankie allein in der Bibliothek. Sie hatte sich wegen einer Lerngruppe für die Bioarbeit am nächsten Tag im Wohnheim abgemeldet, und als das Treffen beendet war, ging sie hinunter ins Magazin in die Abteilung mit den 8000er Nummern, um nach unterhaltsamem Lesestoff zu suchen.

Zwischen den Metallregalen im Untergeschoss der Bibliothek war es kalt und es roch nach staubigem Papier. Frankie suchte nach einem Buch von P. G. Wodehouse, weil sie im Sommer *In alter Frische* gelesen hatte; aber sie hatte sich nicht die Mühe gemacht, im Katalog nachzuschlagen, und so streifte sie zwischen den Ws umher, weil sie die Schreibweise seines Namens (der Woodhouse ausgesprochen wurde) nicht richtig im Kopf hatte, und überlegte, ob es sich lohnte, wieder nach oben zu gehen, um im Computer zu recherchieren, oder ob sie einfach gucken sollte, ob es sonst etwas Anständiges zu lesen gab, das einfacher zu finden war – als sie Stimmen hörte.

Am Ende der langen Reihe aus Bücherregalen gab es mehrere Arbeitskabinen – neonbeleuchtete Zellen mit einer Plexiglastür und Platz für zwei Stühle und einen Schreibtisch. In eine davon hatten sich vier Zwölftklässler gequetscht – Matthew, Alpha, Dean und Callum –, zwei saßen auf dem Tisch und zwei auf den Stühlen. Die Kabine war praktisch schalldicht und Frankie konnte nicht hören, was sie sagten. Sie dachte nicht weiter darüber nach, abgesehen von dem sehnsüchtigen Bewusstsein, dass sich Matthew Livingston nur wenige Meter von ihrem Körper entfernt befand – und wanderte weiter an den Ws entlang, wo sie schließlich das Regal mit den Erzählungen von Wodehouse fand.

Sie zog *Alter Adel rostet nicht* hervor, weil ihr der Titel gefiel, setzte sich auf den Boden und schlug es auf. Sie war so versunken darin, dass sie etwas erschrak, als die Jungen die Kabinentür öffneten und ihr Lärm ins Magazin herausschwappte.

»Gidget ...« Matthews Freund Callum lachte. »Ich glaub's nicht, Jungs.« Gidget war eine gut aussehende Zwölftklässlerin, der es bisher gelungen war, jeglicher Verabredung in Alabaster aus dem Weg zu gehen.

Matthew schlug Callum leicht auf den Hinterkopf. »Das hat nichts mit Barmherzigkeit zu tun, du Trottel.«

Callum fragte: »Was soll das heißen?«

»Es ist eine vorgezogene Belohnung für zukünftige Dienste«, erwiderte Matthew.

»Ja, ja.«

»Wir meinen's ernst«, sagte Alpha und legte Callum den Arm um die Schultern. »Wir brauchen deine Talente vielleicht später im Schuljahr noch.«

»Okay.«

»In der Zwischenzeit hast du am Freitag eine Verabredung mit Gidget.«

Matthew sagte: »Alpha, du bist echt ein Kuppler.«

»Stimmt.« Frankie sah, wie Alpha den anderen vorweg an dem Gang vorbeilief, in dem sie saß. »Ich liebe es, mich in das Leben anderer Leute einzumischen«, fuhr er fort. »Es unterhält mich ungemein.«

»Du bist voll krank, Mann, weißt du das?« Matthew grinste.

»Wahrscheinlich sollten sie mich einweisen«, sagte Alpha nachdenklich. »Ach, Mensch. Haben sie ja schon!«

Das Panopticon, dachte Frankie.

»Das Gefängnis von Alabaster«, sagte Matthew lachend.

»So herrlich grün, so anregend, so hochgeistig«, klagte Alpha in gespielter Verzweiflung, »dass sogar der Alpha-Hund nach seiner Flucht schließlich wieder angekrochen kommt und bettelt: Sperrt mich ein!«

Die Jungen stiegen die Treppe hinauf und veranstalteten dabei einen Radau, als gehörte die Bibliothek ihnen.

Eine Minute später hörte Frankie Schritte durch das Magazin zurückkommen. Sie sah von ihrem Platz auf dem Boden auf und dort stand Matthew; seine Silhouette zeichnete sich vor dem Licht ab, das aus den Arbeitskabinen schien.

»Hey«, sagte er. »Wusste ich's doch, dass du das bist. Was liest du da?«

Sie hob *Alter Adel rostet nicht* hoch und zeigte es ihm.

»Nett.«

»Hast du es gelesen?«

»Ich hab was von ihm gelesen, weiß aber nicht mehr, was. Sag mal ...«

»Ja?« Sie wäre gerne aufgestanden, aber er stand direkt vor ihr und sah zu ihr herab, und wenn sie sich hochgerappelt hätte, wären sich ihre Gesichter unbehaglich nah gekommen.

»Hast du nach deiner Post gesehen?«, fragte Matthew.

»Ähm, heute Morgen. Seitdem nicht mehr.«

»Tja.« Er grinste und wandte sich zum Gehen. »Du solltest noch mal nachsehen.«

Seine Schritte wurden schneller und weg war er.

Frankie ließ ihr Buch auf dem Boden liegen und lief zu den Postfächern im Hauptgebäude. Abgesehen von den Schulleitern und Mitgliedern des Direktoriums, die finster von den Gemälden an der Wand herabstarrten, war die Eingangshalle leer. Frankie streckte ihnen die Zunge heraus und öffnete mit zitternden Händen ihr Postfach.

Darin lag ein hellblauer Umschlag, der wie ein viktorianischer Liebesbrief mit rotem Siegelwachs verschlossen war.

»Frankie Landau-Banks« stand in Buchstaben, die aus einer Zeitung ausgeschnitten waren, auf der Karte in dem Umschlag. Der Rest des Textes war ein Computerausdruck, vermutlich für alle Empfänger derselbe:

Verrate niemandem, dass du diese Einladung erhalten hast. Zieh am Samstagabend, zehn Minuten nach der Ausgangssperre, etwas Schwarzes an. Besorg wenn möglich Alkohol. Komm zum Golfplatz. Lass dich nicht erwischen! Dein Partner bei diesem Coup ist ...

Hier war eine Leerzeile und dann waren wieder Buchstaben aufgeklebt:

... Matthew Livingston.

Es gab keine Unterschrift, keinen Hinweis darauf, wer die Einladung verschickt hatte. Frankie drehte die Karte um. Nichts. Sie sah sich noch mal den Umschlag an. In dem roten Siegelwachs sah man den Abdruck eines Hundes mit Hängeohren. Ein Basset.

Senior war in Alabaster ein Basset gewesen. Alle paar Monate nahm er Frankie und Zada mit in ein schickes Bostoner Steakhouse zu einem Essen mit einigen seiner alten Freunde – Hank Sutton (Geschäftsführer einer Papierfabrik), William Steerforth (ein bekannter Anwalt) und Dr. John Montague (Direktor eines Krankenhauses in der Nähe von Boston). Die Männer leerten in der Regel zwei Flaschen Wein und verputzten drei große Steaks, während Frankie und Zada Käsefondue aßen. Von all dem Wein und dem tierischen Eiweiß wurden die Alten Jungs dann albern – und unterhielten sich über die Bassets.

Es war ein Geheimbund, aber wozu er genau existierte, war schwer zu sagen. In Seniors Erinnerungen ging es größtenteils um Streiche auf dem Campus: um geheimnisvoll codierte Nachrichten, die ans Schwarze Brett gehängt wurden, oder darum, sich nach der Ausgangssperre hinauszuschleichen. Frankie und Zada sollten offenbar erfahren, dass es diesen Bund gab – und dass die Alten Jungs früher Mitglieder gewesen waren –, aber Senior und seine Freunde beantworteten keine direkten Fragen. Eines Abends, als sie alle die Reste eines mächtigen Essens auf der schmutzig gewordenen weißen Tischdecke betrachteten, gaben die Alten Jungs zu, dass sie ihre Missetaten in einem Notizbuch mit dem Titel *Die unrühmliche Geschichte* festgehalten hatten. Aber als Frankie Mr Sutton fragte, was sie dort hineingeschrieben hatten, lachte er und schüttelte den Kopf. »Wenn ich dir das erzählen würde, wäre es ja kein Geheimnis mehr, nicht wahr?«

»Aber Sie erzählen uns ja auch von Ihrem Bund«, sagte Frankie, »also kann es so ein großes Geheimnis nicht sein.«

»Geheimnisse sind viel mächtiger, wenn die Leute wissen, dass du sie hast«, sagte Mr Sutton. »Du lässt sie eine winzige Ecke deines Geheimnisses sehen, aber den Rest hältst du unter Verschluss.«

»Wo ist denn diese Geschichte?«

»Verschnürt es fest mit Klebepflaster!«, sagte Dr. Montague, der mehr als nur seinen Anteil am Cabernet getrunken hatte, und lachte.

»Schaut Richtung Westen, Jungs!«, sagte Senior kichernd.

»O nein«, stöhnte Mr Steerforth. »Nicht das schon wieder.«

»Ich kann einfach nicht glauben, dass wir das gemacht haben. Schaut zu den Büchern, Jungs!«

»Was bedeutet das?«, wollte Frankie wissen.

»Nichts, nichts«, sagte Dr. Montague.

»Beachte deinen Vater und diese albernen Kerle links von mir gar nicht«, sagte Mr Sutton. »Ihr beiden charmanten jungen Damen wisst viel besser, wie man sich in einem guten Restaurant benimmt, als sie.«

»Wer sagt, dass Frankie nicht auch ein Basset wird?«, fragte Zada. Sie war damals in der Zwölften und Frankie in der Neunten. »Vielleicht wird sie auch Mitglied. Ihr solltet ihr alles darüber erzählen.«

Mr Sutton lachte laut auf und Mr Steerforth sagte: »Tut mir leid, Frankie, aber diese Organisation ist nur für Männer.«

»Das wusstest du doch, Zada«, schimpfte Senior. »Warum musst du Puschelhäschen solche Flausen in den Kopf setzen? Sie wird nur enttäuscht sein.«

»Ja, das wusste ich«, sagte Zada. »Ich finde es einfach bloß bescheuert.«

»Es reicht«, fuhr Senior sie an.

»Wer will Nachtisch?«, fragte Dr. Montague. »Ich nehme Bostoner Cremetorte.«

Jetzt sah Frankie das Bassetsiegel auf dem Rand ihres Umschlags an und dachte kurz an den Bund ihres Vaters. Ganz offensichtlich gab es ihn noch und sie fragte sich, wie er funktionierte und welche Macht er auf dem Campus hatte.

Aber in erster Linie (seien wir ehrlich) waren Frankies Gedanken ganz woanders. Schließlich hatte Matthew Livingston – Matthew Livingston! – sie endlich gefragt, ob sie mit ihm ausging.

Der Wald

Die Sicherheitsvorkehrungen in Alabaster waren lax. Das Gefühl, beobachtet zu werden, das die panoptische Natur der Institution Internat hervorrief, genügte, damit die meisten Schüler die Regeln befolgten, ohne dass wirklich strenge Überwachungsmethoden notwendig waren.

Am Samstagmorgen schob Matthew eine Nachricht unter Frankies Zimmertür hindurch, in der er sie anwies, über das nördliche Treppenhaus in den ersten Stock hinunterzugehen (wodurch sie so viel Abstand wie möglich vom Zimmer der Betreuungslehrerin hielt), dann weiter durch den Aufenthaltsraum in die kleine, ungenutzte Küche, von der aus eine Hintertür auf eine winzige Veranda hinausführte, und von dort die Stufen hinunter zu den Containern hinter dem Wohnheim. Die Tür war zwar angeblich alarmgesichert, aber Matthew wusste, dass das zumindest letztes Schuljahr nicht der Fall gewesen war.

Eine Nachricht in Matthews Handschrift.

Obwohl unten in großen Buchstaben SOFORT VERBRENNEN! stand, trug Frankie sie den halben Tag mit sich herum, bevor sie sie anzündete.

Sie würde mit Matthew Livingston ausgehen. Spätabends. Auf eine Party, die er mit seinen Freunden veranstaltete.

Wenn man sie letztes Jahr danach gefragt hätte, hätte Frankie gesagt, dass das ein Ding der Unmöglichkeit sei. Sie war ein Kind und er fast schon ein Mann. Sie war ein Niemand und er ein Star. Und doch passierte es jetzt – und war genauso einfach wie, nun, vom Fahrrad zu fallen.

Trish war nicht eingeladen. Ihr Freund Artie auch nicht. Frankie tat das leid, aber Trish winkte ab. »Ich werde am Samstag sowieso schon mindestens zwei Stunden auf dem Golfplatz verbringen. Artie will eine Partie spielen. Da gehe ich sicher nicht mitten in der Nacht noch mal hin, um einem Haufen Zwölftklässler beim Biertrinken zuzusehen. Ich hasse diese Art Partys.«

»Seit wann denn das?«, fragte Frankie und streckte sich auf ihrem Bett aus. »Seit wann gehst du überhaupt zu dieser Art Partys?«

»Meine Brüder haben mich diesen Sommer auf Nantucket zu einigen mitgenommen und ich habe gefroren und mich gelangweilt, während ich irgendwelchen Kerlen dabei zugesehen habe, wie sie am Strand angegeben und sich besoffen haben.«

»Waren keine Mädchen dabei?«

»Doch, es gab auch Mädchen, aber es war ...« Trish seufzte. »Es war irgendwie machomäßig. Ich bin ein paarmal mitgegangen und dann habe ich Topher und James einfach gesagt, dass ich lieber zu Hause bleibe.«

»Und was hast du stattdessen gemacht?«
»Mit meinen Eltern Filme geguckt. Süßen Obstauflauf mit Streuseln gebacken.«
»Wie, Beerenauflauf oder was?«
»Und Pfirsich. Und Rhabarber.«
»Echt?«
»Das macht Spaß«, erwiderte Trish. »Viel mehr Spaß, als Jungs dabei zuzuhören, wie sie über Sport reden und anfangen zu lallen. Das kannst du mir glauben.«
Die Einstellung ihrer Freundin machte Frankie wütend. Indem sie zu Gunsten einer typisch weiblichen Beschäftigung nicht länger bei den Jungs mitmachte, hatte Trish eine Tür verschlossen – die Tür zwischen sich und diesem Jungsklub, mit dem ihre Brüder am Strand waren. Klar, sie war immer noch eingeladen. Sie konnte die Tür wieder öffnen. Aber wenn sie auch den nächsten Sommer damit verbrachte, in der Küche Aufläufe zuzubereiten, würden die Jungen sie nicht mehr fragen, ob sie mitkäme. Stattdessen würden sie bei ihrer Rückkehr einen warmen Nachtisch erwarten.
»Stehst du auf und lässt mich durch die Küche wieder rein, wenn ich dich anrufe?«, fragte Frankie und unterdrückte ihren Ärger.
»Natürlich«, sagte Trish. »Ich lege das Handy neben mein Bett.«

Die Nächte waren immer noch warm – es war erst Anfang September –, daher hatte Frankie eine schwarze Baumwollhose und ein dunkelblaues langärmliges T-Shirt angezogen. Sie trug extra viel Pflegespülung auf ihr krauses Haar auf und einen glänzenden Hauch Rosa auf ihre Wangenknochen. Matthew wartete wie angekündigt im Wald hinter dem Heaton-Wohnheim auf sie.

»Hey«, flüsterte er. »Du hast es geschafft.«

Sie nickte.

»Hast du meine Nachricht bekommen?«

»Ja.«

»Und hast du sie verbrannt?«

»Guck.« Frankie hielt ihre Hand nah an sein Gesicht.

»Ein Pflaster.«

»Ich hätte nicht gedacht, dass sie so schnell in Flammen aufgehen würde. Was für Papier war das denn, ein Taschentuch?«

Matthew lachte. Sie gingen durch den Wald, der den Campus von Alabaster umschloss, außerhalb des Scheins der Straßenlaternen, die das Schulgelände säumten. Frankie sah noch weitere schwarz gekleidete Schemen durch die Dunkelheit tappen, konnte aber niemanden erkennen.

Sie gingen eine Minute schweigend nebeneinander her, dann nahm Matthew ihre Hand – die mit dem Pflaster. »Ich mache mir Sorgen, dass du dir deine Hand ein weiteres Mal verletzen könntest«, sagte er. »Zu deiner eigenen Sicherheit halte ich sie am besten, um sie vor Dornen und gefährlichen Waldtieren zu schützen.«

»Ist gut«, sagte Frankie. »Wenn sie sich fettig anfühlt, liegt das an der Salbe, die ich vor einer halben Stunde draufgeschmiert habe. Ich bin nicht von Natur aus mit einer Fettschicht überzogen.«

»Zur Kenntnis genommen.«
»Ich eitere nicht oder so.«
»Angeberin.«

Matthews Hand war groß und warm. Frankie spürte, wie ihr ein Freudenschauer den Arm hinauflief.

»Das wünsche ich mir von einem Mädchen«, fuhr Matthew fort. »Ich wünsche mir eine, die nicht eitert.«

Sie lachte.

»Im Ernst«, sagte er und streichelte im Gehen mit der anderen Hand die Innenseite ihres Handgelenks. »Ich bin froh, dass du heute Abend dabei bist. Ich hatte schon Angst, du würdest nicht kommen.«

War er verrückt? Er war ein Zwölftklässler, sportlich, galt allgemein als gut aussehend; er hatte ein Auto; ihm würde eines Tages ein Haufen landesweit bekannter Zeitungen gehören; er war mit seinen Freunden durchs ganze Land gefahren, hatte Kuchen gegessen und Videos gedreht. Und sie, Frankie – nun, sie hatte zwar keine schlechte Meinung von sich. Sie wusste, dass sie auf bestimmten Gebieten ungewöhnlich intelligent war und ihre Freunde oft zum Lachen bringen konnte, und sie freute sich, dass sie jetzt an den meisten Tagen zumindest halbwegs gut aussah – aber sie war eine heterosexuelle Zehntklässlerin ohne Freund und gesellschaftlichen Einfluss (vor allem jetzt, nachdem Zada ihren Abschluss gemacht hatte).

Auf welchem Planeten würde ein Mädchen in ihrer Situation es ablehnen, mit Matthew Livingston zu einer Golfplatzparty zu gehen?

Frankies Gedanken begannen sich zu überschlagen. Sie hatte sich noch nie etwas sehnlicher gewünscht, als mit Matthew zusammen zu sein. Aber jetzt hatte er gerade diese Bemerkung gemacht – dass er Angst gehabt hatte, sie würde nicht kommen –, auf die eine würdige Antwort fast unmöglich war. Welche Erwiderung würde sie am wahrscheinlichsten an ihr Ziel bringen? Ihre Synapsen machten sich an eine Reihe von Berechnungen und Einschätzungen, die wie folgt aufgelistet werden können:

Ich könnte sagen: »Tja, hier bin ich.«

Einspruch. Klingt zu geziert.

Ich könnte sagen: »Natürlich bin ich gekommen.«

Einspruch. Klingt, als würde ich ihn vergöttern.

Ich könnte sagen: »Warum sollte ich nicht?«

Einspruch. Es wird ihm unangenehm sein, auf diese Frage zu antworten.

Ich könnte das Thema wechseln.

Einspruch. Die Leute wollen, dass man ihnen zuhört.

Ich könnte sagen: »Ich war noch nie bei einer Party auf dem Golfplatz.«

Einspruch. Zu infantil.

Ich könnte stattdessen sagen: »Für eine Party bin ich immer zu haben.«

Einspruch. Zu herablassend. Außerdem klingt das so, als wäre ich letztes Schuljahr auf einer Menge Partys gewesen, und er wird schnell herausfinden, dass das nicht stimmt.

Ich muss ihn zum Lachen bringen. Und ich muss ihn

so weit verunsichern, dass er nicht genau weiß, ob ich ihn mag.

Golf. Der Golfplatz.

»Ich bin eine ganz gute Golferin«, sagte Frankie nach einer Pause von nur 2,8 Sekunden. »Ich lasse keine Gelegenheit aus, ein paar Bälle einzulochen.«

Das war's. Matthew lachte!

Frankie war hochzufrieden. Das war besser, als eine Debatte zu gewinnen.

»Dann wirst du eine Infrarotbrille brauchen«, sagte er.

»Was, habt ihr etwa keine?«

»Äh. Nein.«

»Du erwartest, dass ich ohne vernünftige, militärerprobte Ausrüstung nachts Golf spiele?« Frankie zog einen gespielten Schmollmund. »Das ist nicht fair. Ich möchte, dass dieser Mangel an Ausstattung bei der Berechnung meines Handicaps berücksichtigt wird.«

Erleichtert darüber, dass sie halbwegs verständliche und sogar unterhaltsame Dinge von sich gab, warf Frankie Matthew einen verstohlenen Blick zu. Er hatte ein typisches Bostoner Profil und seine helle Haut leuchtete unter seinen Spätsommersprossen. »Wenn ich gewusst hätte, dass du so anspruchsvoll bist, hätte ich bessere Vorkehrungen getroffen«, sagte er.

»Aha. Du schmeißt also diese Party.«

Matthew nickte. »Ich und Alpha. Wir haben für alle den passenden Partner gefunden und Alpha hat die Wölfin dazu gebracht, die Einladungen zu basteln.«

»Die Wölfin?«

»Alphas Freundin.«

Alpha hatte eine Freundin. Seit wann hatte Alpha eine Freundin? Hatte er nicht noch vor drei Wochen mit Frankie geflirtet? »Ich wusste gar nicht, dass er eine hat«, sagte sie, so cool sie konnte.

»Oh, er hat immer eine. Und sie ist immer die Wölfin«, sagte Matthew. »Die Mädchen können variieren; sie werden sogar häufig variieren. Aber der Name bleibt der gleiche.«

Hm. Frankie fragte sich, ob sie Alpha unterschätzt hatte. Als sie ihm an der Kletterwand begegnet war, hatte sie gedacht, dass er sich entweder nicht an sie einnerte oder einen Rückzieher machte, weil Matthew Anspruch auf sie erhob. Aber jetzt sah es so aus, als hätte Alpha sich bereits mit der Wölfin zusammengetan, und wenn er immer jemanden hatte, war er mindestens so erfolgreich bei Mädchen wie Matthew. »Ist er nicht eigentlich ein Alpha-*Hund*?«, fragte Frankie. »Und kein Wolf?«

»Natürlich. Aber wir sind doch Gentlemen. Wir würden ein Mädchen doch nie ... du weißt schon ... nennen.«

»Verstehe. Und Alpha hat die Wölfin dazu gebracht, Einladungen zu machen?«

»Sie sind erst seit kurzem zusammen. Sie versucht noch, ihn zu beeindrucken.« Matthew lachte. »Sie hat bisher nicht gemerkt, dass das unmöglich ist.«

Frankie nahm die Information in sich auf. Wer war die Wölfin? Wie war es ihr gelungen, sich so in diese Gruppe Jungen zu integrieren, dass sie die Einladungen zu ihrer Geheimparty machen durfte?

Und warum war es unmöglich, Alpha zu beeindrucken?

Natürlich konnte sie Matthew keine dieser Fragen stellen, deshalb sagte sie etwas anderes. »Ihr habt für alle den passenden Partner gefunden?«

Er gluckste. »Ja.«

»Ich nehme also an, dass du mit mir zu dieser Party gehen wolltest.«

»Nun«, sagte Matthew, wobei er sie sanft mit der Schulter anstieß, während er immer noch ihre Hand hielt, »ich wollte mit dir *irgendwohin* gehen. Und dann hatte ich einen Anfall von Schüchternheit und hab's nicht fertiggebracht, dich wie ein normaler Mensch zu fragen, ob du mit mir essen oder ins Kino gehst.«

»Na klar«, sagte Frankie sarkastisch.

»Im Ernst. Und dann hatten wir diese Idee mit der Party, und da musste ich dich nicht fragen, ob du mit mir ausgehst, aber ich würde trotzdem mit dir ausgehen können.«

»Sehr gewieft.«

»Ich vollbringe Unglaubliches, um etwas anderes zu vermeiden«, sagte Matthew.

»Zum Beispiel?«

»Ich habe eine Party organisiert, um dich nicht fragen zu müssen, ob du mit mir ausgehst. Letztes Schuljahr hab ich freiwillig zwei zusätzliche Hausarbeiten in Englisch geschrieben, um meinen Notendurchschnitt zu heben, weil ich den Italienisch-Vokabeltest umgehen wollte. In den Sommerferien habe ich ein Boot gebaut, um keine Zeit mit einem Mädchen verbringen zu müssen, das – ich weiß auch nicht – irgendwie dachte, sie wäre meine Freundin. Oder meine Freundin sein wollte oder so was.«

»Du hast ein Boot gebaut?«

»Nur eine Nussschale. Als wir auf Martha's Vineyard in unserem Haus waren. Das ist in einem Fischerdorf. Menemsha.«

»Ich dachte, du ...« Frankie hatte gedacht, Matthew sei mit Dean und Alpha quer durchs Land gefahren, aber sie brach ab, weil sie ihm nicht zeigen wollte, dass er ihr so wichtig gewesen war, dass sie sich an seine Pläne für die Sommerferien erinnerte. Und abgesehen davon konnte er ja auch beides gemacht haben. »Ich dachte, du meintest ein Segelboot.«

»Mein Onkel baut welche, aber nein. Meins ist nur dazu da, um ein bisschen herumzuschippern, um zu angeln oder vielleicht das Fahrrad mit rüber nach Aquinnah zu nehmen. Kennst du Martha's Vineyard?«

»Nein.«

»Dann sollte ich dir die Insel mal zeigen. Da gibt es ein super Gebiet zum Fahrradfahren, wo man mit einer winzigen Fähre hinkommt – oder einer lecken Nussschale. Und da holen sie den Hummer direkt aus dem Meer und werfen ihn in den Topf. Du magst doch Hummer, oder?«

Frankie dachte: Er will mir Martha's Vineyard zeigen? Wie bitte?

Und dann dachte sie: Er mag mich! Er will mich im Sommer sehen. Das ist noch Monate hin.

Und dann dachte sie: Was soll ich ihm antworten? Matthew ließ Frankies Hand los und legte ihr den Arm um die Schultern, während ihre Gedanken um drei Dinge kreisten: sein Angebot, ihr Martha's Vineyard zu zeigen (die Insel war mehrere Stunden und eine Fahrt mit der Fähre entfernt); seine offensichtliche Unkenntnis der Tatsache, dass sie Jüdin war (und keine Schalentiere aß); und seine Annahme, dass sie mehr Zeit miteinander verbringen würden als nur diesen Abend. Innerhalb von gerade einmal 3, 27 Sekunden kam sie zu dem Schluss, dass sie darauf nichts erwidern konnte, was nicht übereifrig, naiv, verlegen oder durcheinander klang – und sie war all das gleichzeitig.

»Habt ihr noch andere Leute für heute Abend miteinander verkuppelt?«, fragte sie stattdessen und dachte dabei an Gidget und Callum.

»Ein paar. Allerdings nichts übermäßig Hinterhältiges.«

»Zum Beispiel?«

»Einen Kumpel von mir haben wir mit einem Mädchen liiert, das er mag. Ein paar, die sich mal besser kennenlernen sollen. Um zu sehen, was passiert, weißt du? Wir haben einige aus den unteren Klassen eingeladen, aber nicht sehr viele.«

»Ihr habt also keine Konflikte ausgeheckt, Leute mit ihren Erzfeinden zusammengebracht oder so was in der Art?«

Matthew sah sie an. »So maliziös bin ich nicht.«

»Was ist das denn?«

»Wenn man anderen Böses will und sich an ihrem Unglück weidet.«

Das Wort gefiel Frankie. *Maliziös.* »Das bin ich auch nicht«, sagte sie. »Aber ich wäre trotzdem in Versuchung geraten. Hätte beobachtet, wie das die Gesellschaftsordnung beeinflussen würde, wenn ich ungewöhnliche Paare zusammenstellte.«

»Du hast einen boshaften kleinen Verstand, weißt du das?«

Frankie lachte.

»Im Ernst. Ich wette, hinter deiner hübschen Verpackung verbergen sich handfeste Schwierigkeiten.«

»Wer sagt, dass er klein ist?«

»Was?«

»Mein boshafter Verstand.«

»Okay, ein ziemlich großer boshafter Verstand. In einer hübschen Verpackung. Darauf kam's mir an.«

Frankie merkte, wie sie rot wurde. »Danke.«

»Gern geschehen«, sagte Matthew. »Ich mag Mädchen, die ein Kompliment anzunehmen wissen. Weißt du, wie viele gleich sagen würden: ›Was, ich? Ich bin nicht hübsch. Ich bin total hässlich.‹«

»Stimmt.«

»Es ist viel netter, wenn jemand einfach Danke sagt. Also werd bloß nicht zu so einem Mädchen, gut?«

»Zu so einem hässlichen Mädchen? Gut.«

Sie verließen den Wald und gingen den Weg zum nahe gelegenen Rand des Golfplatzes hinauf. »Frankie?«

»Ja?«

»Diese Sache, dass Alpha und ich die Party organisiert haben. Das wirst du doch nicht bei deinen Freunden oder sonst wo rumerzählen, oder?«

»Nein.«

»Versprochen? Deine Lippen sind versiegelt?«

Frankie verstand nicht, warum das so wichtig sein sollte, aber sie nickte. »Keine Sorge«, erklärte sie. »Ich bin ausgesprochen gut darin, Geheimnisse zu bewahren.«

DER GOLFPLATZ

Sie erreichten das kleine Klubhaus mit der Garage für Golfwagen und den Schließfächern für die Schläger der Schüler. Es brannte kein Licht und das Gebäude war abgeschlossen. Einen Moment lang wirkte die nächtliche Landschaft verlassen. Frankie und Matthew gingen seitlich um das Klubhaus herum und sahen zum Golfplatz am Fuß des Abhangs hinunter.

Beinahe vierzig Leute gingen bergab. Alle waren dunkel gekleidet, manche schleppten Bierkästen und einige trugen Decken. Die meisten waren Zwölftklässler, aber Frankie entdeckte auch Star, die mit Dean Händchen hielt. Er war leicht zu erkennen, denn er trug einen orangefarbenen Jagdanorak.

Matthew fasste sie am Arm und gemeinsam rannten sie den Hügel hinunter.

Eine Stunde später fror Frankie, genau wie alle anderen. Sie hatten sich bei der Wahl ihrer Kleidung verschätzt. Die Decken, die zum Draufliegen mitgebracht worden waren, hingen schließlich um die Schultern der Mädchen, und ohne Decken konnte man sich nirgends hinsetzen – so dass fast alle standen.

Die Leute tranken Bier und rauchten, aber es gab nicht allzu viel Bier (keiner von ihnen war volljährig) und das meiste davon war bereits weg. Auf dem Golfplatz lagen überall Asche und Zigarettenkippen herum und Frankie ärgerte sich darüber, dass keiner auf die Idee kam, sie in leere Bierflaschen zu tun oder einzustecken.

Matthew schwirrte überall umher. Er spielte den Gastgeber, obwohl eigentlich keiner wissen sollte, dass es seine Party war.

Es gab niemanden, mit dem Frankie sich unterhalten konnte. Die meisten Leute kannten sie nicht. Sie stand alleine herum und dachte nach. Sie wusste, dass sie sich nicht darüber ärgern sollte, dass Matthew nicht neben ihr stand – es war schließlich seine Party und wahrscheinlich gab es hier viele, mit denen er seit Juni kaum geredet hatte. Aber als sie sah, wie er mit Callum, Dean und Alpha lachte, fiel Frankie wieder ein, wie Matthew sie eine »hübsche Verpackung« genannt hatte und ihren Verstand klein, wie er ihr gesagt hatte, sie solle sich nicht verändern – als hätte er irgendwelche Macht über sie. Ein winziger Teil von ihr wäre am liebsten zu ihm hinübergegangen und hätte geschrien: »Ich darf mich manchmal ruhig hässlich finden, wenn ich will! Und ich kann jedem sagen, wie unsicher ich mich fühle, wenn ich will! Oder ich kann hübsch sein und aus falscher Bescheidenheit vorgeben, dass ich mich hässlich finde – das kann ich auch machen, wenn ich will. Denn du, Livingston, bestimmst nicht über mich und darüber, was für eine Art Mädchen ich werde.«

Aber der größte Teil von ihr war einfach glücklich, dass er sie umarmt und ihr gesagt hatte, er finde sie hübsch.

Frankie setzte sich einen Augenblick hin, aber das Gras war kalt und feucht, also stand sie wieder auf. Sie sah Porter – ihren Ex, einen der wenigen anderen Zehntklässler hier –, der sich am Rand der Gruppe mit Callum unterhielt. Sie wollte ihm nicht begegnen, deshalb ging sie in die andere Richtung, wo sie auf Star traf. Frankie tippte ihr auf die Schulter. »Du hattest Recht«, sagte sie. »Ich habe auch eine Einladung bekommen.«

Star drehte sich um. »Hatte ich dich danach gefragt?«

Wie war es möglich, dass Star sich nicht daran erinnerte, sie nach der Einladung gefragt zu haben? Sie musste gewusst haben, dass Matthew an Frankie interessiert war, denn sie hatte Frankie nach der Party gefragt – und keinen der beliebteren und daher naheliegenderen jüngeren Schüler in ihrem Geschichtskurs.

Frankie versuchte Star zu mögen, eine Großtat, um die sie sich bisher nie bemüht hatte. Schließlich schien nach den jüngsten Entwicklungen an der Matthewfront eine realistische Möglichkeit zu bestehen, dass sie und Star die zwei Jahre jüngeren Freundinnen von Zwölftklässlern sein würden, die ihrerseits miteinander befreundet waren. Es konnte sich also lohnen, dass sie und Star sich besser kennenlernten. Aber Stars Nichtbeachtung war ärgerlich.

Frankie wurde langsam klar, dass diese Art des selektiven Gedächtnisses, die Dean, Star und solche Leute zur

Schau trugen, weder Dummheit war noch mangelndes Erinnerungsvermögen. Es war ein Machtspiel, das vermutlich seitens des Spielers unbewusst ablief, aber trotzdem dazu diente, jemand anderen, der in irgendeiner Weise als Bedrohung wahrgenommen wurde, in Verlegenheit zu bringen. Vielleicht fühlte Star sich bedroht, weil Frankie intelligent war und Star nicht; vielleicht auch, weil Star die einzige Zehntklässlerin sein wollte, die die herausragende Stellung genoss, einen Freund in Matthews Clique zu haben; oder vielleicht auch, weil es Star generell an Selbstvertrauen mangelte und ihr Frauen und Mädchen, die anders waren als sie, verdächtig vorkamen. In jedem Fall fühlte sie sich von Frankie bedroht und daher täuschte sie genau wie Dean Vergessen vor.

»In Geschichte«, erinnerte Frankie Star.

»Dieser Kurs ist so langweilig.« Star verzog das Gesicht. »Ich halt's kaum aus. Sobald die Grigoryan anfängt zu reden, verziehe ich mich dum-di-dum in eine glückliche Ecke in meinem Hinterkopf und warte, bis es vorbei ist. Du solltest mal meinen Block sehen. Da findest du die kompliziertesten Kritzeleien seit, ich würde mal sagen, der Gründung Alabasters.«

»So schlecht find ich's gar nicht.«

»Verglichen mit Geometrie nicht, das stimmt«, sagte Star.

»Hat dir der Diavortrag über Napoleon nicht gefallen?«

»Äh. Nein.«

»Mit seinem Minderwertigkeitskomplex, weil er so klein war und eine Stirnglatze hatte und einen dicken Bauch? Mochtest du das Bild nicht, das sie uns heute Vormittag gezeigt hat? Und diese ganze Sache, dass man ihn den kleinen Korporal nannte und er angeblich die Namen all seiner Soldaten kannte?«

Stars Freundin Claudia kam herüber. Sie war groß und rothaarig ohne eine einzige Sommersprosse. Fußballspielerin. Sie neigte dazu, ihre Sätze mit hochtrabenden Wörtern zu spicken, deren Bedeutung sich ihr nicht vollständig erschloss. »Hey-hey«, sagte sie zu Star und nickte Frankie zu. »Schau mal.« Sie hob den Umschlag hoch, in dem sich ihre blaue Einladung befunden hatte. »Was für ein Hund ist das?«, fragte sie und zeigte auf das Wachssiegel.

»Ich weiß nicht«, sagte Star. »Vielleicht ein Beagle?«

»Snoopy ist ein Beagle«, sagte Claudia und schüttelte den Kopf.

»Aber er sieht Snoopy irgendwie ähnlich.«

»Nee. Snoopys Epikanthus-Falten sehen anders aus.«

Star lachte. »Snoopy ist der Größte! Er ist so süß.«

»Es ist ein Basset«, sagte Frankie.

»Snoopy ist kein Basset«, sagte Claudia. »Snoopy ist ein Beagle. Hab ich doch schon gesagt.«

»Ja, aber ...«

»Ooh, da drüben ist Dean«, sagte Star zu Frankie und zeigte auf ihn. »Wir sind jetzt zusammen, wusstest du schon?«

Frankie nickte.

»Die Leute reden bestimmt über uns. Auf jeden Fall muss ich ihn daran erinnern, dass er morgen mit mir in die Stadt wollte, ins Kino. Komm, Claudia.«

Und weg waren sie.

Frankie sah ihnen nach, wie sie mit wippenden Pferdeschwänzen davongingen, und ihr wurde bewusst, dass sie Star und Claudia so sehr gelangweilt hatte, dass sich Star eine Ausrede hatte einfallen lassen, um von ihr wegzukommen.

Aber andererseits hatten sie Frankie auch gelangweilt.

Die Party war langweilig. Einfach nur Leute, die in der Kälte herumstanden.

Kurz nach ein Uhr morgens begannen alle durch den Wald zurück zu den Wohnheimen zu schlendern, in kleinen Grüppchen, um keinen Lärm zu machen. Matthew brachte Frankie zwischen den dunklen Bäumen hindurch nach Hause, wobei er ihre Hand hielt und ihr vertraulich flüsternd erzählte, dass er Zeitungsverleger werden wollte und davon, dass er, Dean und Alpha letzten Sommer beim Trampen von einem Truck mitgenommen worden waren, als der Volvo eine Panne hatte, und sie mehrere Stunden lang an einer Fernfahrerraststätte Kuchen gegessen hatten, bevor sie beim Automobilklub anriefen.

Er begleitete sie bis zum Wald hinter ihrem Wohnheim. »Darf ich dich küssen?«, flüsterte er, als sie ihr Handy aufklappte, um Trish anzurufen.

Wie konnte er das fragen?

Wie konnte er auch nur denken, dass sie nicht wollte?

»Kommt nicht in Frage«, erklärte sie und zog ihn an sich.
»Du bist gemein zu mir«, flüsterte er ihr ins Ohr.
»Okay, ich habe meine Meinung geändert«, sagte sie. Seine Lippen fühlten sich kalt an von außen und Frankie fröstelte, obwohl er die Arme um sie gelegt hatte. Matthew hörte auf sie zu küssen und blies ihr lachend seinen warmen Atem hinten ins T-Shirt. Dann küsste er sie erneut.
Erst eine halbe Stunde später rief sie Trish an.

Wenn junge Frauen mit der typisch männlichen Weise, bestimmte gesellschaftliche Ereignisse zu begehen, konfrontiert werden – zu denen in der Regel Bier oder andere Drogen gehören, von denen man sicher sein kann, dass sie ein paar Gehirnzellen abtöten, und die häufig entweder draußen in der Eiseskälte oder in der stickigen Hitze eines verdreckten Wohnheimzimmers stattfinden, in intellektuelleren Kreisen allerdings auch das gemeinsame Gucken langweiliger russischer Filme einschließen können –, werden die meisten auf eine der folgenden drei Arten reagieren:

Einige werden sich wie Trish fragen, welchen Sinn so etwas hat, sich denken, dass es vermutlich keinen Sinn hat und nie hatte, und sich für typisch weibliche oder häusliche Tätigkeiten wie die Zubereitung von Aufläufen entscheiden, während sie ihre Freunde »mit ihren Kumpels rumhängen« lassen.

Andere werden sich wie Star die meiste Zeit über

langweilen, aber weiterhin an solchen Ereignissen teilnehmen, weil sie die Freundinnen oder Möchtegernfreundinnen besagter Jungen sind und nicht als Spaßverderberinnen oder Xanthippen dastehen wollen. Während die Jungen mit der Xbox spielen (drinnen) oder illegale Knaller wie Cherrybombs zünden, um ohne Grund ein bisschen Lärm zu machen (draußen), werden die Mädchen miteinander plaudern und im Großen und Ganzen wortlos zu erkennen geben, dass sie sich für alles interessieren, was die Jungen für interessant halten.

Die dritte Gruppe stürzt sich energisch auf die anstehenden Aktivitäten. Diese Mädchen haben etwas gegen die Randstellung, die sie bei solchen Ereignissen von Natur aus einnehmen, und sind entschlossen, sich nicht an den Rand drängen zu lassen. Sie machen voller Energie das, was die Jungen auch tun, wenn auch nicht immer ganz aufrichtig. Sie trinken Bier, spielen Videospiele, zünden Cherrybombs. Sie bleiben während schwer verständlicher russischer Filme aufmerksam. Sie kaufen sogar das Bier, gewinnen die Videospiele, und gerade wenn die Cherrybombs langsam aus der Mode kommen, tauchen sie mit einem ebenfalls illegalen M-80-Knaller auf. Wenn ihr gesellschaftlicher Kreis es verlangt, lesen sie Artikel über Andrej Tarkovskij.

Egal ob ihre Begeisterung aufgesetzt oder vollkommen aufrichtig ist, diese Mädchen gewinnen den Respekt der Jungen – die ja schließlich keine Höhlenmenschen sind, sondern aufgeklärte männliche Wesen des einundzwanzigsten Jahrhunderts und gerne bereit, weibliche

Wesen in den engsten Kreis aufzunehmen, wenn diese zeigen, was in ihnen steckt.

Wie gesagt, für gewöhnlich eignen sich Mädchen eine dieser drei Verhaltensweisen an, aber Frankie Landau-Banks tat nichts davon. Obwohl sie in dieser Nacht, als sie nach Hause ging, so glücklich war wie nie zuvor in ihrem kurzen Leben, hielt sie die Golfplatzparty nicht für eine *gute* Party, und sie versuchte sich nicht einzureden, dass sie sich gut amüsiert hatte.

Sie fand, dass es eine blöde Veranstaltung gewesen war, zu der es erstklassige Einladungen gegeben hatte.

Ungewöhnlicherweise stellte Frankie sich vor, was sie selbst als Organisatorin getan hätte. Wenn sie für die Getränke zuständig gewesen wäre, die Kleider, die Einladungen, die Anweisungen, das Essen (es hatte keins gegeben), die Örtlichkeit, alles. Sie fragte sich: Wie hätte ich es besser machen können?

Pizzabrötchen

Am nächsten Tag, Sonntag, wachte Frankie davon auf, dass jemand klopfte. Trish war bereits weggegangen, also öffnete Frankie im Schlafanzug die Tür. Vor ihr stand Alpha in einem dunkelroten Pulli mit großen Löchern an den Ellbogen. Seit sie sich in der Sporthalle begegnet waren, hatte er nicht mehr mit ihr gesprochen. Sogar am Vorabend hatte er ihr bloß zugenickt, als sie neben Matthew auf dem Rasen gestanden hatte. »Komm runter«, sagte er jetzt, als wäre es das Natürlichste von der Welt. »Wir gehen Pizza holen.«

Wer »wir«?

Sie und Alpha?

Fragte er sie etwa gerade, ob sie mit ihm ausging? Er musste doch wissen, dass sie mit Matthew auf der Party gewesen war.

Frankie versuchte Zeit zu schinden. »Es ist doch erst zehn«, sagte sie.

»Nennen wir's Brunch.«

»Und wo willst du um diese Zeit Pizza herkriegen?«

»*Luigi's* in Lowell hat rund um die Uhr geöffnet.«

»Ich darf das Schulgelände nicht verlassen«, erklärte Frankie, während sie immer noch darüber nachgrübelte, ob sie überhaupt mitgehen wollte. Nur Zwölftklässler durften sich unbegleitet ohne Sondererlaubnis vom Schulgelände entfernen.

»Wer soll schon davon erfahren?«, fragte er.

Alpha hatte Recht. Aber so funktioniert das Panopticon: Die meisten Schüler in Alabaster verließen das Schulgelände nicht – obwohl es so einfach war wie über eine niedrige Steinmauer zu springen. »Ich will nicht erwischt werden«, sagte Frankie, während sie überlegte, ob ihr Schlafanzugoberteil wohl durchsichtig war, und die Arme vor der Brust verschränkte.

»Matthew ist zum Parkplatz gegangen, um sein Auto zu holen«, erklärte Alpha. »Er wird in ein paar Minuten am Tor auf uns warten. Er meinte, du wärst bestimmt dabei.«

Oh. Alpha war in Matthews Auftrag hier. Alles in Ordnung.

Sie musste sich nicht entscheiden.

»Also, was ist nun? Kommst du mit Pizza holen?«, fragte Alpha. »Oder bist du ein braves kleines Mädchen und bleibst auf dem Schulgelände?«

»In fünf Minuten bin ich unten«, sagte Frankie.

Matthew fuhr einen dunkelblauen Mini. Er stand bereits mit laufendem Motor vor dem Tor, als Frankie und Alpha dort ankamen.

»Ich sitz vorne«, sagte Alpha.

Frankie spürte, wie Ärger in ihr aufstieg, aber er verschwand, sobald sie Matthews strahlendes Lächeln sah.

»Hallo, Frankie. Bist du bereit für eine spitzenmäßige Pizza?«

Sie nickte und quetschte sich hinter Alpha auf den Rücksitz. Matthew legte den Gang ein.

»Ich möchte gleich zu Beginn festhalten«, sagte Alpha, während er sich eine Zigarette anzündete und das Seitenfenster runterkurbelte, »dass nichts, was außerhalb Italiens oder der fünf Bezirke New Yorks fabriziert wird, das Recht hat, sich Pizza zu nennen.«

»Wie sollen wir's denn dann nennen?«, fragte Matthew.

»Nenn es meinetwegen eine Teigscheibe mit Tomaten und Käse. Aber es ist keine Pizza.«

»Eine TS«, sagte Matthew.

»Wenn du meinst.« Alpha stieß den Rauch aus. »Wir werden also eine gummiartige, teigige TS essen. Sie wird besser schmecken als das Essen in der Schulmensa und es wird nett sein, gleich morgens früh am Sonntag einen Haufen Fett und Salz zu sich zu nehmen, aber es wird keine Pizza sein.«

»Du bist ein solcher Snob, Rüde.«

»Bin ich nicht. Pizza ist ein Volksgericht. Es ist billig, in der Stadt kriegst du es an jeder Straßenecke. Es ist absolut unmöglich, snobistisch zu sein, was Pizza angeht.«

»Erinnerst du dich noch an dieses russische Lokal in Chicago, wo dich die Frau mit den Nasenhaaren keinen Ketchup auf dein Steak kippen lassen wollte?«, fragte Matthew.

»Ja, und?«

»Man kann in allen möglichen Dingen snobistisch sein. Es war noch nicht mal ein gutes Steak«, sagte Matthew. »Und sie hätte ihr Leben aufs Spiel gesetzt, um dich davon abzuhalten, Ketchup draufzutun.«
»Was hältst du von Ananas?«, fragte Frankie von hinten.
»Auf einer Pizza?«, fragte Alpha. »Unverzeihlich.«
»Wieso?«
»Weil es eine Frucht ist. Und Früchte haben auf einer Pizza nichts zu suchen.«
»Eine Tomate ist auch eine Frucht.«
»Das zählt nicht.« Alpha zog an seiner Zigarette. »Eine Tomate ist vielleicht eine Frucht, aber eine einzigartige Frucht. Eine pikante Frucht. Eine Frucht mit Ambitionen, die weit über die anderer Früchte hinausgehen.«
»Wirklich.«
»Ja. Die Tomate ist eins der Hauptelemente der italienischen Küche. Man verwendet sie für Soßen, für Salate mit ein wenig Mozzarella und Olivenöl, für Ratatouille. Und was kann man mit einer Durchschnittsfrucht machen? Nichts. Man isst sie einfach. Niemand wird eine gesamte Küche auf eine Traube gründen.«
»Und was ist mit Wein?«, fragte Frankie.
»Okay, okay. Aber Grapefruit? Nein. Oder Ananas? Nein. Kannst du dir eine Küche vorstellen, die auf Blaubeeren basiert? Nach einer Woche hätten alle sie so satt, dass sie verhungern würden. Der Blaubeere fehlt die Vielseitigkeit. Ein Land, dessen Küche auf der Blaubeere basieren würde, wäre ein Land von Geistesgestörten, die

über ihren immer gleichen täglichen Mahlzeiten den Verstand verloren haben.«

»Okay«, sagte Frankie. »Aber hast du schon mal eine Ananaspizza probiert?«

»Ich muss sie nicht probieren«, sagte Alpha. »Sie ist widerlich.«

»Wie kannst du sie ablehnen, ohne sie überhaupt probiert zu haben?«

»Erwischt, Rüde«, sagte Matthew und lachte. »Du triefst nur so vor Pizza-Snobismus.«

»Ach was.« Alpha warf die Zigarettenkippe aus dem Fenster und zog einen Flunsch.

»Ein Kuchensnob bist du allerdings nicht, das kann ich bestätigen«, tröstete Matthew ihn. »Wir sind diesen Sommer drei Wochen lang quer durchs ganze Land gefahren und haben versucht so viele verschiedene Kuchen zu essen wie möglich ...«

»Ich ...«

»Was?«

Frankie hatte sagen wollen: »Ich weiß«, es sich dann aber anders überlegt. »Nichts.«

»Wie auch immer«, fuhr Matthew fort. »Alpha erwies sich als Kuchenliebhaber ohne jegliche Vorbehalte. Er mochte alles. Während Dean sich schon ungefähr ab dem dritten Tag auf eine Sorte beschränkte, die ihm so gut schmeckte, dass er sie jeden Tag aß.«

»Welche war das?«

»Zitronenbaiser. Aber er hat sowieso immer bloß die Hälfte gegessen.«

»Das war unnatürlich«, sagte Alpha. »Ich meine, sag doch mal: Ist es normal, nur ein halbes Stück Kuchen zu essen?«

»Ich glaube nicht«, sagte Frankie. »Wenn es vor mir steht, will ich es auch essen.«

»Und wie steht's mit Eis?«, fragte Alpha. »Mit Softeis, zum Beispiel?«

Frankie war einen Augenblick lang sprachlos.

Alpha erinnerte sich an sie.

An den Tag am Strand.

Sie hatte vermutet, dass dem so war. Wahrscheinlich. Aber es war gut, die Bestätigung zu bekommen. Obwohl sie darüber jetzt nicht mehr sprechen konnten. Weil sie mit Matthew zusammen war.

Sie hatte Matthew ausgewählt. Oder er hatte sie ausgewählt.

Oder Alpha hatte die Wölfin ausgewählt. Oder so.

»Ich hab schon mal nur ein halbes Softeis gegessen«, erklärte Frankie. »Aber bei Softeis gibt es den Kältefaktor. Für Kuchen ist es dagegen nie zu kalt oder zu warm.«

»Für ein Softeis auch nicht«, sagte Alpha. »Nicht in meiner Welt.« Er wühlte zwischen den CDs im Handschuhfach herum. »Wer nicht gerne isst, hat auch nicht gerne Sex«, fuhr er fort. »Ich wette, das ist Deans Problem. Er hat so gute Noten, weil er total verklemmt ist.«

»Das bezweifle ich«, sagte Matthew.

»Und weshalb geht er dann bitte mit diesem Wollknäuel, das halb so alt ist wie er? Nichts für ungut, Frankie.«

»Star ist in Ordnung.« Matthew bog von der Schnellstraße ab.

»Magst du Star nicht?«, fragte Frankie. Sie hatte sie mehr als einmal bei den Zwölftklässlern am Tisch sitzen und mit Deans Freunden reden und lachen sehen.

»Halt, warte, sie ist kein Wollknäuel, sie ist eine TS«, sagte Alpha. »Sie ist nett, sie ist okay, aber sie ist nicht – vorzüglich. Was wunderbar ist für Dean, weil er eh so verklemmt ist, dass er an etwas Vorzüglichem gar kein Interesse hat.«

»Das hat nichts damit zu tun, dass sie in der Zehnten ist«, wandte Frankie ein.

Aber mehr konnte sie ihm nicht entgegensetzen.

Sie betraten das *Luigi's*, das sich als düsteres Lokal mit roten Resopaltischen und einem Flipper hinten in der Ecke entpuppte und die Nachtschwärmer aus der Kneipe nebenan mit Essen versorgte. HEUTE VORMITTAG KEINE PIZZA war auf einem Schild zu lesen, das auf dem Tresen stand.

»Gibt's wirklich keine Pizza?«, fragte Matthew einen Kellner.

»Der Pizzabäcker ist nicht aufgetaucht«, war die Antwort. »Sonntagmorgens will keiner aufstehen und Pizza machen. Wir haben Limo und Pizzabrötchen.«

»Dann eben Pizzabrötchen«, sagte Alpha. »Wir nehmen, ich weiß nicht, wie viele? Ein Dutzend zum Mitnehmen.«

Im hinteren Teil des Restaurants gab es einen Automaten, an dem man Ms. Pac-Man spielen konnte. Frankie kramte ein paar Münzen aus ihrer Tasche und warf sie in den Schlitz. Während ihre kleine Pac-Dame Kraftpillen mampfte, hörte sie dem Gespräch der Jungen zu. Sie saßen an einem Tisch in der Nähe des Eingangs.

»Das hier ist so ungefähr die höchste Form der TS«, sagte Matthew. »Nur Teig, ohne Tomate und ohne Käse.«

»Nein, es ist ein TB«, sagte Alpha. »Ein Teigbrötchen. Aber«, er roch an der Tüte, »da ist eine ordentliche Ladung Knoblauch dran, würde ich sagen. Wir sollten sie nicht unterschätzen.«

»Lass mal riechen.« Matthew steckte die Nase in die Tüte.

»Was wetten wir, dass deine neue Freundin sie nicht isst?«, sagte Alpha leise zu Matthew.

»Ich will nicht wetten«, sagte Matthew, nahm ein Brötchen aus der Tüte und steckte es in den Mund. »Ich wette nie darauf, was Mädchen essen.«

»So ist das mit den Frauen«, sagte Alpha, während er mit den Fingern auf die Resopaltischplatte trommelte. »Sie sind nicht begierig.«

»Glaubst du?«

Alpha aß noch ein Pizzabrötchen. »Vielleicht irgendwo tief drinnen schon. Aber sie handeln nicht entsprechend. Sie essen immer nur das halbe Softeis und verschenken den Rest.«

Da war es wieder. Das Softeis. Alpha wollte Frankie zu verstehen geben, dass er sich erinnerte. Und dass sie ihn irgendwie enttäuscht hatte.

War er deswegen nicht hinter ihr her gewesen? Denn schließlich hätte er die Möglichkeit gehabt, nicht wahr? Trotz Matthews Interesse an ihr? Er fand, dass sie nicht begierig war. Dass sie nicht das verfolgte, was sie wollte. Dass sie ein Mädchen war, das die Promenade verließ, sobald ihre Mutter sie auf dem Handy anrief.

»Deshalb ist Dean wie eine Frau«, sagte Matthew. »Er lässt im ganzen Land halb aufgegessene Kuchenstücke zurück.«

Alpha lachte. »Er ist wie eine Frau. Was manche Dinge angeht.«

Frankie mochte keinen Knoblauch. Ihr wurde übel davon. Aber sie brachte Ms. Pac-Man in ihrem Videolabyrinth dazu, die letzte Pille zu fressen, stellte das Spiel während der beiden Level auf Pause und ging zu dem Tisch hinüber, an dem Matthew und Alpha saßen.

»Waren die nicht zum Mitnehmen gedacht?«, fragte sie, während sie sich setzte und auf die Tüte mit Pizzabrötchen zeigte.

»Schon, aber wo wollen wir eigentlich hin?«, fragte Alpha. »Außerdem verpesten sie eh nur den Mini.«

»Gib mir eins«, sagte sie.

Er reichte ihr die offene Tüte.

Sie schauderte nur ein winziges bisschen, als sie das Brötchen in zwei Happen verschlang.

»Gestern Abend hat er gesagt, er wolle mir Martha's Vineyard zeigen«, sprudelte es aus Frankie hervor, als sie nachmittags mit Zada telefonierte.

»Typisch«, sagte Zada. »Das ist doch ein klassischer Matthew-Zug.«

Vorher hatte Frankie Matthew inmitten einer Wolke aus Knoblauchgestank zum Abschied geküsst, bevor er zum Fußballtraining entschwunden war. Dann hatte sich der Himmel geöffnet und es hatte zu regnen begonnen. Jetzt war sie mit einem Schirm in der Hand auf dem Weg über das Schulgelände zur Bibliothek und trat dabei absichtlich in die Pfützen. Sie trug rote Gummistiefel.

»Was ist typisch?«, fragte Frankie ihre Schwester.

»Ich will damit nicht sagen, dass er ein schlechter Kerl ist oder so. Ich mag Matthew«, erwiderte Zada. »Mir ist nur aufgefallen, dass er das immer so macht. Sobald er beschlossen hat, dass er jemanden mag, ist er geradezu übertrieben gastfreundlich.«

»Willst du damit sagen, er verhält sich nicht nur mir gegenüber so?«

»Genau. Aber so verhält er sich nur Leuten gegenüber, die er wirklich mag. Ich glaube, es ist eine Strategie, mit der er mögliche Beklemmungen hinsichtlich seines Reichtums und seiner Familie zerstreuen will. Verstehst du, was ich meine?«

»Nicht so ganz.« Zadas Interpretation der Livingstonschen Psyche interessierte Frankie nicht. Sie wollte sich einfach darüber freuen, dass er sie mochte und sie in sein Sommerhaus eingeladen hatte.

»Es ist folgendermaßen«, erklärte Zada. »Matthew weiß, dass sich manche Leute durch die Stellung seines Vaters davon abschrecken lassen, sich mit ihm anzufreunden. Dass sie ihn nicht einladen oder ihn nicht fragen, ob er etwas mit ihnen unternehmen will, weil sie davon ausgehen, dass er immer irgendwas Besseres vorhat. Oder weil sie glauben, dass sie keinen Platz in seinen vornehmen Kreisen haben.« Zada machte eine Pause. »Bleib dran. Ich bin gerade im Café und muss kurz bestellen. *Ich hätte gerne einen Möhren-Walnuss-Muffin, einen Obstsalat und einen Latte Macchiato mit Sojamilch.*«

Frankie war an der Bibliothek angelangt und stand unter ihrem Schirm davor, während sie darauf wartete, dass Zada fertig war.

»Okay, Frankie, hier bin ich wieder. Worum ging's gerade?«

»Um Matthew.«

»Ach ja. Elizabeth Heywood hat mir erzählt, dass letzten Sommer ungefähr sechs Leute in den Gästezimmern seines Hauses auf Martha's Vineyard übernachtet haben. Matthew hatte Elizabeth eingeladen, obwohl er sie kaum kannte – aus der Laune eines Augenblicks heraus, als sie sich zufällig in einer Buchhandlung in Boston über den Weg liefen. Als sie dort hinkam, waren diverse Leute zu Besuch. Es ist ein riesiges Haus und einige Gäste waren einfach irgendwelche Leute, die Matthew in diesem Sommer getroffen hatte, zum Beispiel Typen, die in den Ferien als Kellner gejobbt haben. Und seine Eltern übernachteten im Gästehaus.«

»Das ist ja schräg.«

»Willst du meine Analyse hören?«, fragte Zada.

»Ich kann dich ja sowieso nicht davon abhalten.«

»Okay. Den Gastgeber zu spielen – oder zu versprechen, es zu tun – ist Matthews Art, die Unsicherheit anderer Leute hinsichtlich seiner gesellschaftlichen Stellung zu zerstreuen. Und – hier wird die Sache kompliziert – es hilft ihm gleichzeitig, diese herausragende Stellung zu festigen.«

»Was?«

»Weil er den Leuten zeigt, wie der Alltag seines höchst privilegierten Lebens abläuft. Es erlaubt ihm, der Gastgeber und damit der Wichtigste im ganzen Raum zu sein.«

»Mh-mhm.«

»Was denkst du darüber?« Zada wollte immer, dass Frankie ihre Ansichten teilte.

»Ich denke, du liest zu viel Soziologie oder was auch immer.«

»Davon kann man nie zu viel lesen«, sagte Zada. »Ich muss Schluss machen. Aber denk mal drüber nach.«

Und damit war das Gespräch beendet.

Ein Dreieck

$\mathcal{E}$s stellte sich heraus, dass die Wölfin Elizabeth Heywood war, eben das Mädchen, das Matthew in seinem Sommerhaus auf Martha's Vineyard besucht hatte. Frankie kannte Elizabeth flüchtig durch Zada. Sie gehörte nicht so richtig zu Alphas Clique – aber es gab etwas, das sie trotzdem zu einer würdigen Freundin für Alpha machte. Sie hatte nämlich während der Unterstufe und der Mittelstufe mehrere Jahre lang eine Hauptrolle in einer beliebten Fernsehserie gehabt, wo sie die zynische Tochter einer berühmten Komikerin gespielt hatte. Als sie in der neunten Klasse nach Alabaster kam, war die Serie gerade ausgelaufen, wurde aber immer noch regelmäßig wiederholt. Teil jeder Einführungsveranstaltung für die neuen Neuntklässler war es in den letzten drei Jahren gewesen, im Speisesaal einen Blick auf Elizabeth zu werfen, die älter und ein bisschen hübscher war als ihre Seriengestalt.

Frankie wusste, dass Elizabeth das Geld für Alabaster selbst verdient hatte. Ebenso das Geld, mit dem sie ihren roten Mercedes bezahlt hatte, von dem sie sagte, er sei der »Lohn dafür, dass ich meine Kindheit damit verbracht habe, mit einem Haufen Kokainsüchtiger und manipulativer Hyänen zusammenzuarbeiten« – dadurch unterschied sie sich von ihren Mitschülern, so wie sich neu erworbener Reichtum von ererbtem unterscheidet.

Sie war auf dem Campus außerordentlich bekannt – ohne jedoch wirklich populär zu sein. Sie war eher immer im Fluss, fühlte sich in einer ganzen Reihe unterschiedlicher gesellschaftlicher Gruppen wohl, ohne sich in irgendeiner davon fest einzugliedern. Sie hatte das breite, sommersprossige Gesicht mit tiefen Grübchen, das man so oft an Kinderstars sieht, die wegen ihres typisch amerikanischen Aussehens ausgesucht worden sind. Ihre Haare, die man fürs Fernsehen rot gefärbt hatte, waren braun. Sie sprach langsam und etwas nuschelig, eine Eigenschaft, wegen der sie während der Glanzzeit der Serie auf der Beliebtheitsskala immer ganz oben gelandet war.

Man sah Elizabeth und Alpha selten allein, sondern immer nur als Teil einer größeren Gruppe, und sie gingen alles andere als zärtlich miteinander um. Obwohl sie erst seit ein paar Wochen zusammen waren, stritten sie sich wie ein altes Ehepaar.

Wenn man aufs Internat geht und die üblichen Hindernisse wie mangelnde Transportmöglichkeiten und misstrauische Eltern wegfallen, können sich Beziehungen schnell entwickeln. Diese Binsenweisheit galt nicht nur für Alpha und Elizabeth, sondern auch für Frankie und Matthew. Matthew war warmherzig und auch in der Öffentlichkeit zärtlich. Nach der Golfplatzparty-Nacht dauerte es keine Woche, bis Frankie regelmäßig an seinem Tisch in der Schulmensa saß.

An diesem Tisch saßen immer Matthew, Alpha, Dean und Callum – und (öfter als erwünscht) Star. Meistens waren auch Elizabeth, Tristan und Steve dabei. (Letztere spielten beide Lacrosse und sind für diese Chronik relativ unwichtig.) Die Jungen bewarfen sich mit Brötchen und diskutierten über Politik. Sie lästerten, redeten über Sport und lehnten sich so weit auf ihren Stühlen zurück, dass man ständig damit rechnete, sie umkippen zu sehen – was allerdings nie geschah. Bei ihnen ging es lustiger zu als an irgendeinem anderen Tisch im Raum.

Frankie war überglücklich.

Was sie an Matthew am liebsten mochte, war seine offensichtliche Immunität gegen das Gefühl der Peinlichkeit. Einmal zum Beispiel sagte Alpha beim Abendessen etwas so Lächerliches, dass Matthew Saft aus der Nase und über sein Hemd schnaubte. Jeder andere, den Frankie kannte, wäre rot geworden und so schnell wie möglich aus der Schulmensa gestürmt, um sich sofort umzuziehen, und hätte gehofft, dass das Apfelsaft-Schnauben nie wieder zur Sprache kam.

Aber Matthew stand auf, reckte die Arme in Siegerpose hoch und erklärte sich selbst zum ekligsten Menschen in ganz Alabaster, wobei er alle aufforderte, sich mit ihm zu messen. »Kommt herbei, ihr alle. Stellt euch der Herausforderung. Seht, ob ihr das Livingston'sche Apfelsaft-Schnauben toppen könnt! Wir bezweifeln ernsthaft, dass dieser außerordentliche Grad an Ekelhaftigkeit noch übertroffen werden kann, aber wir laden euch alle dazu ein, es zu versuchen, und werden euch in euren Bemühungen unterstützen.«

Dean startete einen Versuch mit einem rosa Berg aus Ketchup und Kartoffelbrei, den er mit seiner ziemlich widerlichen langen Zunge aufleckte – die Abstimmung ergab jedoch, dass er dem LAS nicht ebenbürtig war. Alpha machte ein Furzgeräusch mit seiner Achselhöhle, aber auch er war längst nicht eklig genug. »Der Anstand hält mich davon ab, mich als ernsthafter Kandidat zu zeigen«, sagte er. »Ich erkenne die Niederlage nicht an. Ich bin ein zu guter Staatsbürger, um wirklich eklige Sachen in der Öffentlichkeit zu machen, während unschuldige jüngere Schüler versuchen ihr undefinierbares Fleisch zu essen.«

Callum behauptete, dass er keine solchen Hemmungen habe, und machte sich daran, all seine Croûtons in seinen Orangensaft zu werfen und das Gebräu dann auszutrinken.

»Das ist weniger ekelhaft als vielmehr Selbstbestrafung«, wandte Matthew ein. »Derjenige, den du anwiderst, bist du selbst. Und du musst zugeben, dass das eine ausgesprochen armselige Strategie ist.«

Callum gab sich geschlagen und sie standen auf, um ihre Tabletts wegzuräumen. Matthew legte Frankie eine Hand um die Taille. Sie hätte nicht gedacht, dass sie sich von einem Jungen angezogen fühlen könnte, der gerade Apfelsaft aus seiner Nase versprüht hatte, aber so war es.

Später fiel ihr allerdings auf, dass sie von den fünf Leuten am Tisch (Matthew eingeschlossen) die Einzige war, von der niemand erwartet hatte, dass sie etwas Widerliches tat.

Und dass sie sich auch nicht freiwillig gemeldet hatte.

Die Wochen verstrichen und Frankie stellte fest, dass Matthew zwar andere Leute überraschend bereitwillig in seiner Welt willkommen hieß, es ihm aber nicht in den Sinn kam, selbst die Welt anderer zu betreten. Trish musste sie ihm dreimal vorstellen, bevor er sie von alleine erkannte, und er kam fast nie zu Frankies Wohnheimzimmer. Wenn er sie sehen wollte, rief er an, damit sie rauskam, um sich mit ihm zu treffen.

Er kannte keinen von Frankies Freunden aus dem Debattierklub oder von den Zehntklässlern, die mit ihr Unterricht hatten. Er war nicht neugierig auf ihre Familie. Er erwartete von ihr, Teil seines Lebens zu werden, wurde aber selbst nicht Teil ihres Lebens.

Viele Mädchen bemerken es nicht, wenn sie sich in einer solchen Situation befinden. Sie sind so auf ihre Freunde fixiert, dass sie vergessen, dass sie vor ihren Beziehungen überhaupt ein eigenes Leben gehabt haben, deshalb ärgern sie sich auch nicht darüber, dass der Freund sich nicht dafür interessiert.

Frankie bemerkte es sehr wohl – aber sie war sich nicht sicher, ob es ihr etwas ausmachte. Sie hatte sich den Leuten, mit denen sie seit der Neunten befreundet war, nie sonderlich verbunden gefühlt. Trish mochte sie sehr gern, aber Trish war mit Artie beschäftigt. Und Frankie liebte nicht nur Matthew – sie liebte seine Welt.

Er und seine Freunde kamen ihr ... besser vor als sie selbst und ihre Bekannten. Nicht wegen des Geldes. Nicht wegen der Popularität. Teure Klamotten und ein besonderer Status imponierten Frankie wenig. Aber ihr Geld und ihre Popularität machten das Leben für Matthew, Dean, Alpha und Callum überaus einfach. Sie mussten niemanden beeindrucken und waren deshalb bemerkenswert frei von Gehässigkeit, Angst und lästigen ehrgeizigen Verhaltensweisen wie dem Konkurrenzkampf um Noten oder der Beurteilung der Kleidung anderer. Sie hatten keine Angst, Regeln zu übertreten, weil die Konsequenzen sie nur selten direkt betrafen. Sie waren frei. Sie waren albern. Sie waren selbstsicher.

Als Frankie und Matthew zwei Wochen zusammen waren, ließ er sie zum ersten Mal wegen Alpha stehen. Sie gingen nach dem Abendessen gemeinsam spazieren, schlenderten zum Teich hinunter, einfach nur, um irgendwo zu sein, wo es schön war – so wie man das eben macht, wenn man frisch verliebt ist –, als Matthews Handy klingelte.

Anstatt es auszuschalten, wie er es in den ersten zwei Wochen ihrer Beziehung getan hatte, klappte Matthew es auf. »Hey, Rüde«, sagte er und hörte dann ein paar Minuten lang zu. Frankie konnte Alphas krächzenden Tenor durchs Telefon hören. »Ich muss los«, sagte Matthew, als er das Handy zuklappte, und küsste Frankie dreimal auf die Wange, um zu zeigen, dass er immer noch verrückt nach ihr war. »Ich hab das Treffen unserer Mathelerngruppe verschwitzt.«

Und weg war er.

Sie stand ganz allein in der Abenddämmerung neben dem Teich.

Das zweite und dritte Mal liefen genauso ab. Alpha rief an und wollte irgendetwas – und Matthew verschwand. Es war immer etwas, wogegen Frankie nichts einwenden oder bei dem sie ohnehin nicht dabei sein konnte: eine Lerngruppe der Zwölftklässler, ein Schülerzeitungstreffen, eine Spendensammlung für die Fußballmannschaft. Aber es war jedes Mal Alpha, der anrief, und Frankie war nicht dumm.

Er markierte sein Territorium.

Matthew.

Öfter kamen Alpha und die Jungs allerdings zu Matthew – so oft, dass es Frankie gelegentlich vorkam, als ginge sie mit allen auf einmal. Sie und Matthew lernten zum Beispiel zusammen in der Bibliothek oder waren auf dem Weg zum Abendessen in die Schulmensa und plötzlich rannten die Hunde laut und fröhlich um sie herum, lachten und rempelten sich an. Tristan schnappte sich Frankie und schwang sie herum (er war groß und kräftig, beim Rudern der Schlagmann im Achter), während Callum sie über Mädchen aus ihrer Klasse ausfragte, die er attraktiv fand. Oder Alpha quetschte sich zwischen sie und legte im Gehen je einen Arm um sie und Matthew, und sie war vom Gewicht seiner Hand an ihrer Taille irritiert. Worüber auch immer sie und Matthew gerade gesprochen hatten, wurde zu Gunsten von irgendwas, über das Alpha reden wollte, fallengelassen.

Einmal entdeckten Matthew, Alpha und Steve – auf dem Weg von einem Fußballspiel – Frankie, die sich mit Trish im Schwimmbad treffen wollte. Sie folgten ihr und bestanden darauf, in ihren Sporthosen ins Becken zu steigen, dann schubsten sie sich gegenseitig zum tiefen Teil unter dem Sprungturm und machten Arschbomben vom Sprungbrett.

Trish schwamm zwanzig Minuten mit Frankie Bahnen und entschuldigte sich dann, weil sie duschen wollte. Aber Frankie kletterte aus dem flachen Becken und machte einen Kopfsprung in den tiefen Teil zu den Jungen.

Es machte ihr nichts aus, dass sie da waren. In diesem Moment nicht; eigentlich nie.

Ja, sie wollte gerne mit Matthew allein sein, aber sie liebte es, wie die Welt zu strahlen begann, wenn die Jungs in der Nähe waren – liebte es, wie sie Witze übereinander machten, sich gegenseitig aufzogen, eindringlich aufeinander einredeten. Wie eine Familie im besten Sinne.

Oft nahm Matthew bei diesen Gelegenheiten ihre Hand. Oder berührte unter dem Tisch ihren Fuß, damit sie wusste, dass er immer noch an sie dachte. Und die Hunde mischten Saft mit Limo, fragten sich gegenseitig Jahreszahlen für Geschichte ab, zeichneten alberne Kritzeleien in ihre Notizblöcke oder bastelten kunstvolle Papierflieger, anstatt zu lernen – und Frankie gehörte dazu. Beinahe.

DER VERNACHLÄSSIGTE AFFIRMATIV

Wie wird eine Person zu der, die sie ist? Welche Faktoren ihrer Kultur, ihrer Kindheit, ihrer Erziehung, ihrer Religion, ihrer wirtschaftlichen Stellung, ihrer sexuellen Orientierung, ihrer ethnischen Zugehörigkeit, ihrer täglichen Interaktion mit anderen – welche Antriebskräfte bringen sie dazu, Entscheidungen zu treffen, für die andere Leute sie verachten?

Diese Chronik ist der Versuch, diejenigen Elemente in Frankie Landau-Banks' Charakter aufzuzeigen, die dabei eine Rolle spielten. Was brachte sie dazu zu tun, was sie tat: Dinge, die sie später mit einer eigenartigen Mischung aus Stolz und Bedauern betrachten würde. Frankies Denkprozesse waren von Ms Jenssons Lektüren über das Panopticon angeregt worden, von ihren Begegnungen mit Alpha, der Weigerung ihrer Mutter, sie im Sommerurlaub alleine in die Stadt gehen zu lassen, ihrer Beobachtung, welche Freude es Matthew bereitet hatte, ihr nach ihrem Fahrradunfall beizustehen, und ihrer Wut auf Dean, weil er sich nicht an sie erinnerte. All das waren Faktoren, die das beeinflussten, was später geschah. Und hier folgt ein weiterer:

Ihr erinnert euch, dass Frankie zum Vergnügen *Alter*

Adel rostet nicht von P. G. Wodehouse las. An dem Abend, als sie Matthews Einladung zur Golfplatzparty erhielt, hatte sie es auf dem Boden der Bibliothek liegengelassen, aber am nächsten Tag ging sie zurück und lieh es sich aus. Das Buch darf aus verschiedenen Gründen in seinem Einfluss auf ihr Verhalten nicht unterschätzt werden.

Erstens sind die jungen Männer in diesem und vielen anderen Wodehouse-Romanen – von denen Frankie ebenfalls einige gelesen hatte – Mitglieder im Drones Club. Der Drones Club ist ein britischer Herrenklub, der von albernen jungen Kerlen mit Taschen voller Geld und zu viel Freizeit bevölkert wird. Im Unterschied zu den anderen Klubs, die in dieser Chronik beschrieben werden, hat der Drones Club einen festen Sitz. Dort gibt es einen Swimmingpool, ein Restaurant und Aufenthaltsräume zum Rauchen, Trinken und Geschichtenerzählen. Bertie Wooster, Gussie Fink-Nottle, Catsmeat Potter-Pirbright und alle anderen Wodehouse-Figuren haben ihre Bande im Internat geschmiedet. Sie gründen viele ihrer ethischen und finanziellen Entscheidungen (Soll ich ihm einen Wetttipp geben? Ihm Geld leihen? Ihn um einen Gefallen bitten?) darauf, ob ein Freund ein alter Schulkamerad ist – oder eben nicht.

Die Mitglieder des Drones Club sind immer für einen Spaß zu haben. Sie stehlen Polizeihelme, wetten mit hohem Einsatz beim Schulsackhüpfen, bringen sich gegenseitig dazu, voll bekleidet in den Swimmingpool zu fallen. Und auch wenn sie größtenteils zu dämlich sind, um Mitglieder des Parlaments oder Zeitungsverleger zu werden – und viele von ihnen in regelmäßigen Abständen pleitegehen –, sind sie mit Leib und Seele Alte Jungs.

Zweitens ist Mr Wodehouse ein dermaßen talentierter Prosastilist, dass Frankie beinahe Freudensprünge vollführte, als sie zum ersten Mal einige seiner Sätze las. Bevor sie an einem langweiligen Sommermorgen auf dem obersten Brett von Ruths Bücherregal *In alter Frische* entdeckte, hatte Frankies Freizeitlektüre in erster Linie aus Taschenbuchkrimis, die sie in den Drehständern der Leihbücherei einen Block von ihrem Zuhause entfernt fand, und den Kurzgeschichten von Dorothy Parker bestanden. Wodehouses triumphales Wortspiel fraß sich in ihre Synapsen wie ein Wurm in eine frische Getreideähre.

»Er hatte so einen gewissen Unterton in der Stimme und ich bemerkte, dass er zwar nicht gerade ungehalten war, aber alles andere als gehalten.«

Alter Adel rostet nicht

Frankie las diese Zeilen, die Wodehousefans lieben und sich gegenseitig immer wieder vorsagen (was sie damals allerdings noch nicht wusste), und ihr Verstand begann zu schwirren.

»Komm her und küss mich«, sagte sie zu Matthew. Sie saßen an einem Sonntagnachmittag im Lesesaal der Bibliothek und lernten. Frankie hatte ihr Pensum bereits beendet und las Wodehouse, während sie Matthew Gesellschaft leistete.

Er stand von seinem Tisch auf, ging zu dem Sofa hinüber, auf dem sie saß, und küsste sie auf die Lippen. Sonst war niemand da.

»Mhmmm«, flüsterte sie. »Jetzt bin ich gehalten.«

»Was?«

»Gehalten. Vorher war ich ungehalten.«

»Warum?«

»Es nieselt, außer Lernen gibt's nichts zu tun, der Süßigkeitenautomat ist kaputt. Du weißt schon, ungehalten.«

»Und jetzt bist du ...«

»Gehalten.«

Sie hatte erwartet, dass Matthews Gesicht beim Klang des neuen Worts aufleuchten würde, aber er berührte sanft ihr Kinn und sagte: »Ich glaube nicht, dass dieses Wort das bedeutet, was du meinst.«

»Was?« Frankie hielt das nicht für ein Wort. Sie hielt es für ein – sie hielt es für etwas, das sie später »vernachlässigter Affirmativ« nennen würde.

Mit Vorsilben wie »un-«, »in-«, »im-«, »de-«, »des-«, »a-« und »ent-« verneint man Wörter, nicht wahr? Es mag grammatikalische Besonderheiten geben, die ich hier außen vor lasse, aber mal generell gesprochen ist es doch so: Man hat einen affirmativen Begriff wie »beherrscht« und fügt die Vorsilbe »un-« hinzu, um ihn zu verneinen: *unbeherrscht*.

Akzeptabel. *Inakzeptabel*.

Normal. *Anormal*.

Wenn das Wort oder der Begriff negativ ist – *unbefleckt*

zum Beispiel –, aber der entsprechende Affirmativ praktisch nie benutzt wird und du beschließt, ihn trotzdem zu benutzen, klingt das ziemlich witzig. Oder hochgestochen. Oder hochgestochen witzig, was manchmal gut sein kann. Auf jeden Fall deckst du ein vergrabenes Wort auf. Der vernachlässigte Affirmativ zu *unbefleckt* ist *befleckt*, was »moralisch verdorben« oder »unsauber« bedeutet. Der vernachlässigte Affirmativ zu *unzureichend* ist *zureichend* – was »ausreichend« bedeutet –, aber kein Mensch benutzt ihn.

In anderen Fällen ist der vernachlässigte Affirmativ gar kein eigenständiges Wort. Man bezeichnet ihn dann als imaginären vernachlässigten Affirmativ oder IVA.

(Frankie hat sich all das, was nach den Erklärungen über *befleckt* und *zureichend* folgt, ausgedacht, nur für den Fall, dass ihr vorhattet einen Lehrer mit eurem Fachwissen über den IVA zu beeindrucken.)

Einige IVAs: *Untadelig* bedeutet »anständig«, »ehrlich«, »vertrauenswürdig«. Der Affirmativ dazu existiert nicht, also kann man damit ein neues, unzulässiges Wort bilden.

Tadelig, was »charakterlos« bedeutet.

Beholfen, was »geschickt« bedeutet, von *unbeholfen*.

Rangiert, was »klar« und »ordentlich« bedeutet, von *derangiert*.

Du kannst noch mehr IVAs bilden, indem du so tust, als wäre etwas ein Negativ, obwohl es das gar nicht ist – weil es, so kannst du argumentieren, etwas vorne dran hat, das irgendwie nach negierender Vorsilbe klingt.

Impulsiv – das bedeutet »hitzköpfig«, »unbedacht«. Es kommt aus dem Lateinischen, ist eine Zusammensetzung aus *im-* (an-) und *pulsum* (dem Partizip Perfekt des Verbs *pellere* = stoßen) und heißt also wörtlich so viel wie »angestoßen« oder »angetrieben«. *Pulsiv* allein – obwohl ein solches Wort nicht existiert – müsste demnach eigentlich »gestoßen« oder »getrieben« bedeuten. Aber für den glühenden Anhänger des vernachlässigten Affirmativs wäre *pulsiv* »vorsichtig«, »besonnen«.

Eine weitere Technik im Zusammenhang mit dem vernachlässigten Affirmativ ist die, ein Wort neu zu definieren, das es zwar wirklich gibt, das aber auf Grund der Verschlungenheit der Grammatik eigentlich nicht das bedeutet, was es deiner Zuschreibung nach bedeuten soll. Der vernachlässigte Affirmativ zu *Intension* ist *Tension*, was eigentlich dasselbe bedeutet, nämlich Anspannung, Spannung – denn das *in-* dient in diesem Fall nicht der Verneinung –, aber es ist viel lustiger, wenn man es wie das Gegenteil verwendet. *Tension:* Entspannung.

Wenn du ein Wort auf diese Weise neu definierst, schaffst du einen falschen vernachlässigten Affirmativ im Gegensatz zu einem imaginären vernachlässigten Affirmativ, und es wäre vielleicht sinnvoll, diese Falschirmative entsprechend FVAs zu nennen. Aber *Falschirmativ* ist origineller und deshalb blieb Frankie dabei. Später, als sie all das hier durchdachte.

Gehalten ist ein Falschirmativ, auch wenn Frankie das nicht wusste, bis Matthew es ihr erklärte (allerdings nicht in diesen Worten).

»Gehalten sein, etwas zu tun«, sagte er, während er zum Wörterbuch hinüberging, das auf einem großen Ständer stand. Er blätterte ein paar Seiten um. »Das hat nichts mit zufrieden oder glücklich sein zu tun, es heißt ... hier: *verpflichtet sein* ... oder: *Es wird von jemandem erwartet, dass* ... Es ist also gar nicht das Gegenteil von ›ungehalten‹.«

»Na und?« Frankie war sauer, dass er alles so wörtlich nahm. »So ergibt mein Satz aber keinen Sinn.«

»Nein, tut er nicht, aber so steht's im Wörterbuch.«

Frankie hüpfte auf dem Sofa auf und ab. »Meine Version gefällt mir besser.«

Matthew nahm das Wörterbuch von dem Ständer herunter und setzte sich selbst auf den kleinen Tisch. »Mein Vater arbeitet in der Zeitungsbranche«, sagte er. »Ich weiß nicht, ob ich dir das schon erzählt habe.«

Als wüsste nicht jeder auf der Schule längst, wer sein Vater war.

»Er hat als Korrekturleser angefangen und wir haben in unserem Sommerhaus immer Wörterbuchspiele gespielt. So habe ich gelernt, aus Angst vor öffentlicher Demütigung jedes Wort nachzuschlagen, über dessen Bedeutung ich mir nicht absolut im Klaren bin.«

Frankie wollte nicht, dass Matthew Recht hatte. Als sie den Begriff später im Internet recherchierte, musste sie zwar zugeben, dass seine Erklärung die richtige war, aber sie fand auch eine ganze Reihe von Hinweisen, die das humorvolle Wortspiel Wodehouses in *Alter Adel rostet nicht* zum Thema hatten und damit ihre Version stützten.

Aber als Frankie *das* herausfand, war sie weit davon entfernt, ihre Entdeckung mit Matthew zu teilen.

Worüber sie sich jetzt ärgerte, war nicht, dass Matthew Recht hatte – sondern dass er sich nicht einfach über das erfundene Wort freuen konnte. Dass er unbedingt Recht haben *wollte*. Und dass er sie gestupst hatte – er hatte ihr einen Stups unters Kinn gegeben wie einem Hündchen, als er ihr gesagt hatte, dass ihr cleveres Wortspiel mit *gehalten* von seiner phänomenalen Erinnerungsgabe bezüglich obskurer Wörterbucheinträge übertrumpft worden war.

»Es war ein Witz«, sagte sie.

»Ich weiß«, sagte er. »Aber es ist nur lustig, wenn du wirklich ein neues Wort erfindest, und das hast du in diesem Fall nicht.«

»Deshalb musst du mich trotzdem nicht als Idiotin hinstellen.«

»Ich habe dich nur auf etwas hingewiesen, von dem ich dachte, dass du es gerne wissen würdest.«

»Womit du mir den ganzen Spaß verdorben hast.«

»Sei nicht so empfindlich, Frankie.«

»Bin ich gar nicht.«

»Du schmollst wegen eines Wortes im Wörterbuch.«

»Gut.« Frankie wandte sich wieder ihrem Buch zu, aber sie las nicht. Wenn sie zu empfindlich war, dachte sie, würde sie nicht lange mit diesem Jungen zusammenbleiben, diesem großartigen Jungen, von dessen Küssen ihr ganz schwindelig wurde.

Sie würde diese Welt verlieren, die sie betreten hatte,

den harten Rhythmus hin- und herfliegender Beleidigungen, die Selbstzurschaustellung ohne jegliches Gefühl von Peinlichkeit, die ausgelassene Albernheit von Matthew und seinen Freunden. Sie erkannte sofort, dass der schnellste Weg, ihren Platz unter ihnen zu verlieren, der war, sich eigensinnig oder fordernd zu verhalten.

Sie hatte nicht nur Angst davor, die Zuneigung ihres Freundes zu verlieren. Sie hatte auch Angst davor, ihre Stellung unter seinen Freunden zu verlieren.

Matthew hatte Frankie das Gefühl vermittelt, *abdingbar* zu sein. Ja, das war ein gutes Wort dafür.

Sie riss eine Seite aus ihrem Ringbuch und fing eine Liste an.

KÄSEPOMMES

*E*inige E-Mails, die Anfang Oktober verschickt wurden und später in andere Hände als die ihrer Adressaten gerieten.

Von: Porter Welsch [pw034@alabasteroberschule.edu]
An: Frances Landau-Banks [fl202@alabasteroberschule.edu]
Betreff: Hey
Frankie, wie geht's? Ich hoffe, Dein Schuljahr läuft gut bisher. Ich wollte mich entschuldigen wegen dem, was letztes Jahr mit Bess passiert ist.
Porter

Von: Frances Landau-Banks [fl202@alabasteroberschule.edu]
An: Porter Welsch [pw034@alabasteroberschule.edu]
Betreff: Re: Hey
Du *willst* Dich entschuldigen oder Du *entschuldigst* Dich? Deine Grammatik ist ungenau. Ist das nun eine Entschuldigung oder eher eine Schuldigung?

Von: Porter Welsch [pw034@alabasteroberschule.edu]
An: Frances Landau-Banks [fl202@alabasteroberschule.edu]
Betreff: Entschuldigung.
Ich entschuldige mich.

Von: Frances Landau-Banks [fl202@alabasteroberschule.edu]
An: Porter Welsch [pw034@alabasteroberschule.edu]
Betreff: Absichtlich unbestimmt
Und dann: »wegen dem, was letztes Jahr mit Bess passiert ist«.
Was soll das heißen? Ist das absichtlich unbestimmt?

Von: Porter Welsch [pw034@alabasteroberschule.edu]
An: Frances Landau-Banks [fl202@alabasteroberschule.edu]
Betreff: Re: Absichtlich unbestimmt – NEIN
Die Unbestimmtheit war nicht beabsichtigt.
Weil ich hinter Deinem Rücken mit Bess rumgemacht habe.
Du lässt einem nichts durchgehen, was?

Von: Frances Landau-Banks [fl202@alabasteroberschule.edu]
An: Porter Welsch [pw034@alabasteroberschule.edu]
Betreff: Re: Re: Absichtlich unbestimmt – NEIN
Stimmt. Aber warum entschuldigst Du Dich ausgerechnet jetzt?
Warum nicht während der Sommerferien oder zu Beginn des Schuljahres?

Von: Porter Welsch [pw034@alabasteroberschule.edu]
An: Frances Landau-Banks [fl202@alabasteroberschule.edu]
Betreff: Hamburger
Weil ich jetzt das Bedürfnis habe, mich zu entschuldigen.
Wie wär's mit einem Hamburger am Mittwoch im *Front Porch*?

Von: Frances Landau-Banks [fl202@alabasteroberschule.edu]
An: Porter Welsch [pw034@alabasteroberschule.edu]
Betreff: Re: Hamburger

Warum sollte ich mit Dir einen Hamburger essen gehen? Nenn mir drei gute Gründe.

Von: Porter Welsch [pw034@alabasteroberschule.edu]
An: Frances Landau-Banks [fl202@alabasteroberschule.edu]
Betreff: Hamburger – warum?
Du zahlst nichts, denn ich lade Dich ein.
Weil ich möchte, dass wir Freunde sind.
Weil ich mit Dir über etwas reden möchte.

Von: Frances Landau-Banks [fl202@alabasteroberschule.edu]
An: Porter Welsch [pw034@alabasteroberschule.edu]
Betreff: Mittwochsburger
Ich nehme immer Pommes, keinen Hamburger. Ich bin Vegetarierin. Das solltest Du eigentlich noch wissen.

Von: Porter Welsch [pw034@alabasteroberschule.edu]
An: Frances Landau-Banks [fl202@alabasteroberschule.edu]
Betreff: Re: Mittwochsburger
Du nimmst immer KÄSEpommes. Siehst Du? Bin kein Vollidiot.

Von: Frances Landau-Banks [fl202@alabasteroberschule.edu]
An: Porter Welsch [pw034@alabasteroberschule.edu]
Betreff: Idiot
Worüber willst Du mit mir reden?

Von: Porter Welsch [pw034@alabasteroberschule.edu]
An: Frances Landau-Banks [fl202@alabasteroberschule.edu]
Betreff: Re: Idiot

Das sage ich Dir, wenn wir uns sehen.

(:-x) Porter

Von: Frances Landau-Banks [fl202@alabasteroberschule.edu]
An: Porter Welsch [pw034@alabasteroberschule.edu]
Betreff: (:-x)
Dein (:-x) kannst Du Dir sparen, Porter. Nur weil ich mich von Dir zum Pommesessen einladen lasse, heißt das noch lange nicht, dass Du mir Umarmungen und Küsse schicken kannst.

Von: Porter Welsch [pw034@alabasteroberschule.edu]
An: Frances Landau-Banks [fl202@alabasteroberschule.edu]
Betreff: Re: (:-x)
Also gut, dann eben ohne Kuss.
() P.

Von: Frances Landau-Banks [fl202@alabasteroberschule.edu]
An: Porter Welsch [pw034@alabasteroberschule.edu]
Betreff: ()
Willst du mich eigentlich ärgern?

Von: Porter Welsch [pw034@alabasteroberschule.edu]
An: Frances Landau-Banks [fl202@alabasteroberschule.edu]
Betreff: Re: ()
OOOOOOOOOOOOOOOOOOOOOOO

»Warum will er mit mir ins *Front Porch*?«, beklagte sich Frankie am späten Samstagabend bei Trish.

Sie saßen im Schlafanzug auf den Betten in ihrem

Zimmer. Frankie lernte eigentlich für eine Geschichtsarbeit und Trish blätterte in *Hühnersuppe für die Seele – für Pferdeliebhaber.*

»Ich habe seine Entschuldigung doch bereits angenommen. Und jetzt schickt er mir Umarmungs-Mails und versucht mich zu Käsepommes einzuladen; das kommt mir irgendwie unnötig vor.«

»Er will mit dir befreundet sein«, sagte Trish. »Er hat nur dann ein gutes Gefühl und kein schlechtes Gewissen wegen der Sache mit Bess, wenn er dir Umarmungs-Mails schicken kann.«

»Meinst du, ich muss Matthew sagen, dass ich mit Porter Mittag essen gehe?«

»Ja.«

»Warum?«

»Würde es dir gefallen, wenn Matthew mit einer seiner Exfreundinnen Mittag essen ginge?«

»Nein.«

»Hinter deinem Rücken?«

»Erst recht nicht.«

»Also musst du's ihm sagen«, folgerte Trish. »Das zeugt von Reife.«

Frankies Handy lag zum Laden auf dem Nachttisch. Sie rief Matthew an. »Ich muss mit meinem Exfreund essen gehen«, erklärte sie ihm. »Am Mittwoch.«

»Mit dem, der dich mit Bess betrogen hat?«

»Ich hatte bisher erst einen Freund.«

»Außer mir.«

»Außer dir.« Ihr wurde ganz warm ums Herz, weil er

sich als ihren Freund bezeichnete. »Er will mich zu Käsepommes einladen, damit er sich besser fühlt.«

»Ach, geh lieber nicht hin.«

»Ich muss aber.«

»Warum? Du schuldest diesem Typen doch nichts. Hat er sich eigentlich je bei dir entschuldigt?«

»Ja, hat er.«

»Was gibt's dann noch weiter zu sagen? Versetz ihn und triff dich mit mir. Wir machen stattdessen ein Picknick unten am Teich.«

Es wäre so einfach gewesen, Ja zu sagen und den Streit abzuwenden, der sich zusammenzubrauen drohte. Ein Teil von Frankie wollte Ja sagen. Aber sie war ernsthaft neugierig auf das, was Porter ihr erzählen wollte, und sie hatte ihm bereits zugesagt. »Es sind doch nur Käsepommes im *Front Porch*«, erklärte sie Matthew.

»Ich weiß, aber du lässt dich von ihm ausnutzen.«

Frankie stand auf und begann hin und her zu gehen. »Das stimmt nicht. Er will nur mit mir reden.«

Trish unterbrach sie. »Ist Matthew eifersüchtig?«

Frankie machte ihr ein Zeichen, still zu sein, als Matthew sagte: »Ja, aber er hat kein Recht darauf, mit dir zu reden.«

»Es wird nichts passieren«, sagte Frankie in ihr Handy.

»Ich finde einfach, du solltest nicht hingehen. Lass dich nicht von ihm herumkommandieren.«

Seit wann kommandierte irgendjemand sie herum? Das war ja wohl unverschämt.

»Was sagt er?«, flüsterte Trish.

»Ich lasse mich nicht von Typen ausnutzen«, sagte Frankie zu Matthew. »Nur weil Porter mich ausgenutzt *hat*, heißt das noch lange nicht, dass ich ihn gelassen hätte.«

»Okay.«

Der beleidigte Tonfall, den seine Stimme angenommen hatte, gefiel ihr nicht. Aber sie sagte trotzdem, wonach ihr war: »Sag mir bitte nicht, was ich zu tun habe.«

»Was?«

»Sag mir nicht, was ich zu tun habe.«

Matthew klang ehrlich überrascht. »Ich würde dir niemals sagen, was du zu tun hast.«

»Du hast mir gerade gesagt, ich soll nicht mit Porter zu Mittag essen!«

»Aber du hast selbst gesagt, dass du nicht hingehen willst. Ich habe dich nur ermutigt, dich durchzusetzen.«

»Ich habe nie gesagt, dass ich nicht hingehen will!«, rief Frankie frustriert.

Sie konnte hören, wie bei Matthew eine Tür schlug und Alphas Stimme sagte: »Hey, Rüde, warum dauert das so lange?«

Matthews Stimme klang plötzlich fröhlich. »Alpha ist gerade gekommen. Ich muss Schluss machen, Frankie.«

»Na toll.«

»Sei nicht sauer, okay?«

»Mal sehen.« Wie konnte er die Diskussion mittendrin abbrechen?

»Geh, wohin du willst. Tu, was du willst, okay?«

»Okay.«

»Sei nicht sauer.«

»Schon gut. Schon gut.«

»Du bist nicht sauer? Bitte sei nicht sauer, ich bin verrückt nach dir.«

»Ich bin nicht sauer.« Und das war sie auch nicht. Eigentlich nicht. Er klang so traurig, so warmherzig – als er sich Sorgen machte, ob sie wohl sauer war.

»Gut«, sagte Matthew. »Ich muss Schluss machen, Alpha will mit mir reden. Gute Nacht, Süße.«

»Gute Nacht.«

Frankie klappte das Handy zu. »Er lässt mich hingehen«, erklärte sie Trish.

»Er lässt dich gehen? Seit wann muss er dich lassen?« Trish setzte sich im Bett auf.

»Nein, so war es nicht. Er *lässt* mich nicht wirklich. Es ist nur so, dass er erst nicht wollte, dass ich hingehe.«

»Er war also eifersüchtig.«

»Vielleicht. Aber er wollte nicht, dass ich deswegen sauer bin. Und schließlich hat er gesagt, dass ich tun könne, was ich will.«

»Und wie kam es von *Sag mir nicht, was ich zu tun habe* dahin, dass er dich gehen lässt?«, fragte Trish. »Das ist ein ziemlicher Sprung.«

»Ja.« Frankie drehte ihr Kissen um und knipste das Licht aus. »Ich bin mir nicht sicher, wie es dazu gekommen ist.«

Das T-Shirt

Am nächsten Tag schenkte Matthew Frankie sein Superman-T-Shirt. Es war ein leuchtend blaues hauchdünnes T-Shirt, das er drei Jahre lang getragen hatte. Während ihres neunten Schuljahres war er ihr oft darin aufgefallen; mit seinen breiten Schultern, der schmalen Hüfte und der schwarzen Brille sah er Clark Kent verdammt ähnlich – der als Journalist verkleidete Körper eines Superhelden. Wenn Matthew dieses T-Shirt trug, sah er immer noch aus wie Clark Kent, allerdings wie Clark Kent mit dem Supermanlogo, was ziemlich selbstironisch war. Und scharf.

Matthew setzte nie seine Brille ab, außer wenn er Frankie küsste. Wenn Frankie ihn ohne Brille sah, wirkte er überhaupt nicht wie Superman. Er sah verwirrt aus, so als fehlte etwas. Sie hatte einen Blick durch seine Brille geworfen und festgestellt, dass er stark kurzsichtig war.

Der Nachmittag, an dem Frankie das T-Shirt bekam, war eine der wenigen Gelegenheiten, zu denen es ihnen gelang, in dem Wohnheimzimmer allein zu sein, das sich Matthew mit Dean teilte. Es war Sonntagnachmittag und die meisten ihrer Freunde waren mit den Minibussen der

Schule in die Stadt gefahren, um essen zu gehen, einen Schaufensterbummel zu machen und sich vor den Lehrern der unteren Klassen zu verstecken, die sie begleiteten. Normalerweise durften Mädchen nur von sieben bis halb zehn Uhr abends ins Jungenwohnheim, während der »gemeinsamen Studierzeiten«, zu denen sie sich offiziell eintragen mussten. Also hatte Matthew Frankie an jenem Tag über die Feuertreppe in sein Zimmer im zweiten Stock geschmuggelt, die man erreichte, wenn man neben einer Hecke auf einen Baum kletterte, von dem aus man an die Leiter kam, über die man dann in den zweiten Stock gelangte, durchs Badezimmerfenster einstieg und den Flur entlangging.

Sie hörten Musik und knutschten eine Weile auf Matthews Bett herum. Dann spielten sie Scrabble und luden Musik aus dem Internet herunter. Dabei fiel Frankie auf Matthews Nachttisch die Figur eines Bassets mit herabhängenden Augenlidern auf – eine von denen, die man in Geschenkartikelläden findet oder mit einer dünnen Staubschicht im Wohnzimmer seiner Urgroßmutter. Die Farbe an der Nase war abgeblättert und die Pfoten angeschlagen. »Wer ist denn dein Freund hier?«, fragte Frankie, der sofort klar war, dass Matthews Hund der Hund auf der Einladung war und dieser wiederum der Hund von Seniors Geheimbund.

»Bitte fass ihn nicht an.«

»Warum nicht?« Frankie stellte den Hund zurück und streichelte seine Porzellanohren. »Ist er wertvoll?«

»Das bezweifle ich.«

»Also dann, warum nicht?« Sie hoffte, er würde es ihr sagen, seine Geheimnisse mit ihr teilen.

»Er hat nur ideellen Wert. Könntest du, äh, bitte tun, worum ich dich gebeten habe, und aufhören ihn anzufassen?«

Frankie zog die Hand zurück und sah Matthew an. »Ich werd ihn schon nicht kaputt machen. Was ist so Besonderes daran?«

Matthew streckte lächelnd den Arm aus und nahm ihre Hand. »Sag ich nicht. Komm wieder zu mir aufs Bett.«

Sie blieb, wo sie war. »Ich weiß nicht, was daran so ein großes Geheimnis ist«, sagte sie schmollend – obwohl sie es sehr wohl wusste.

»Es ist kein großes Geheimnis, ich will jetzt bloß nicht drüber reden.«

»Na gut.«

»Frankie.«

»Was?«

»Bitte sei nicht verletzt.«

»Bin ich nicht.«

»Du bist meine Freundin«, flüsterte Matthew. »Du bist mein Mädchen und ich bin dein Junge und ich dein Junge und du mein Mädchen. Lass uns nicht streiten.«

»Aber ich darf deinen Porzellanwauwau nicht anfassen.«

»Nein«, sagte er und küsste sie. »Du darfst meinen Porzellanwauwau nicht anfassen.«

Sie knutschten noch ein bisschen herum und dann war es plötzlich spät, deshalb stand Frankie auf und bückte sich, um ihren Pullover vom Boden aufzuheben. Matthew, der vielleicht ein schlechtes Gewissen hatte wegen des Bassets, den sie nicht anfassen durfte, holte das Superman-T-Shirt aus seiner Schublade und reichte es ihr. »Hier«, sagte er. »Zieh das an.«

Sie musste ihr eigenes T-Shirt ausziehen, um es anzuziehen, und einen Augenblick lang zögerte sie.

Er hatte ganz offensichtlich mehr Erfahrung als sie. Er sah sie an, als wäre nichts weiter dabei, dass sie ihr T-Shirt auszog. »Dreh dich um«, sagte sie.

»Was?«

»Dreh dich um. Ich werd mich nicht vor deinen Augen umziehen.«

Gehorsam ließ er sich bäuchlings aufs Bett fallen und vergrub das Gesicht in einem Kissen. »Mrwwffuffl«, sagte er in die Daunen hinein.

»Was?«

»Manchmal vergesse ich, dass du erst fünfzehn bist.«

Frankie war zugleich gerührt und beleidigt, aber sie zog das T-Shirt an. Es roch nach ihm – nach Seife und Haut und Junge. »Danke.«

Matthew setzte sich auf und schlang ihr die Arme um die Taille. Porter hatte sie nie so umarmt, als überkäme ihn eine Welle der Begeisterung. »Ich schenke es dir.«

Frankie trug das T-Shirt am nächsten Tag. Daran, wie die anderen Schüler sie ansahen, konnte sie erkennen, dass alle wussten, dass es Matthew gehörte. Oder gehört hatte. Und es fühlte sich gut an, sein T-Shirt zu tragen.

Aber als sie Zada davon erzählte, sagte Zada: »Ach, Frankie, sei nicht so altmodisch. Okay, Matthew ist ein netter Kerl und alles, aber sein T-Shirt zu tragen ist, als hättest du die Aufschrift ›Ich gehöre Matthew Livingston‹ auf deinem Busen.«

»Zada!«

»Stimmt doch.«

»Stimmt nicht.«

»Es ist, als hätte er dich markiert.«

»Im Gegenteil«, sagte Frankie giftig. »Er hat mir etwas geschenkt, das er gernhat, etwas, auf das er normalerweise nicht verzichten würde.«

»Nee, es ist wie bei einem Hund, der an einen Hydranten pinkelt. Er markiert dich mit seinem Geruch.«

»Ach, hör auf.«

»Alles klar. Hier kommt noch eine Interpretation. Siehst du gut aus in dem T-Shirt?«, fragte Zada. »Das tust du bestimmt.«

»Ja, irgendwie schon, glaube ich«, sagte Frankie und kicherte.

»Vielleicht wollte er dich also in dem T-Shirt sehen. Vielleicht putzt er dich heraus. Hast du daran schon gedacht? Er putzt dich heraus wie eine Puppe.«

»Nein. Wenn er mich herausputzen wollte, würde er mir wohl etwas anderes anziehen als ein altes T-Shirt.«

»Ja?«

»Ach, komm. Es ist ein schäbiges T-Shirt.«

»Vielleicht gefällt ihm genau das.«

»Zada. Vielleicht ist es einfach etwas, das ihm gehört hat und das er mir schenken wollte. Wie eine Opfergabe.«

Zada gluckste. »Eine Opfergabe?«

»Wenn man das Argument weiterverfolgen will«, sagte Frankie, »könnte man sagen, er hat es mir dargebracht, so wie man einer Göttin eine Gabe darbringt.«

»Jetzt machst du dich lächerlich.«

»Auch nicht mehr als du, wenn du sagst, er sei ein Hund, das T-Shirt Pipi und ich ein Hydrant. Du lässt eine nette, glückliche Beziehung total *befleckt* aussehen.«

»Was?«

»Befleckt. Moralisch verdorben.«

»Aha.«

»Vielleicht trage ich eine bedeutsame Opfergabe, die Matthew Livingston mir als Zeichen der Anerkennung meiner göttinnenhaften Fähigkeiten dargebracht hat.«

Zada lachte.

»Siehst du?«, fuhr Frankie fort. »Ich habe dir zugehört, als du den ganzen Sommer ununterbrochen über Feminismus gefaselt hast. Und jetzt kriegst du das alles unter die Nase gerieben! Ich verdrehe dein Argument, bis es um Gnade winselt! Dass er mir sein Superman-T-Shirt geschenkt hat, ist ein Akt der Unterwerfung!«

»Okay, okay, du hast gewonnen. Können wir jetzt das Thema wechseln?«

»Klar.«

»Ich komme an Thanksgiving nicht nach Hause.«

»Okay. Kannst du nicht einfach gehalten sein, dass ich einen Freund habe und er mir sein T-Shirt geschenkt hat?«

Zada schwieg einen Augenblick. »Klar. Ja, ich bin gehalten, dass du einen Freund hast und er dir sein T-Shirt geschenkt hat. Denk ans Verhüten.«

»Zada!«

»Ich mein ja bloß. Beim Familienzentrum in der Stadt gibt's Gratiskondome; du kannst einfach reingehen und dir eine Handvoll nehmen, wenn du willst.«

»Wir gehen noch nicht mal vier Wochen miteinander!«

»Ich mein ja bloß.«

»Ich bin fünfzehn!«

»Okay. Egal. Vielleicht verdirbt Berkeley mich.«

»Sieht ganz so aus.«

»Frankie?«

»Ja?«

»Pass trotzdem auf, dass du nicht hinter ihm verschwindest.«

»Was?«

»Pass auf, dass du nicht verschwindest«, sagte Zada. »Darum geht es mir bei der Sache mit dem T-Shirt.«

»Keine Sorge«, sagte Frankie. »Ich bin unauslöschbar.«

Der Suicide Club

Am Montag nachdem Frankie das T-Shirt bekommen hatte, teilte Ms Jensson – die Lehrerin von »Städte, Kunst und Protest« – einen Stapel fotokopierter Zeitungs- und Zeitschriftenartikel aus. Sie sollten den Schülern Anregungen liefern, um sich Themen für ihre Hausarbeiten auszusuchen. In einem der Artikel ging es um eine Gruppe aus San Francisco, die sich »Suicide Club« nannte.

Der Klub war nach einer Kurzgeschichtensammlung von Robert Louis Stevenson benannt. Im Mittelpunkt steht ein kleiner, exklusiver Zirkel, dessen Mitglieder alle vereinbart haben sich umzubringen. Es sind verzweifelte Männer – aber während der ihnen verbleibenden Tage leben sie auch frei von sozialen Zwängen. Die Mitglieder des Suicide Club aus San Francisco, der sich über hundert Jahre nach Veröffentlichung der Erzählungen gründete, hatten allerdings nicht vor, sich das Leben zu nehmen. Sie wollten einfach nur mit derselben gesetzlosen Freude leben.

Der Klub änderte seinen Namen später in Cacophony Society und noch später in Cacophony 2.0 – aber im Grunde ist es immer das Gleiche, egal wie man es nennt.

Die Klubmitglieder befreien sich vom Gefühl der Überwachung durch das Panopticon. Das Panopticon vermittelt ihnen den Eindruck, als würden sie ständig beobachtet, so dass sie es darauf anlegen,

1. Orte aufzusuchen, wo man sie nicht beobachten kann, wie zum Beispiel die Kanalisation;
2. Dinge zu tun, die dieser imaginäre unsichtbare Beobachter niemals gutheißen würde, wie zum Beispiel auf die Pfeiler einer Hängebrücke zu klettern; oder
3. sich auf unkonventionelle Weise zu benehmen, um so den unsichtbaren Beobachter zu ärgern, und doch streng genommen keinerlei Regeln zu brechen, wie zum Beispiel Partys auf Friedhöfen zu feiern oder sich als Clowns verkleidet unter den morgendlichen Berufsverkehr zu mischen.

Die Klubmitglieder weigern sich, bestimmte ungeschriebene Regeln zu befolgen, und sie machen ihre Mitmenschen auf die Existenz dieser Regeln aufmerksam, indem sie sie öffentlich missachten.

Frankie schrieb später ihre Hausarbeit über den Suicide Club und die verschiedenen Stadterkundungsgruppen, die er hervorbrachte. Es wurde ein sehr guter Aufsatz und sie bekam eine Eins.

Im Interesse einer vollständigen Dokumentation folgt hier ein kurzer Auszug aus der Arbeit, die Frankie am 5. Dezember ihres zehnten Schuljahres bei Ms Jensson abgab.

Die Aktivitäten des Klubs und seiner Ableger – der Cacophony Society und Cacophony 2.0 – können in zwei Kategorien unterteilt werden: Stadterkundung und öffentliches Lächerlichmachen. Als Stadterkunder kletterten die Klubmitglieder auf Hängebrücken, insbesondere auf die Golden Gate Bridge. Sie drangen in verlassene Gebäude ein und ließen sich zu einem inoffiziellen Rundgang in die Kanalisation hinunter. Sie veranstalteten Kostümfeste auf Friedhöfen.
Als öffentlich lächerliche Personen verkleideten sie sich als Tiere und gingen bowlen. Eine ihrer berüchtigtsten Aktionen war »Clowns im Bus«, bei der Dutzende offensichtlich nicht miteinander in Verbindung stehende Clowns, die alle an unterschiedlichen Bushaltestellen derselben Linie warteten, während des morgendlichen Berufsverkehrs einen Stadtbus bestiegen (vgl. Santarchy-Website, L.A.-Cacophony-Website). Eine ähnliche Aktion ist »Bräute im März«, die in den vergangenen acht Jahren jährlich stattgefunden hat. Die Teilnehmerinnen und Teilnehmer tragen Brautkleider und ziehen durch die Straßen, kaufen Schwangerschaftstests, flirten mit den Angestellten eleganter Modeboutiquen, kaufen bei Tiffany's ein und probieren Dessous bei Victoria's Secret an. Zum Abschluss trinken sie Sekt in einer Bar, wo sie beschließen, »so lange Touristen anzubaggern, bis wir verheiratet sind oder rausgeschmissen werden« (vgl. Brides-of-March-Website). Die Klubmitglieder sind bekannt dafür, dass sie ganze Wochenenden als Weihnachtsmänner verkleidet verbringen. Die erste »Santacon« – manchmal auch »Santarchy« genannt – war als surrealistische Feier gedacht, eine Art Weihnachtsstreich. Sie fand 1994 statt; die Teilnehmer zogen, unan-

ständige Versionen von Weihnachtsliedern singend, durch die Straßen. Es war ein solcher Erfolg, dass die Veranstalter der Meinung waren, die Sache sei zu perfekt gewesen, um sie zu wiederholen, aber später hielten sie sich an das Motto »wennschon, dennschon« (vgl. Santarchy-Website). Inzwischen gibt es Santacons in etwa dreißig Städten; bei einigen Veranstaltungen wird Geld für wohltätige Zwecke gesammelt, bei anderen geht es mehr um die Kneipentour. Es handelt sich nicht in erster Linie um eine Kritik an der Kommerzialisierung des Weihnachtsfestes, auch wenn einige Interpreten es als solche verstehen. Viel wichtiger ist es, wie beim Suicide Club und der Cacophony Society, bewusstseinsverändernde Momente im Leben zu schaffen, in denen die üblichen Einschränkungen durch die Gesellschaft dahinschmelzen. Als die Weihnachtsmänner in Portland aus einem Einkaufszentrum geworfen wurden, skandierten sie: »Lustig, lustig, tralalalala! Wir Weihnachtsmänner bleiben da!«, und »Weihnachtsmann sein ist kein Verbrechen.« Als die Polizei ihnen drohte, riefen sie: »Eins, zwei, drei ... Fröhliche Weihnachten!« Dann rannten sie weg und fuhren mit der Bahn in die Innenstadt, wo sie alle chinesisch essen gingen (vgl. Palahniuk, S. 142).

Viele der Abenteuer des Klubs reichen über das rein Surreale oder die Streiche hinaus bis hin zur Sozialkritik. Eine noch nicht lange zurückliegende Aktion, »Klowns gegen Kommerz«, testete aus, wie lange ein Clown Geschäftsleute in der Innenstadt von Los Angeles beschimpfen konnte, bevor er festgenommen oder zusammengeschlagen wurde. Eine andere Aktion, ein Taubengrillen, gesponsert von den fiktiven

»Freunden des Drehgrills« aus der Bay Area, wurde mit einem spaßhaften Handzettel beworben, der aber gleichzeitig Massentierhaltung und Gentechnik anprangerte (vgl. *Flugblatt der Freunde des Drehgrills*).

Sowohl die »Bräute im März« als auch die Santacon verwenden heilige Symbole altehrwürdiger Institutionen – Brautkleider repräsentieren die Institution der Ehe, der Weihnachtsmann repräsentiert Weihnachten – und stellen sie auf den Kopf.

Die Stadterkundungen fordern die ungeschriebenen Gesetze über die Nutzung öffentlicher Gebäude und Serviceeinrichtungen heraus. Du sollst nicht auf dem Friedhof spielen. Du sollst nicht auf die Brücke klettern. Du sollst die Tunnel unter den Straßen nicht betreten.

Die Mitglieder des Suicide Club tun all dies. Und was könnte sozialkritischer sein als das?

Aus Gründen, die im Folgenden noch deutlich werden, verbrannte Frankie ihre Hausarbeit später. Diesmal war sie vorsichtig genug, das in der Dusche des Wohnheims zu tun, und sie verletzte sich nicht dabei.

MONSTER

Frankie kam am Mittwoch absichtlich ein paar Minuten zu spät zum Mittagessen mit Porter. Ihr E-Mail-Wechsel hatte eine Welle der Unsicherheit in ihr ausgelöst, die sie seit dem letzten Schuljahr nicht mehr verspürt hatte. In den ersten paar Tagen nach der Trennung hatte sie der Gedanke gequält, dass Bess ihr überlegen gewesen sein musste. Die gewöhnliche, nette Bess musste hübscher, charmanter, erfahrener, klüger sein als Frankie – sonst hätte Porter sie nicht mit ihr betrogen.

Es spielte keine Rolle, dass Bess nach diesem Zwischenfall gar nicht Porters Freundin geworden war.

Es spielte keine Rolle, dass Frankie in ihrem Innersten wusste, dass sie klug und charmant war.

Eine Rolle spielte nur dieses Gefühl, entbehrlich zu sein. Dass sie für Porter ein Niemand war, der ganz einfach durch ein besseres Modell ersetzt werden konnte – und dabei war das bessere Modell gar nicht mal so großartig.

Was bedeutete, dass Frankie selbst fast wertlos war.

Es war ein schlechtes, unlogisches Gefühl gewesen und mit jedem Wort der E-Mails, die Frankie Porter geschickt hatte, hatte sie dagegen angekämpft. Sie hatte ihn gezwungen, sich mehrmals zu entschuldigen, hatte ihm vernachlässigte Affirmative entgegengeschleudert, seine Grammatik bemängelt – und seine Einladung erst mit einer gewissen Verzögerung angenommen. Alles, weil es ihr bei der Erinnerung daran, wie wenig sie ihm bedeutet hatte, so schlecht gegangen war.

Die *Front Porch Snackbar* war ein Lokal für Schüler, die lieber Geld ausgeben wollten, als in der Schulmensa zu essen. Sie hatte eine altmodische Veranda, aber von innen war es nichts anderes als eine Imbissbude; man konnte Hamburger, Chickenburger, Pommes frites, Softdrinks, Milchshakes und Eis kaufen. Es gab einen Ständer mit Schokoriegeln und einen Kühlschrank voller Fruchtsaftgetränke. Alle paar Jahre starteten die Schüler eine Unterschriftensammlung für ein breiteres Sortiment sowohl im *Front Porch* als auch in der Schulmensa und forderten Gemüseburger, Fruchteis und Ofenkartoffeln im *Front Porch* und ein bisschen echtes Gemüse am Salatbüffet in der Schulmensa – manchmal aus gesundheitlichen Gründen, manchmal, um die nachhaltige Landwirtschaft zu befördern. Aber das einzige Zugeständnis bisher war eine Schüssel mit nicht ganz frisch aussehenden Äpfeln neben der Kasse.

Die Schüler konnten sich jedoch einen Pappteller voll mit fettigem Essen holen und es entweder drinnen in der Hitze des brutzelnden Grills essen oder mit hinaus auf die verglaste Veranda nehmen.

Als Frankie ankam, saß Porter mit zwei Portionen Käsepommes draußen. Natürlich sah sie ihn dieses Schuljahr nicht zum ersten Mal. Sie sah ihn andauernd; sie hatte sogar Geometrie mit ihm zusammen. Aber es war das erste Mal, dass sie ihn nicht um jeden Preis zu meiden versuchte, und als er aufstand, fühlte sie sich neben seiner kräftigen Gestalt klein und kindlich.

»Hey, danke, dass du gekommen bist«, sagte er.

»Klar, sind das meine?« Frankie streckte die Hand aus und schnappte sich eine Pommes, dann setzte sie sich Porter gegenüber.

»Ja. Ich wusste nicht genau, was du trinken willst.«

»Gibt's hier diese rosa Limo?«

»Ich guck mal.«

Er verschwand in der Bude und kam ein paar Minuten später mit einer Flasche rosa Limonade und einer Dose Viva-Malzbier zurück.

Frankie wünschte, sie hätte nicht nach rosa Limonade gefragt.

Rosa Limonade war das infantilste Getränk, das sie hatte bestellen können.

»Und, was gibt's Neues?«, fragte Frankie.

Porter lehnte sich in seinem Stuhl zurück. Er sah entschieden weniger freakig aus als letztes Schuljahr, als sie zusammen gewesen waren. Neuer Haarschnitt. Das Hemd über der Hose. »Lacrosse läuft gut«, sagte er. »Mit dem Spionageklub geht es bergab, seit Buckingham mit der Schule fertig ist.«

Frankie nickte.

»Ich hab gehört, dass du die Party der Allianz am Freitag für deinen Freund aus der Zwölften sausenlässt«, zog Porter sie auf.

»Woher weißt du, dass ich einen Freund aus der Zwölften habe?«

»Ach, komm, Frankie, das weiß doch jeder.«

»Ja?«

»Klar. Eine aus dem Kreise der Freaks, die von der Nummer eins des Campus aus der Bedeutungslosigkeit emporgehoben wurde.«

»So ist es nicht.« Frankie hatte das Gefühl, sich gegen Porters Beschreibung wehren zu müssen. Sahen die anderen sie wirklich so? Von einem angesagten Zwölftklässler aus der Bedeutungslosigkeit emporgehoben? Ihre ganze gesellschaftliche Stellung war ihr nur von Matthew verliehen worden?

Wahrscheinlich schon.

Denn es war natürlich ziemlich viel Wahres dran.

Aber sah auch Matthew sie so?

»Das ist also was Ernstes zwischen dir und Livingston?«, fragte Porter.

»Ja«, sagte Frankie, »ich glaube schon.«

»Er ist ein ganzes Stück älter als du.«

»Und?«

»Und …« Porter aß eine Pommes und lehnte sich wieder zurück. »Du siehst toll aus dieses Jahr, Frankie. Lass dich nicht von ihm ausnutzen.«

»Wie bitte?«

»Du hast mich schon verstanden.«

»Nein, was?«

»Lass dich nicht von ihm ausnutzen.«

»Wolltest du darüber mit mir reden?«

Porter kratzte sich im Nacken. »Irgendwie schon, ja.«

»Sag mir bitte, dass du nicht meinst, was ich glaube, das du meinst.«

»Was?« Er hatte einen unschuldigen Gesichtsausdruck aufgesetzt. »Es geht ja nicht gegen dich. Oder gegen ihn. Ich bin einfach nur ein besorgter Bürger.«

»Warum denkst du, dass ich mich auf Grund meines Aussehens plötzlich ausnutzen lasse?«, fuhr Frankie ihn an. »Bisher hast du mich doch auch nicht so eingeschätzt. Von *dir* habe ich mich schließlich auch nicht ausnutzen lassen.«

»Nein, aber ...«

»Im Ernst, bin ich etwa jemand, den man leicht ausnutzen kann?«

»Äh ...«

»Leicht betrügen, okay, ja, das verstehe ich. Das hast du mir hinreichend bewiesen, danke vielmals. Aber habe ich mich jemals leicht ausnutzen lassen?«

»Äh ...«

»Hm, Porter? Antworte mir.«

»Nein, nie.«

»Also?«

»Livingston«, stotterte Porter. »Er ist ...«

»Was?«

»Na ja, wie gesagt, älter. Und du bist ...«

»Was? Du hast mir all diese Mails geschickt und einen Plan geschmiedet und so weiter, um mir irgendwas zu sagen, das du loswerden möchtest, also raus damit.«

»Du siehst jetzt so gut aus, Frankie. Das ist ein Kompliment.«

»Und was meinst du überhaupt mit ›ausnutzen‹? Als würdest du davon ausgehen, dass Jungen irgendetwas wollen, das Mädchen nicht wollen? Vielleicht wollen wir das ja auch. Vielleicht sollte Matthew sich Sorgen machen, ob *ich ihn* ausnutze.«

»Mach mich nicht so runter. Ich habe nur versucht auf dich aufzupassen.«

»Du glaubst, dass es von dir und deinem ›Sei vorsichtig‹ abhängt, ob ich Matthew ranlasse oder nicht?« Frankie wusste, dass sie hart zu Porter war, aber sie war wütend. »Dass ich, wenn ich mit ihm rumknutsche, plötzlich denke: ›Halt, warte mal, Porter hat mich darauf aufmerksam gemacht, dass ich vielleicht genau jetzt ausgenutzt werden könnte, wow, wie hilfreich, ich denke, ich gehe besser nach Hause‹?«

»Könntest du bitte etwas leiser sprechen? Die Leute gucken schon.«

Er hatte Recht. Das taten sie.

Frankie senkte die Stimme und fauchte: »Porter, tut mir leid, dir das sagen zu müssen. Wenn ich mit Matthew rummache, denke ich nicht an dich. Überhaupt nicht.«

»Mann, Frankie. Das hab ich nicht gemeint.«

»Was hast du dann gemeint?«, schnauzte Frankie ihn an. »Meinst du, ich könne nicht mehr selbst auf mich aufpassen, weil ich mehr Oberweite hab als früher? Oder meinst du, Matthew sei ein potenzieller Vergewaltiger? Oder meinst du mich daran erinnern zu müssen, dass du auch ein toller Kerl bist und mich beschützen wirst, weil du genauso toll bist wie Matthew – uuuuh!«

»Was ist los mit dir, Frankie?« Jetzt war Porter wütend.

Sie machte weiter. »Oder wolltest du mir durch die Blume sagen, dass du mich für eine Schlampe hältst, weil ich mit einem Zwölftklässler gehe? Dass ich auf meinen Ruf achten soll? Was hast du wirklich versucht mir zu sagen, Porter? Das würde ich gerne hören.«

»Frankie, ich weiß nicht, was ich gesagt habe, dass du so reagierst, aber du bist echt überempfindlich. Das Ganze hat mit einer Entschuldigung meinerseits angefangen, falls du es vergessen hast.«

»Ich bin nicht überempfindlich. Ich analysiere bloß deinen scheinbar harmlosen Kommentar.«

»Du bist doch verrückt«, sagte Porter und stand auf. »Ich wollte dir einen Gefallen tun. Den alten Zeiten zuliebe.«

»Tja, gib dir keine Mühe.«

Porter ging davon, die Stufen hinab. Seine Käsepommes hatte er nur zur Hälfte gegessen, das Malzbier war ungeöffnet.

Als er um die Ecke eines Gebäudes gebogen und außer Sicht war, öffnete Frankie Porters Getränk und trank die Hälfte davon in einem Zug aus. Sie tastete nach dem Superman-T-Shirt unter ihrer Strickjacke.

Ihr Verstand war wach, als hätte sie ihn auf irgendeine elektrische Art benutzt, während sie all die *bedarften* Ebenen in Porters scheinbar *unbedarfter* Äußerung aufgedeckt hatte. »Du siehst toll aus dieses Jahr, Frankie. Lass dich nicht von ihm ausnutzen.«

Sie war seltsam stolz auf das, was sie getan hatte. Sie hatte Recht gehabt bezüglich dessen, was Porter wirklich gemeint hatte. Sie war sich sicher, dass sie Recht gehabt hatte.

Aber ihr war auch bewusst, dass sie sich wie ein Monster aufgeführt hatte.

Frankie hatte sich nicht *gemocht*, als sie Porter angeschrien hatte – aber sie hatte sich bewundert. Dafür, dass sie nicht wie ihre ganze Kindheit über die Kleinste am Tisch war, die von den Großen (Senior, ihrer Mutter, Zada) abhing, wenn es darum ging, die Welt zu verstehen.

Dafür, dass sie nicht geschmollt oder gemurrt, Trübsal geblasen oder gejammert hatte, also eine dieser Verhaltensweisen ergriffen hatte, in die jemand verfällt, der gekränkt ist, aber nicht glaubt sich durchsetzen zu können.

Sie bewunderte sich dafür, dass sie die Situation in die Hand genommen hatte, entschieden hatte, welche Richtung das Gespräch nehmen sollte. Sie bewunderte ihre sprachlichen Fähigkeiten, ihren Mut, ihre dominante Position.

Ich war also ein Monster, dachte sie. Wenigstens war ich nicht die kleine Schwester von irgendjemandem, die Freundin von irgendjemandem, irgendeine Zehntklässlerin, irgendein Mädchen – irgendjemand, dessen Meinung nicht zählt.

Frankie ging in die nächste Stunde, ohne nach Matthew, Trish oder sonst jemandem Ausschau zu halten. Sie spürte einfach nur die Kraft, die sie durchströmte, mit den dazugehörigen Gefühlen von Schuld, Rechtschaffenheit, Freude und Angst.

Der Ehrenwerte Orden

Wie meinen Lesern zweifellos bereits klar geworden ist, war der Ehrenwerte Basset-Orden auf dem Campus von Alabaster putzmunter. Und um die folgenden Ereignisse besser verstehen zu können, müsst ihr mehr über seine Geschichte erfahren.

Der Basset-Orden, der Gerüchten zufolge von einem jungen Mann gegründet worden war, der später dem zweitgrößten irisch-amerikanischen Verbrechersyndikat des Landes vorstehen sollte, war harmloser als der Scull-&-Bones-Bund an der Universität Yale, weniger intellektuell, aber geheimer als Phi Beta Kappa und nicht so düster wie der Gimghoul-Orden an der Universität von North Carolina Chapel Hill. Seine Mitglieder, hauptsächlich Zwölftklässler, wurden durch einen geheimnisvollen Brief kontaktiert, der sie zu einem geheimen Initiationsritus einlud.

Die Präsenz des Bundes auf dem Schulgelände war in manchen Jahren deutlicher als in anderen. Frankie hatte das kleine Bassetlogo, das das Siegel auf der Einladung zur Golfplatzparty geschmückt hatte, während ihres gesamten neunten Schuljahres nicht bemerkt, obwohl es in Wahrheit auf einer Reihe von Zetteln am Schwarzen

Brett zu sehen war – Zetteln mit Geheimcodes. 9/4/23/11/ TOP bedeutete, dass um neun Uhr am Treffpunkt Nr. 4 (in der Besenkammer im obersten Stock des Flaherty-Wohnheims) am 23. November ein Treffen mit höchster Priorität stattfand.

(Natürlich hätten die Mitglieder des Ehrenwerten Ordens sich per E-Mail über die Zeiten und Orte ihrer Treffen verständigen können, aber Teil ihrer Mission als Geheimbund war es – wie eigentlich bei den meisten Geheimbünden –, nicht völlig geheim zu sein. Sondern ein Geheimnis darzustellen, über das die anderen gerade genug wissen, um sich zu fragen, was noch dahintersteckt, so dass die Mitgliedschaft im Bund eine gewisse Auszeichnung bedeutet. Wenn niemand auch nur das Geringste von dem Bund weiß, ist es unendlich weniger aufregend, daran beteiligt zu sein, nicht wahr?)

Das Bassetlogo war auch als eine Art Drohung auf die Nachrichtenblöcke vor den Wohnheimzimmern mehrerer großmäuliger Zwölftklässlerinnen gestempelt worden, die eines Tages in der Schulmensa zusammengesessen und sich über die Existenz eines rein männlichen Geheimbundes lustig gemacht hatten (wenn es denn einen gab; sie waren sich nicht ganz sicher) – in einer Einrichtung, in der seit 1965 Mädchen und Jungen gemeinsam unterrichtet wurden.

An einem Morgen im Mai war Frankie versehentlich selbst auf ein Bassettreffen gestoßen – hatte es aber fälschlicherweise für eine Aktion der Ruderer zur Stärkung des Mannschaftsgefüges gehalten. Am Abend vorher hatte sie Porter und Bess zusammen erwischt, und nachdem sie den größten Teil der Nacht damit zugebracht hatte, sich an Trishs Schulter auszuheulen und zu beteuern, dass sie Porter hasse, sich ohne ihn aber einsam fühle, hatte Frankie um sechs Uhr morgens das Wohnheim verlassen, um zum Teich hinunterzugehen, einem kleinen Tümpel mit einem Brückchen am Rand des Schulgeländes. Dort hatte sie um 6:14 morgens ungefähr fünfundzwanzig Jungen entdeckt – Zwölft- und Elftklässler, außerdem einen Zehntklässler namens Sam –, die auf der Brücke standen und Pennys ins Wasser warfen.

Frankie stand zwischen den Bäumen und beobachtete sie eine Weile, wobei sie sich fragte, warum in aller Welt diese Jungen wohl am Sonntagmorgen schon vor dem Frühstück um neun Uhr auf waren. Sie wollte nicht an ihnen vorbeigehen – sie wollte allein sein –, deshalb war sie kurz davor, sich umzudrehen und zu gehen, als Matthew Livingston sein T-Shirt auszog. Was sie zurückhielt.

Dann zog er seine restlichen Kleider aus.

Als er vollkommen nackt war, sprang er in den Teich. Die übrigen Jungen folgten, abgesehen von dem Zehntklässler, der auf der Brücke stehen blieb, um die Kleider zu bewachen.

Alle waren ganz still. Wenn sie sprachen, flüsterten sie, aber hauptsächlich schwammen sie etwa eine Minute lang herum. Dann zogen sie sich aus dem schlammigen Teich ans Ufer, um ihre Kleider einzusammeln.

Sie hatten vergessen Handtücher mitzubringen und

sie fluchten und rubbelten sich mit ihren T-Shirts trocken.

Frankie hatte ihnen noch ein paar Minuten zugesehen. Sie konnte nicht anders.

Als einer der Zwölftklässler in ihre Richtung sah, huschte sie im Schutz der Bäume davon und über das Schulgelände zur Bibliothek.

Die meisten Geheimbünde – zumindest die, über die man etwas in Büchern oder im Internet finden kann – haben studentische Mitglieder. Oder erwachsene. Es sind gesellschaftliche Klubs oder Ehrenklubs oder welche, die sich bestimmten Werten verschrieben haben – Ritterlichkeit oder Gleichheit oder der Elitenbildung. Sie sind wie Burschenschaften, nur dass sie keine Gebäude oder öffentlichen Identitäten besitzen. An den Universitäten kommen die Mitglieder normalerweise nur von dort und nicht aus dem ganzen Land, aber die Erwachsenenbünde sind in der Regel bedeutender und organisieren sich in größerem Rahmen.

Wir wissen nicht, was sie genau tun. Denn sie sind geheim.

Der Ehrenwerte Basset-Orden war als Bund für die Auserwählten unter den Alabaster-Schülern konzipiert – wobei mit »auserwählt« die aus den besonders ehrenwerten und wohlhabenden Alabaster-Familien gemeint waren und außerdem die, die als cool genug galten. Viele universitäre Bünde lassen sich bei ihrem Auswahlverfahren von einem gewissen Elitedenken leiten und natürlich wurde auch bei den Bassets niemand akzeptiert, der nicht irgendwie herausragend war. Aber dieses Elitedenken war das siebzehnjähriger Jungen und nicht das von Lehrern und Eltern, so dass der Unterhaltungswert eines Gesprächs mit jemandem deutlich mehr zählte als dessen Fähigkeit, einen anständigen Aufsatz über den Zweiten Weltkrieg zu verfassen, und herausragende Leistungen auf dem Spielfeld zählten nur, wenn die Person genauso gut darin war, in der Umkleidekabine herumzualbern. Das Vermögen der Familie und die gesellschaftliche Klassenzugehörigkeit spielten auf der Oberfläche keine Rolle. Aber diese Faktoren verliehen den Jungen, die darüber verfügten, ein unbestimmtes Gefühl von Sicherheit hinsichtlich ihrer Stellung in der Welt, was oft (wenn auch nicht immer) zu einer gesellschaftlichen Führungsrolle und damit wiederum zur Aufnahme in den Ehrenwerten Orden führte.

Natürlich ist etwas, das nach einem kurzbeinigen Hund mit Hängeohren benannt ist, nicht todernst gemeint. Der Skull & Bones-Bund ist – was immer er tun mag – zweifellos deutlich weniger lächerlich, als die Bassets es waren. Die Bassets nahmen nicht für sich in Anspruch, sozialen Wandel oder akademischen Erfolg zu befördern. Sie verstanden sich auch nicht ernsthaft als rebellisch. Das Hauptinteresse der Bassets richtete sich darauf, wie sie an Bier kamen, wie sie unentdeckt die Wohnheime verlassen konnten und wie sie die Mädchen dazu bringen konnten, sie zu mögen – und trotzdem wäre es nicht falsch, sie mächtig zu nennen.

Ein Basset zu sein war sehr wichtig für diese Jungen, denn es hatte Einfluss auf ihr Verhältnis zu den übrigen gesellschaftlichen Institutionen, die sie prägten – allen voran Alabaster. Wie Senior Banks verstanden sie sich selbst in erster Linie als Bassets und erst dann beispielsweise als Tennisspieler, Fernsehzuschauer, Weiße, Protestanten, Ostküstenbewohner, gute Skiläufer, Heterosexuelle und gut aussehende junge Männer – obwohl die meisten von ihnen all das waren. Der Ehrenwerte Orden war so bedeutsam, weil der eigentliche Zweck des Klubs, auch wenn seine Mitglieder sich das selbst nicht so deutlich eingestanden, folgender war: Der Klub erlaubte ihnen – deren Stellung in der Welt so absolut zentral war – den Kick der Rebellion, einen Hauch Unkonventionalität und einfach altmodische Frechheit auszuleben, und zwar ohne jegliches Risiko.

Er gab ihnen die Möglichkeit, so zu tun, als wären sie böse Jungs. Als wären sie anders. Ohne irgendwelche Konsequenzen. Er bot ihnen ein Gefühl der Identität, die sich von den Werten der Schule, die sie prägte, unterschied, und er bot ihnen ein Gefühl von Familie fern von zu Hause. Denn wenn sie ihrem heimlichen rebellischen Bassetkram nachgingen (zum Beispiel Bier auf dem Golfplatz tranken), riskierten sie ihre zentrale Stellung in Wirklichkeit überhaupt nicht. Sie knüpften Bande mit anderen zukünftigen Führungspersönlichkeiten dieser Welt und diese Bande würden ihnen in den Jahren nach dem Schulabschluss ausgesprochen gute Dienste leisten.

Jedes Jahr pflegten die Mitglieder des Ehrenwerten Ordens die jährliche Tradition, ihren neuen König zu vereidigen und nackt im Teich zu schwimmen. Die neue Generation von Elftklässlern nahm den Umhang der Bassets in Besitz, sowohl wörtlich als auch im übertragenen Sinn (der Umhang war eine mottenzerfressene Wolldecke von einem leicht abstoßenden bassetartigen Braun), und in einer symbolischen Geste, die mal den Verlust der Unschuld darstellen sollte, mal als Unterpfand ewiger Treue galt, warfen alle Pennys in den südlichen Teich.

Auf dieses Ritual war Frankie zum Ende ihres neunten Schuljahres gestoßen; der Höhepunkt war, dass ein bestimmter Elftklässler auf seine spätere Rolle als Führungspersönlichkeit vorbereitet worden war, indem er seine Stellung als König der Bassets einnahm – und ihm der symbolische Porzellanhund übergeben wurde. Seitdem war es seine Pflicht, seine Mitordensbrüder zu führen, zu leiten, sie herumzukommandieren und sie dazu zu bringen, seine Befehle zu befolgen.

In dem Jahr, als Frankie Landau-Banks sich in die Aktivitäten des Klubs einmischte, wurde die Position des Königs der Bassets von zwei Leuten besetzt. Alpha war bereits zuvor, in seinem zehnten Schuljahr, zu Bassetpartys und -treffen eingeladen worden und es bestand die Übereinkunft, dass er zum Ende der elften Klasse die Position des Königs der Bassets einnehmen würde. Aber dann hatte er das elfte Schuljahr in New York verbracht und es musste ein Ersatz gefunden werden, da zu jener Zeit niemand wusste, dass Alpha zurückkehren würde.

Dieser Ersatz war Matthew Livingston.

Ein Seepferdchen

Jede Woche wurde in Alabaster ein Film gezeigt. Sie waren alle ohne Altersbeschränkung und die Auswahl setzte sich aus Filmen zusammen, gegen die keiner der konservativen Alten Jungs, also der Ehemaligen, die das Geld für den Bau des Kulturzentrums gespendet hatten, etwas einwenden konnte. Eines Tages unter der Woche im Oktober fragte Matthew Frankie, ob sie am Freitag mit ihm *Muppet Movie* gucken gehen wollte.

»Ohne die Jungs. Nur du, ich, Miss Piggy und eine Riesenpackung Fruchtgummischnüre«, sagte Matthew. »Ich hol dich ab und dann wir können zusammen rübergehen.« Sie hatten noch nicht viele Verabredungen ohne ein Gefolge von Jungen gehabt.

Trish (Debattierklub) und Artie (Debattier- und Audiovisueller Technikklub) würden am Freitagabend zur diesjährigen Party der Allianz der Freak-Klubs gehen. »Aber du musst mitkommen!«, jammerte Trish, als Frankie ihr vom *Muppet Movie* erzählte. »Du bist doch so was wie die Heldin des Bündnisses, nur deinetwegen werden wir vom Debattierklub überhaupt eingeladen.«

»Ich weiß, ich weiß«, antwortete Frankie. »Aber überleg doch mal: Süßigkeiten, ein Freund, ein dunkles Kino?

Oder ein Haufen Freaks, die halb-ironisch Macarena tanzen?«

»Nein, sieh es mal so«, sagte Trish. »Zähe Plastikschnüre, derselbe Typ, mit dem du jeden Tag rumhängst, und ein Film, der im Grunde ein Puppentheater für Fünfjährige ist, gegen einen umwerfenden DJ, Unmengen Kartoffelchips und all deine Freunde.«

»Es sind keine Puppen, es sind Muppets«, sagte Frankie. »Ich verspüre eine ernsthafte und aufrichtige Liebe für Kermit, den ich bis zum Ende mütigen werde.«

»Mütigen?«

»Mütigen. Der vernachlässigte Affirmativ von demütigen.«

»Du meinst verteidigen. Du wirst Kermit bis zum Ende verteidigen.«

»Mütigen.«

»Rühmen?«

»Mütigen. Ich werde ihn mütigen. Und das *Tier* auch. Ich liebe das *Tier*. Als ich klein war, habe ich ständig die *Muppet Show* auf DVD geguckt.«

Trish wechselte das Thema. »Wir sollten am Freitag eine Gesichtsbehandlung machen und unsere Zehennägel lackieren, bevor wir abgeholt werden. Was meinst du, ein schnelles Abendessen und dann kommen wir wieder hierher für den Mädchenkram?«

Frankie sagte: »Abgemacht. Und wenn wir fertig sind, sind wir total rangiert.«

»Du bist dann rangiert«, sagte Trish. »Ich bin ein normaler Mensch.«

Am Abend ging Frankie alleine zum Abendessen. Ihre Modern-Dance-Stunde war aus einem unbedeutenden Grund früher zu Ende gewesen.

Ihr wurde bewusst, dass sie seit Beginn ihres zehnten Schuljahres noch nicht alleine in der Schulmensa gewesen war. Zum Frühstück ging sie immer mit Trish oder irgendeinem anderen Mädchen von ihrem Flur und zum Mittagessen entweder mit Matthew oder mit ein paar Leuten aus dem Debattierklub, mit denen zusammen sie die fünfte Stunde hatte. Manchmal ging sie mit Trish und Artie zum Abendessen und saß mit ihnen an den Zehntklässlertischen, aber normalerweise holte sie Matthew und seine Freunde vor der neuen Sporthalle ab, da ihre Tanzstunde früher zu Ende war als das Fußballtraining.

An diesem Tag hatte Frankie Hunger und ging zum Essen, sobald der Speisesaal öffnete. Aber als sie sich an der Essensausgabe Aubergine mit Parmesan und Apfelsaft genommen hatte, stand sie allein mit ihrem Tablett da und war unsicher, wo sie hingehörte.

Trish und Artie saßen an den Zehntklässlertischen genau wie einige andere Leute, die sie kannte.

Der Zwölftklässlertisch, an dem Matthew und seine Freunde immer saßen – war leer.

Frankie warf einen Blick auf die Uhr. Vermutlich würde Matthew frühestens in zehn Minuten hier sein. Sie wusste, dass sie sich eigentlich zu den Zehntklässlern hätte setzen müssen. Es war ihr nur gestattet, sich an einen Zwölftklässlertisch zu setzen, wenn ein Zwölftklässler sie dazu einlud. Es gab keine *offiziellen* Regeln darüber, wer in der Schulmensa wo zu sitzen hatte, aber seit 1958 hatte niemand aus den unteren Jahrgängen – noch nicht einmal ein Elftklässler – an einem Zwölftklässlertisch gesessen, ohne in der Begleitung eines Zwölftklässlers zu sein.

Frankie wollte bei Matthew, Alpha und ihren Freunden sitzen. Nicht nur, weil sie gerne mit ihnen zusammen war. Wenn sie sich an einen Zehntklässlertisch setzte, würde sie dadurch eingestehen, dass sie nicht denselben Status hatte wie Matthew. Dass sie nicht wirklich mit seinen Freunden befreundet war.

Es würde außerdem bedeuten, sich dem Druck des Panopticons zu beugen, von dem Ms Jensson gesprochen hatte. Sich zu Trish und Artie zu setzen würde bedeuten, sich aus Angst vor der Entdeckung durch einen inexistenten Beobachter ungeschriebenen Regeln zu unterwerfen.

Niemand wird mich bestrafen, sagte sich Frankie.

Ich kann diese Regel verletzen, wenn ich will.

Nichts kann mich davon abhalten.

Frankie ging ganz bewusst zu Matthews Tisch hinüber und setzte sich. Als wäre es ihrer. Als hätte sie jedes Recht, hier zu sitzen.

Sie setzte sich und aß.

Sie las ein bisschen in einer Kurzgeschichtensammlung von P. G. Wodehouse. Artie und Trish riefen nach ihr und winkten sie zu sich, aber sie beschloss, sie misszuverstehen, und winkte nur zum Gruß zurück.

Niemand sprach mit ihr, obwohl an den benachbarten Tischen mehrere Zwölftklässler saßen, die sie ziemlich gut kannte, weil sie regelmäßig in ihrer Nähe saß. Callum setzte sich mit einem Haufen anderer Jungs aus der Lacrosse-Mannschaft an den Nebentisch und nickte ihr noch nicht einmal zu.

Sie aß und las.

Ein Teil Frankies empfand, was fast jede Jugendliche in dieser Situation empfunden hätte: Verlegenheit. Sie wünschte, sie hätte diese dämliche Regel nicht übertreten. Sie wünschte, Matthew würde auftauchen und sie retten. Sie war getroffen und traurig, dass Callum nichts zu ihr gesagt hatte, denn es war der Beweis dafür, dass er und die anderen Jungen sie nicht als eigenständige Person wahrnahmen, sondern nur als Matthews schmückendes Beiwerk. Vielleicht sollte sie doch zu Trish hinübergehen und sich zu ihr setzen – aber wenn sie jetzt aufstand, würde die ganze Situation nur noch peinlicher, und *warum zum Teufel hatte sie nur so was Dämliches getan?*

Aber ein anderer Teil Frankies genoss die Tatsache, dass sie sich selbst zum Gesprächsstoff gemacht hatte. Dass sie eine Regel übertreten hatte, die so in den Köpfen verankert war, dass keiner je auf den Gedanken gekommen war, dass es diese Regel eigentlich gar nicht gab. Dass sie sich dem Gefühl der Überwachung, welches das Panopticon ihres Internats hervorrief, widersetzt hatte.

Schließlich kamen Matthew, Alpha und Dean zusammen mit Star und Elizabeth dazu. Sie setzten sich mit klappernden Tabletts und begannen Saft- und Milchgläser auf den Tisch zu stellen. Alpha sprang auf, um Servietten zu holen. Dean lief zu einem Tisch in der Nähe und holte das Salz.

Nur Elizabeth machte eine Bemerkung darüber, wo Frankie saß. Sie war die Außenseiterin, diejenige, die ihr eigenes Geld verdient hatte, unbeleckt vom »Adel verpflichtet« der privilegierten Klasse – dem Gefühl, dass adlige Herkunft die Verpflichtung mit sich bringt, andere gut zu behandeln, von dem auch Bertie Wooster in den Wodehouse-Romanen immer spricht. »Na, du Küken, du nimmst also den Zwölftklässlertisch in Beschlag?«, zog Elizabeth Frankie gar nicht mal unfreundlich auf. Sie saß neben ihr und lud eine Menge kleiner Untertassen mit einzelnen Zutaten vom Salatbüffet von ihrem Tablett ab – eingemachte Rote Bete, Dosenpilze, Paprikaoliven und Rosinen –, außerdem ein Toastie mit Butter und zwei Gläser Saft.

»Vielleicht«, sagte Frankie defensiv. »Oder vielleicht habe ich mich auch vor Sehnsucht nach Matthew verzehrt und wie ein einsames Hündchen auf ihn gewartet. Schwer zu sagen von außen, stimmt's?«

Elizabeth hob die Augenbrauen. »Na, du stehst deinen Mann, was?«

Frankie hasste diesen Ausdruck, seit Zada sie darauf hingewiesen hatte, dass dabei Mut mit Männlichkeit gleichgesetzt wurde, aber sie nickte und sagte zu Elizabeth: »An manchen Tagen schon.«

»Was glaubst du, Livingston?«, fragte Elizabeth Matthew. »Hat deine Kleine an den Zwölftklässlertischen auf dich gewartet?«

Matthew stand auf und beugte sich über den Tisch, um Frankies Wange zu streicheln. »Ich freue mich immer, wenn ich Frankie sehe.«

»Schmalzbolzen«, murmelte Alpha.

»Komm, hör auf. Ich habe nur ihre Wange berührt.«

»Du bist der totale Schmalzbolzen, mein lieber Rüde.«

»Sei nett zu mir, Alpha«, sagte Frankie, die mit dem Verlauf des Gesprächs nicht zufrieden war. »Ich sitze auch hier.«

»Ich hätte nichts dagegen, wenn Dean ein Schmalzbolzen wäre«, sagte Star und zog einen Schmollmund.

»Das geht nicht gegen dich, Frankie.« Alpha steckte ein großes Stück Aubergine in den Mund. »Du bist jung und hübsch und wir freuen uns immer, wenn wir dich sehen. Es geht vielmehr um das Schmalz beim Essen, meine Liebe. Es lenkt mich von der Nahrungsaufnahme ab.«

»Ich hab nicht mit dem Schmalz angefangen«, wandte Frankie ein. »Matthew hat damit angefangen. Ich habe mich um meinen eigenen Kram gekümmert.« Sie hatte das Gefühl, wieder zehn zu sein, die Jüngste am Esstisch, die versuchte keinen Ärger zu bekommen.

»Alpha, das haben wir doch schon besprochen«, sagte Matthew, der auf seine Nudeln hinuntersah.

Wann? Wann hatten sie was genau besprochen?

»Wir haben das schon besprochen«, sagte Alpha und hielt inne, um einen Schluck Kaffee zu trinken. »Aber wir haben es noch nicht *abschließend* besprochen.«

»Das hier ist weder der richtige Zeitpunkt noch der richtige Ort.« Matthew hielt den Kopf weiterhin gesenkt.

Frankie war sich sicher, dass sie ihretwegen gestritten hatten. Warum kommandierte Alpha Matthew ständig ab, wenn sie und Matthew zusammen waren? War Alpha eifersüchtig auf Matthew – oder auf Frankie? Oder *mochte* Alpha sie einfach nicht? Oder mochte er sie zu sehr?

»Jungen.« Elizabeth verdrehte die Augen. »Diese Überdosis Testosteron macht sie unerträglich, findet ihr nicht?«

»Wie, meinst du Testosteron wie das Hormon?«, fragte Star.

»Nein, das andere Testosteron«, warf Alpha prustend ein.

Star sah verwirrt aus.

Frankie zuckte mit den Schultern. »Ich bin mir nicht sicher, ob es mit dem Testosteron zu tun hat.«

»Na, klar«, argumentierte Elizabeth. »Bei den Jungen saust eine ganze Menge davon durch den Organismus. Es macht sie unnötig aggressiv. Wie diese beiden, die sich im Moment so benehmen wie Elche, die ihre Geweihe ineinander verkeilt haben.«

»Ich glaube nicht, dass du das auf das Testosteron schieben kannst«, warf Alpha ein. »Kein Mensch hier reagiert gewalttätig. Wir reagieren nur gereizt.«

»Und genau das meine ich«, sagte Elizabeth. »Das Testosteron macht euch gereizt.«

»Ich bin nicht deiner Meinung.« Alpha wedelte Elizabeth mit einem Stück Aubergine vor dem Gesicht herum. »Testosteron macht mich geil, und was *das* zur Folge hat, wirst du später schon sehen, aber dass ich mich über Matthew ärgere, hat nichts mit Testosteron zu tun.«

»Sondern?« Elizabeth nahm eine Gurke in die Hand und aß sie.

»Mit Matthew.«

»Ha. Ihr seid zwei Elche, die darum kämpfen, wer das größte Geweih hat. Seht ihr das auch so, Frankie? Star?«

»Absolut«, sagte Star und biss ein Stück Toast ab. »Sie sind Tiere.«

Frankie wusste, dass man von ihr erwartete, auf Elizabeths Seite zu stehen, aber sie war anderer Meinung. »Ich glaube, dass Mädchen genauso kampfeslustig sein können wie Jungen«, sagte sie.

»Ach, komm«, sagte Elizabeth. »Du musst dir nur die Natur angucken. Wer hat den tollen Schwanz, der Pfau oder die – wie heißt das?«

»Pfauhenne.«

»Genau. Und wer hat das große Geweih? Und die wilde Mähne?«, fragte Elizabeth.

»Die *Männchen*«, antwortete Dean.

»Okay, okay«, sagte Frankie. »Aber gerade die Löwen sind ein gutes Beispiel für das, was ich sagen will. Die Löwenweibchen kümmern sich um die Gazellenjagd, während die Männchen rumsitzen und, ich weiß nicht, brüllen. Die Frauen sind gefährlicher als die Männer.«

»O nein.« Elizabeth drehte sich zu Frankie um. »Denn

was machen sie, nachdem sie die Gazelle erlegt haben? Sie geben sie dem Löwenkerl. Und sie hocken immer zusammen, alles dreht sich um die Solidarität unter Löwinnen, während die Männchen einsame Jäger sind. Sie geben sich nicht miteinander ab, weil sie zu konkurrenzmäßig drauf sind, aber den Weibchen liegt die Kooperation.«

»Juhu, es leben die Löwinnen!«, sagte Star. »Frauensolidarität ist dermaßen wichtig.«

Aber Frankie sagte: »Damit begibst du dich allerdings auf gefährliches Terrain, Elizabeth.«

»Warum?«

»Wenn du sagst, Frauen sind so und Männer anders, und wenn das bei anderen Spezies so ist, gilt das auch für die Menschen, dann führt das, selbst wenn etwas Wahres dran ist – selbst wenn eine ganze Menge Wahres dran ist –, zwangsläufig zu allen möglichen Annahmen, die echt total bescheuert sind. Zum Beispiel, dass Frauen dazu neigen, mit anderen zu kooperieren, und es ihnen daher am nötigen Kampfgeist mangelt, um einflussreiche Wirtschaftsunternehmen oder Militäreinheiten zu führen. Oder dass Männer von Natur aus untreu sind, weil sie sich fortpflanzen wollen. Solche Annahmen rufen nur Probleme in der Welt hervor.«

»Ooh«, sagte Elizabeth. »Die Rhetorikerin aus dem unteren Jahrgang erhebt ihr gefährliches Haupt.«

»Im Übrigen kann man eine Situation auf verschiedene Weisen interpretieren. Wenn bei den Pfauen das Weibchen und nicht der Pfau …?«

»Pfauhahn«, sagte Matthew.

»Eben nicht der Pfauhahn, sondern die Henne den blauen Schwanz hätte, hieße es, das habe damit zu tun, dass Mädchen hübscher sind als Jungen, Mädchen sich mehr Gedanken um ihr Aussehen machen, Mädchen all diesen kitschigen Flitterkram mögen …«

»Mädchen sind auf jeden Fall hübscher«, unterbrach Dean sie.

»Danke, Süßer.« Das war Star.

»Vielleicht in manchen Spezies, aber nicht bei den Pfauen. Darum geht es mir«, sagte Frankie. »Bei den Pfauen sind die Jungen schöner und da nennen wir es Testosteron. Männlichkeit statt Schönheit. Versteht ihr, was ich meine?«

»Ich hab schon begriffen«, sagte Elizabeth abfällig. »Wir haben es alle begriffen. Aber was ich sagen will, ist, dass diese Typen genau wie zwei Rad schlagende Pfauen aufeinander losgehen und beide sagen: ›Hey, Rüden, guckt euch mal mein tolles Rad an, bin ich nicht obermännlich?‹ Genau wie manche Typen ihre Brieftaschen zücken. Und Mädchen machen das nicht.«

»Und was macht ihr beide da gerade?«, fragte Alpha.

Frankie ignorierte ihn. »Aber wenn du sagst, Frauen gehe es immer nur um Solidarität und Gemeinschaft, dann unterschätzt du Leute, die problemlos, ich weiß nicht, die Welt erobern könnten.«

»Oh, das klingt ja sehr nach Oprah Winfrey.«

»Das Gleiche gilt für die Männer«, sagte Frankie. »Sobald du sagst, bei ihnen drehe sich alles nur ums Testosteron – selbst wenn das zum Teil stimmt –, gibst du ihnen das Gefühl, es *müsse* sich bei ihnen immer alles ums Testosteron drehen. Und dann haben die testosteronlosen Typen, die ... wie heißt dieser Fisch? Welcher Fisch ist das, wo der Mann die Babys austrägt?«

»Seepferdchen«, sagte Matthew, der immer noch auf seinen Teller starrte.

»Genau, also dann haben die Seepferdchen dieser Welt das Gefühl, sie müssten die Elche dieser Welt sein, und dann respektiert niemand die Seepferdchen und das wäre doch ein Elend, nicht wahr?«

Alpha war fertig mit Essen und schob seinen Teller in die Mitte des Tisches. »Ich möchte Folgendes feststellen«, sagte er feierlich. »Wenn Matthew ein Tier wäre, wäre er ein Seepferdchen.«

»Rüde«, sagte Matthew und schüttelte den Kopf. »Ich bin kein Seepferdchen.«

»Nein? Du verhältst dich aber wie ein Seepferdchen.«

»Was hast du gegen Seepferdchen?«, fragte Frankie. »Ich kenne eine Menge Mädchen, die ein Seepferdchen lieben würden.«

»Siehst du?« Alpha schüttelte seinen Zeigefinger in Frankies Richtung. »Genau das meine ich.«

»Was?«, fragte Frankie.

»Alpha.« Matthews Stimme war scharf. »Habe ich nicht gesagt, wir würden das später besprechen?«

Was würden sie besprechen? Irgendetwas, das mit ihr zu tun hatte. Mit Alphas Vorbehalten ihr gegenüber.

»Gut«, sagte Alpha und stand auf. Einen Augenblick

lang sah er aus, als würde er beleidigt abziehen. Aber dann schien er es sich anders zu überlegen und ging um den Tisch herum zu Elizabeth, der er laut zuflüsterte: »Iss deine Rosinen auf und lass uns meine Testosteronsituation unter vier Augen diskutieren, was hältst du davon?«

Elizabeth schüttelte den Kopf. »Ich wollte nach dem Abendessen mit Hannah und Rosemary die Aufsätze für unsere Collegebewerbungen schreiben. Du wirst allein mit deinem Testosteron fertig werden müssen.«

»Das ist hart«, murmelte Dean.

»Oh, sie versucht mich unter ihre Fuchtel zu bringen«, sagte Alpha lachend. »Sie versucht es mit all ihren boshaften Tricks. Aber ich bin unfuchtelbar.«

»Kaum«, sagte Elizabeth.

»Doch, das stimmt«, sagte Alpha und winkte im Rausgehen über die Schulter zurück. »Allen Fuchteln gegenüber immun, das bin ich.«

Nachdem Alpha verschwunden war, blieb Elizabeth höchstens noch eine Minute am Tisch. Dann lud sie ihre vielen Untertassen auf das Tablett und ging.

»Glaubst du, sie folgt ihm?«, fragte Frankie Matthew. Sie hatte Alpha schon öfter so über Sex reden hören, so, als hätte er Sex, hätte schon immer Sex gehabt, wäre nie Jungfrau gewesen und als wäre Sex keine große Sache. Aber es irritierte sie jedes Mal aufs Neue.

»Sie folgen Alpha immer«, sagte Dean mit einem süffisanten Grinsen. »Egal wie laut sie reden, wie sehr sie zetern, letztendlich folgt die Wölfin immer.«

Als sie gemeinsam hinausgingen, zeigte Matthew keine Reaktion darauf, dass Frankie sich allein an einen Zwölftklässlertisch gesetzt hatte. Und auch keine Reaktion auf die Diskussion mit Elizabeth oder Alphas Kommentar über die Seepferdchen. Außer – dass er es eben nicht erwähnte. Als Frankie jetzt darüber nachdachte, fiel ihr auf, dass Matthew sich ziemlich aus dem Gespräch herausgehalten hatte – recht ungewöhnlich für jemanden, dessen Vorstellung einer netten Essensunterhaltung darin bestand, über die Abtreibungsdebatte oder Nahostpolitik zu diskutieren.

Er hatte sie auch überhaupt nicht nach ihrem Mittagessen mit Porter gefragt.

Als sie auf die Wohnheime zuschlenderten, quasselte Matthew über seine Collegebewerbungen (Yale, Princeton, Harvard, Brown usw.), fragte Frankie über ihr Spiel am vergangenen Samstag aus, erzählte eine witzige Anekdote, wie er sich einmal zu Halloween als Spiegelei verkleidet hatte und von einem großen Jungen, der als Gabel ging, gejagt worden war.

»Was hast du damit gemeint, als du zu Alpha gesagt hast, ihr würdet irgendwas später besprechen?«, unterbrach Frankie ihn freundlich.

»Ach, nichts.«

»Es hat sich nämlich angehört, als ginge es da um mich. Als hätte Alpha irgendein Problem mit mir.«

»Machst du Witze?«, sagte Matthew und strahlte über das ganze Gesicht. »Alpha findet dich großartig. Er redet nur manchmal Mist. Sei nicht so empfindlich, okay?«

Dann erklärte er, er müsse sich jetzt mit seiner Lerngruppe zur Integralrechnung treffen, gab ihr vor dem Wohnheim einen Kuss und verschwand in der Dunkelheit.

Irgendetwas stimmte nicht. Das spürte Frankie.

Vielleicht bekam sie letzten Endes doch noch ihre Strafe dafür, dass sie sich an diesen Tisch gesetzt hatte.

STAR

Am nächsten Morgen nach der Geschichtsstunde fasste Star Frankie an der Schulter. »Kann ich mal mit dir reden?«

»Äh, klar.« Frankie winkte Trish zum Abschied zu und setzte sich mit Star auf eine Bank.

»Dean und ich sind nicht mehr zusammen«, platzte Star mit verzerrtem Gesicht heraus. »Es war gestern nach dem Abendessen. Ich dachte, alles läuft prima, wir gehen miteinander, la-la-la, alles in Ordnung, und dann macht er mit mir Schluss.«

Frankie sagte das Einzige, was man in einer solchen Situation sagen kann: »Oje. Ihr habt einen so glücklichen Eindruck gemacht.« Aber sie fragte sich: Warum erzählt Star das ausgerechnet mir? Warum heult sie sich nicht bei Claudia, Ash oder Catherine aus, bei einer ihrer echten Freundinnen, die sie wirklich mögen?

»Es ist, als hätte er es sich ganz plötzlich anders überlegt, und ich weiß nicht, warum. Und gestern Abend dachte ich, ich käme damit klar, wirklich, aber dann war ich heute Morgen beim Frühstück und keiner von ihnen hat mit mir geredet, Frankie. Noch nicht mal Elizabeth. Sie hat kein Wort an mich gerichtet und ich stand direkt neben ihr, weißt du, an dem Tisch, wo man seine Toasties rösten kann.«

»Was hat sie denn gemacht?«

»Ich hab Hallo gesagt und sie hat nicht geantwortet. Dann hab ich gesagt, sie hätte vermutlich schon von der Sache zwischen mir und Dean gehört, aber nur damit sie Bescheid wisse, es wäre eine einvernehmliche Entscheidung gewesen. Sie hat bloß genickt, als wüsste sie schon, dass das nicht stimmt, und ist gegangen.« Star schniefte. »Dann hat Claudia diesen Tisch ausgesucht – sie tut so schlau, aber in Wirklichkeit ist sie manchmal so was von dämlich, weißt du –, Claudia hat also diesen Tisch ausgesucht, so dass ich an ihnen allen vorbeimusste, um zu ihr zu kommen, und ich hab gedacht: Okay, Star, du musst deine Würde bewahren, du musst es tun. Und ich bin da vorbeigegangen – nachdem ich seit Schuljahresbeginn jeden Morgen an diesem Tisch gesessen habe –, ich bin da vorbeigegangen und niemand hat mit mir gesprochen. Dean war gar nicht da, aber keiner hat ein Wort gesagt, noch nicht mal Hallo oder Guten Morgen. Nichts.«

»Puh.«

»Es war, als wäre ich nie mit ihnen befreundet gewesen, als würden sie mich noch nicht einmal wahrnehmen.«

»Eiskalt.«

»Wie kann man bloß zwei Monate lang jeden Tag mit Leuten rumhängen, und dann eines Morgens existierst du nicht mehr für sie? Will sagen, sie kennen dich wirklich nicht mehr, Frankie. Es ist nicht so, als hätten sie beschlossen mich zu ignorieren. Wenn jemand einen ignoriert, merkt man das. Man spürt, dass sie wissen, man ist da. Das hier war, als würden sie mich nicht als Person wahrnehmen, die sie einmal gekannt haben.«

»Soll ich mal mit ihnen reden?«

Star schüttelte den Kopf. »Ich hab nur gedacht, dass Dean oder einer von den anderen dir vielleicht erzählt hat, warum er mit mir Schluss gemacht hat. Oder hat er mal schlecht über mich gesprochen, wenn ich nicht dabei war?«

»Nein.«

»Du hast offenbar einen viel besseren Draht zu ihnen als ich. Matthew respektiert dich. Und Alpha auch.«

Nein, tun sie nicht, dachte Frankie. Aber stattdessen sagte sie: »Ich habe heute Morgen weder Dean noch einen anderen der Jungs gesehen. Ich hab mit Trish gefrühstückt.«

»Und Matthew hat dir gestern Abend nichts gesagt?«

»Ich glaube nicht, dass Jungen über solche Sachen miteinander reden. Zumindest nicht direkt danach. Nicht im Detail. Dean hat's ihm wahrscheinlich gar nicht erzählt.«

Star wischte sich über die Augen. »Kann sein. Aber würdest du's mir sagen, wenn du noch irgendwas hörst?«

Frankie nickte, aber sie dachte nicht an Star.

Sie dachte daran, wie leicht ihr das Gleiche passieren konnte.

Eine abgesagte Verabredung

An diesem Freitag packten sich Frankie und Trish nach einem frühen Abendessen Schlammmasken ins Gesicht und lackierten sich die Nägel. Sie legten Girlie-Popmusik in den tragbaren CD-Player ein und wedelten abwechselnd die Zehen der anderen mit einem Exemplar von Trishs *Reiter Revue* trocken.

»Du kannst dich immer noch bei Porter entschuldigen, wenn du ein schlechtes Gewissen hast wegen neulich«, sagte Trish, während sie ihre Zehennägel bewunderte. »Aber ich glaube eigentlich nicht, dass er sauer auf dich ist.«

»O doch, er ist sauer auf mich«, sagte Frankie.

»Ich glaube, er ist sauer auf Matthew, weil der ihm überlegen ist. Es gefällt ihm nicht, dass er sich klein fühlt, wenn er sich mit deinem neuen Freund vergleicht.« (Abgesehen von der *Reiter Revue* hatte Trish auch *Psychologie Heute* abonniert.)

»Wie auch immer. Porter mag mich sowieso nicht mehr.«

»Vielleicht schon.« Trish runzelte die Stirn. »Ich meine, warum sollte er nicht? Er hat nie aufgehört dich zu mögen. Er hat dich nur betrogen.«

»Das kommt doch aufs Gleiche raus.«

»Nein, das kommt überhaupt nicht aufs Gleiche raus. Wenn Porter Bess mögen würde, wäre er mit ihr gegangen. Aber das ist er nicht. Und jetzt schickt er dir Mails mit Umarmungen und Küssen und lädt dich zu Käsepommes ein.«

»Na und?«

»Und wenn das keine Flirtversuche sind, weiß ich auch nicht, wie die dann aussehen sollen.«

»Ich werde mich nicht bei ihm entschuldigen«, sagte Frankie. »Der Typ ist total befleckt.«

»Ich frage dich gar nicht erst, was das bedeuten soll.« Trish verdrehte die Augen.

»Ein bisschen Flirten macht das, was er getan hat, nicht wieder gut.«

»Ich sage ja auch nicht, dass du dich entschuldigen sollst«, erwiderte Trish. »Ich weise nur darauf hin, dass hier mehr abläuft als auf den ersten Blick erkennbar. Die Sache ist vielschichtig.«

»Okay«, sagte Frankie sarkastisch.

»Ich glaube, die Frage ist nicht, ob Porter sauer auf dich ist«, fuhr Trish fort. »Die Frage ist, warum du so sauer auf Porter warst? Liegt es daran, dass er dich letztes Schuljahr betrogen hat, oder an diesem Beschützerinstinkt-Ding beim Pommes-Essen oder an der Tatsache, dass er mit dir geflirtet hat, obwohl du einen Freund hast, was dich verwirrt hat?«

»Ich weiß es nicht. Ich konnte seine überhebliche Haltung nicht ertragen.«

»Er war schon immer so.« Trish legte das Fläschchen mit grünem Glitzernagellack in ihre Schreibtischschublade und warf die Wattebäusche in den Müll.

»Ja? Ich kann mich nicht erinnern.«

»Ich will damit nicht sagen, dass Porter ein schlechter Kerl ist, abgesehen von seinem Betrug«, sagte Trish, »aber er hat diese James-Bond-Haltung Frauen gegenüber.«

»Was soll das heißen, Bond?«

Trish schüttelte den Kopf. »Da ist mir so ein Blödmann wie Artie tausendmal lieber. Auf diesen ganzen Macho-Rettungskram kann ich gut verzichten. Ich will einfach jemanden, der Humor hat und nett zu mir ist.«

Artie war ein Schatz, aber Frankie fand, dass ihm jeglicher Sex-Appeal abging. »Er ist ein toller Freund«, sagte sie. »Du hast echt Glück.«

»Hab ich dir schon erzählt, dass er sich zu Halloween als Mädchen verkleiden will?«, fragte Trish, während sie sich vor dem Spiegel die Haare kämmte.

»Das ist nicht dein Ernst.«

»Doch. Er, John und Charles Deckler sind gerade dabei, sich Strumpfhosen zu organisieren.«

Frankie murmelte eine Antwort, aber sie hörte schon nicht mehr richtig zu. Das Gespräch über Porter hatte sie daran erinnert, dass sie nervös wegen ihrer Verabredung war.

Matthew war so ungewöhnlich schweigsam gewesen, als Frankie mit Elizabeth diskutiert hatte.

Hatte er sich für sie geschämt?

Oder hatte sie ihn angewidert?

Oder hatte er sich darüber geärgert, dass sie sich an den Zwölftklässlertisch gesetzt hatte, war aber zu höflich gewesen, ihr das zu sagen?

Alpha hatte Matthew als Seepferdchen bezeichnet. Was heißen sollte, dass er unter ihrer Fuchtel stand.

Frankie legte Parfüm auf, was sie fast nie tat.

Sie zog sich ein anderes T-Shirt an.

Ein Kieselstein klickte an ihr Fenster. »Da draußen steht Matthew«, sagte Trish, die hinuntersah.

»Lass heute Abend den Freak raus«, sagte Frankie zu Trish und griff nach ihrer Jacke.

»Mach ich.«

Matthew stand mit hinter dem Rücken verschränkten Händen am Fuß der Treppe. »Ich muss mit dir reden«, sagte er.

»Was ist?«

»Komm. Lass uns ein Stück gehen.«

»Okay.«

Sie schlenderten über den Hof und er nahm ihre Hand. »Ich kann heute Abend nicht mit dir ins Kino gehen, Frankie.«

»Oh.«

»Es tut mir leid, ich hätte es dir früher sagen sollen.«

»Was ist denn los?«

»Keine große Sache. Ich kann einfach nicht; ich hab was anderes zu tun.«

»Was mit Alpha?«, fragte sie.

Matthew nickte.

»Er hat dich dazu gebracht, deine Pläne zu ändern?«

»Nicht direkt dazu gebracht. Er hat mich an eine Verpflichtung erinnert. Ich muss woandershin.«

Und Alpha will mich nicht dabeihaben, dachte Frankie. Aber ich will nicht, dass Alpha die Regeln aufstellt. »Kann ich nicht mitkommen?«, fragte sie.

»Nein.«

»Wieso? Ist jemand krank?« Sie wusste, dass niemand krank war.

»Es ist ... es ist eine Jungsangelegenheit, Frankie. Du weißt, dass ich dich liebend gerne mitnehmen würde, aber Alpha ... Nein, ich sollte ihm nicht die Schuld geben. Ich habe selbst gesagt, dass es eine Jungsangelegenheit ist.«

Frankies Herz war ganz kalt. Sie dachte: Er ist wütend auf mich und das hab ich jetzt davon. Dass ich mich allein an den Zwölftklässlertisch gesetzt habe, dass ich der Wölfin widersprochen habe, dass ich Alpha aufgefordert habe, nett zu mir zu sein, oder dass ich es schön finde, wie Seepferdchenpapas ihre Babys austragen – es spielt überhaupt keine Rolle, was letzten Endes der Auslöser war. Wenn ich mich so verhalte, wie ich mich verhalten habe, mag Matthew mich nicht so sehr, wie wenn ich vom Fahrrad falle.

Macht er mit mir Schluss?

Was soll ich tun?, dachte Frankie. Was soll ich sagen? Gibt es irgendetwas, das ich sagen kann, damit er seine Meinung ändert?

Ich darf mich nicht weinerlich anhören. Und nicht defensiv. Und nicht mitleiderregend. Und nicht wütend.

Ich kann nichts davon sagen, was ich fühle, denn nichts davon ist gut.

Kann nicht sagen: »Aber du hast es versprochen.«

Kann nicht sagen: »Ich hab mich geschminkt. Ich hab mir die Nägel lackiert. Ich hab mich den ganzen Tag darauf gefreut.«

Kann nicht sagen: »Machst du Schluss?«

Ich will ihn nicht verlieren.

Ich will *sie* auch nicht verlieren.

Wie kriege ich das, was ich will?

Wäre Frankie keine Strategin, hätte sie reagiert wie die meisten Mädchen in einer solchen Situation: mit Tränen, mit Wut, mit Schmollen und Beleidigtsein und verdrießlichen Erwiderungen wie »Was, bitte, ist denn so viel wichtiger, als mit mir zusammen zu sein, hm?« oder »Gut, wenn du mir so kommst, brauchst du gar nicht mehr mit mir zu reden!« oder »Du tust so, als wäre deine Zeit wertvoller als meine«. Aber sie war – und ist – Strategin und deshalb wog sie ihre Optionen ab.

Eine schnelle Analyse ergab, dass sie zwei Ziele hatte. Erstens, ihren Freund zu behalten. Zweitens, ihn davon abzubringen, sie in ihre Schranken zu weisen, was er ihrer Meinung nach zu tun versuchte. Er räumte etwas anderem höhere Priorität ein und wollte nicht, dass sie ihn danach fragte, sich darüber beschwerte oder Gedanken machte.

Frankie berührte die zarte Haut unter Matthews Ohr,

dann küsste sie ihn sanft auf den Mund und strich mit ihrer Zunge über seine Unterlippe. »Schon okay. Dann gehe ich zu dieser Allianzparty mit Trish, Porter und den anderen.«

Es war gemein, Porter zu erwähnen, und Frankie wusste es. »Was für eine Party?«, fragte Matthew.

»Die findet jedes Jahr statt«, sagte sie. Sie hatte beschlossen, die Sache mit den Freaks nicht zu erklären. »Letztes Jahr war ich auch da. Porter hat einen DJ organisiert und Trish hat geholfen, Essen und Trinken zu besorgen.«

Matthew sah sie an. War er überrascht, dass sie etwas anderes zu tun hatte? War er eifersüchtig auf Porter? Hatte sie die Macht zurückgewonnen?

Frankie beugte sich vor und küsste ihn erneut, fester diesmal, wobei sie mit ihrer Hand unter seinen Pulli und über seinen warmen Bauch fuhr. »Ich wollte dich in der Kälte küssen«, sagte sie. »Es riecht schon richtig nach Halloween, oder?«

Er nickte.

»Ich habe vorhin in Englisch daran gedacht, dich zu küssen«, flüsterte sie, ihre Lippen dicht an seinem Ohr. »Ich habe daran gedacht, wie du mit nacktem Oberkörper aussiehst.«

Matthew drückte sich an sie und schob sie gegen einen Baum. Er sah sie an.

Er macht nicht mit mir Schluss, wurde ihr plötzlich klar. Sie hatte an Boden gewonnen. An der Art, wie er die Arme um sie schlang, konnte sie erkennen, dass er sie festhalten, sie von der Party und ihrem Exfreund fernhalten wollte.

Frankie blickte in Matthews hübsches Gesicht. »Viel Spaß«, sagte sie. »Ich gehe dann mit Trish zu dieser Party.«

Sie erwähnte Porter nicht noch einmal. Es war nicht nötig. Sie hatte die Machtverhältnisse der Situation, so gut sie konnte, umgekehrt: Matthew wollte jetzt lieber mit ihr zusammen sein anstatt dort, wo auch immer er hinging – und er war unsicher, was sie aushecken würde, sobald er weg war.

Matthew küsste sie und presste seinen ganzen Körper fest gegen ihren, so wie er es bisher noch nie getan hatte. Anschließend verschwand er in der Dunkelheit.

Frankie wartete, bis Matthew etwa zwanzig Meter entfernt war – dann folgte sie ihm.

Das alte Theater

Matthew bog an der Bibliothek links ab und überquerte das Schulgelände. Es war dunkel, kurz vor acht Uhr abends, und auf den Pfaden war ziemlich viel Betrieb. Schüler waren auf dem Weg zum *Front Porch*, zum Kulturzentrum, zur Party der Freak-Allianz und zu anderen Schulveranstaltungen, die das Wochenende einläuteten. Es war daher leicht für Frankie, Matthew zu folgen, ohne gesehen zu werden. Sie warf ihren rosa Pullover auf den Ast eines Baumes – in der Hoffnung, ihn später wieder abholen zu können – und ging in ihrem dunklen T-Shirt, dem schwarzen Rock und braunen Stiefeln weiter.

Er erreichte das alte Theater, das als Kulturzentrum gedient hatte, bevor das neue gebaut worden war. Hier brannte kein Licht – zumindest, solange an den Abenden keine Schultheaterproben stattfanden. Matthew ging zu der Seite des Gebäudes, wo es am dunkelsten war, kletterte auf einen Klappstuhl, der unter einem Baum stand, zog sich auf den Baum hinauf, schob sich durch ein Fenster und war verschwunden.

Frankie duckte sich in die Schatten unter der Treppe eines benachbarten Gebäudes und beobachtete, wie Callum, Dean, Steve und Tristan einer nach dem anderen das Theater betraten.

Als sie ziemlich sicher war, dass keine weiteren Jungen folgen würden, kletterte Frankie selbst auf den Baum. Sie linste durch das Fenster im ersten Stock und kletterte hindurch in einen Lagerraum für Beleuchtungsausrüstung. An den Wänden auf beiden Seiten waren Berge von Lampen, Farbfiltern und Verlängerungskabeln aufgetürmt. Durch das Fenster drang ein wenig Licht herein, aber der Gang vor ihr war fast komplett schwarz.

Frankie spähte um die Ecke und sah niemanden, nahm nicht die geringste Bewegung wahr. In einiger Entfernung konnte sie Stimmen und das Klirren von Flaschen hören.

Sie tastete sich den Gang entlang und stieß auf eine Treppe. Nachdem sie so leise wie möglich hinabgestiegen war, kam sie im Theaterfoyer heraus – einem kleinen, etwas schäbigen Raum mit Marmorfußboden. Zwei Doppeltüren führten in den Zuschauerraum. Sie legte das Ohr an das Holz – ja, die Jungen waren dort drin.

Auf der anderen Seite des Foyers gab es eine weitere Treppe. Frankie schlich mit klopfendem Herzen hinauf, dann tastete sie sich in der Dunkelheit den Gang entlang bis in den hinteren Teil des Gebäudes, vorbei an Lehrerzimmern und Lagerräumen, dann wieder ein paar Stufen hinunter, bis sie an ihrem Ziel war. In den Kulissen.

Hier konnte sie etwas sehen. Jemand hatte ein paar

rote Lampen eingeschaltet, die die Bühne beleuchteten, und an den dunklen Vorhängen vorbei konnte sie in den Zuschauerraum blicken.

Allerdings war dort niemand.

Frankie fröstelte. Sie war sich sicher, dass gleich Dean oder sonst jemand hinter den Samtvorhängen auftauchen würde und ... Sie wusste nicht genau, was.

Ihr das Gefühl geben würde, klein zu sein. Ihr das Gefühl geben würde, ein Niemand zu sein.

Einen Augenblick später hörte sie Alphas Stimme von oben. Sie waren auf der Galerie – dabei handelte es sich um drei schmale Plattformen hoch oben über der Bühne, von wo aus man Kunstschnee hinunterrieseln lassen konnte, Lampen ausrichten oder Teile des Bühnenbildes hochziehen und hinunterlassen. Die Jungen saßen sich mit baumelnden Beinen auf zweien der Stege gegenüber. Sie lehnten mit der Brust an dem dürren Geländer.

»Hiermit rufe ich den Ehrenwerten Basset-Orden zur Ordnung«, verkündete Alpha.

»Entschuldige.« Das war Matthews Stimme, die zu der Versammlung sprach. »Wir müssen irgendeinen besseren Spruch finden als ›den Basset-Orden zur Ordnung rufen‹.«

»Das sagen wir seit Jahrzehnten so, Rüde«, gab Alpha zurück.

»Na und?«

»Und deshalb ist das der Spruch, der aufgesagt wird. Um eine Basset-Versammlung für eröffnet zu erklären.«

»Es klingt trotzdem nicht gut.«

»Du solltest echt mal deinen inneren Korrekturleser zum Schweigen bringen.«

Matthew ignorierte ihn. »Lasst uns weitermachen. Hat jeder, der ein Bier will, ein Bier?«

»Ja, o ihr Könige der Bassets.«

»Und hat jeder, der Limo will, Limo?«, vergewisserte er sich.

»Ja, o ihr Könige der Bassets.«

»Und hier gibt es Chips, mal sehen, äh, Sour Cream und Barbecue«, verkündete Matthew. »Callum, wirf mal rüber.«

Callum warf drei Chipstüten von einer Galerieplattform zur anderen. Die Jungen – es waren elf – fingen sie problemlos auf.

»Kein Bier verschütten, keine Chipskrümel fallen lassen, habt ihr gehört, Rüden?«, sagte Alpha.

»Ja, o ihr Könige der Bassets.«

»Denn wenn irgendwelche frühmorgendlichen Schauspielschüler morgen Barbecuechipskrümel auf der Bühne finden«, erklärte Alpha, »sehen wir uns mit erhöhten Sicherheitsmaßnahmen in diesem Gebäude konfroniert. Die Tür zum Dach des Talbot-Wohnheims ist bereits alarmgesichert worden, weil ihr Idioten da oben geraucht habt.«

»Ja, o ihr Könige der Bassets.«

»Okay, alles klar. Der Schwur«, sagte Alpha und die Jungen begannen zu skandieren:

Auf dem Gipfel von Alabaster,
Verschnürt es fest mit Klebepflaster.
Schaut Richtung Westen, Jungs;
Schaut zu den Büchern, Männer!
Die Geschichte soll uns Führung sein!
Bewahrt das Geheimnis, grabt einen Gang,
Erklimmt die Höhen, verteidigt den Schwarm.
Der Basset ist ein zähes Tier,
Wir schwören ew'ge Treue dir.

Ihre Stimmen schallten durch das leere Theater und Frankie hörte dem Chor an, dass es den Sprechern ernst war mit ihrer Selbstverpflichtung. Sie sah durch das rote Licht hindurch nach oben und versuchte auszumachen, welche Jungs dort saßen (abgesehen von denen, die sie hineingehen sehen hatte), aber ihr Blickwinkel war zu ungünstig und das Licht zu dämmrig, als dass sie ihre Gesichter genau hätte erkennen können.

Als sie ihren Sprechgesang beendet hatten, knallten alle ihre Getränke dreimal auf den Boden der Galerie und tranken dann.

»Wir haben dieses Treffen einberufen, um uns zu überlegen, was wir an Halloween machen wollen«, verkündete Alpha. »Das ist nächsten Freitag. Livingston, berichte mir, was wir letztes Jahr gemacht haben.«

»Der Umriss eines Bassets wurde in einen großen Kürbis geschnitzt und dieser dann vor das Büro des Schulleiters gestellt.«

»Was?«

»Das haben wir gemacht«, bestätigte Matthew.

»Das ist ja scheiße.« Alpha war entsetzt.

»Ja.«

»Das ist ja noch schlechter als im Jahr davor!«

»Das war ein Basset?«, fragte Dean. »Auf dem Kürbis?« Im Unterschied zu Matthew und Alpha waren er und die anderen Zwölftklässler erst im Spätfrühling ihres elften Schuljahres Bassets geworden. »Dass das ein Basset sein sollte, war nun echt überhaupt nicht zu erkennen. Im Ernst, es sah aus wie ein Klecks. Ich habe den Kürbis da im Gang gesehen und gedacht, was soll das denn ...?«

»Ich hab ihn gar nicht gesehen«, sagte Callum.

»Ich auch nicht.«

»Ich auch nicht.«

»Wer geht denn schon an Richmonds Büro vorbei, wenn es sich vermeiden lässt?«

»Glaubst du, er hat überhaupt begriffen, was das zu bedeuten hatte?«

»Okay, okay«, sagte Matthew. »Es war Hogans Idee. Er hat im Internet was über geschnitzte Kürbisse gelesen und kam uns dann mit diesem plötzlichen Faible für Kunsthandwerk. Er dachte, es würde ein Wahnsinnscoup werden, wisst ihr, so was wie ›Die Bassets sind hier gewesen!‹ – nur, dass es eben niemand gesehen hat, und die, die es gesehen haben, wussten nicht, was es darstellen sollte. Nicht unbedingt einer unserer besten Versuche.«

»Im Jahr davor haben wir Farbe besorgt, die im Dunkeln leuchtet, und damit den Guppy angemalt«, erklärte Alpha. Eine knapp einen Meter lange Statue eines undefinierbaren Fisches, der oft auch »der Guppy« genannt wurde, stand stolz auf dem Rasen vor der Schule.

»Das waren wir?« Callum kreischte beinahe. »Das war genial.«

»Es fing genau bei Sonnenuntergang an zu leuchten. Das war gut«, sagte Alpha.

»Aber Callum war in der Zehnten dein Zimmergenosse, und wenn noch nicht mal er wusste, dass wir das waren, ist das ein Problem«, sagte Matthew. »Wollen wir nicht ein Zeichen setzen, das die Leute auch erkennen? Denn wenn zwei Jahre hintereinander kein Mensch den Halloweenstreich mit den Bassets in Verbindung bringt, dann hat die ganze Sache nicht viel Sinn. Wir müssen eine Legende schaffen.«

»Ich bin völlig deiner Meinung«, sagte Alpha. »Deans Freundin dachte, der Hund auf den Einladungen sei Snoopy. Das müssen wir ändern.«

»Sie ist nicht mehr meine Freundin«, wandte Dean ein.

»Meiner Ansicht nach bringt es nichts, überhaupt was an Halloween zu machen, wenn uns nichts wirklich Gutes einfällt«, sagte Matthew. »Dann können wir uns auch einfach hier treffen und Bier trinken.«

»Soll mir recht sein«, sagte Callum.

»Nein, ihr Idioten«, sagte Alpha. »Wir müssen uns einen Streich ausdenken. Bassets spielen an Halloween immer einen Streich. Das ist schon Tradition.«

»Seit wann?«, fragte Tristan.

»Keine Ahnung. Aber zumindest seit zwei Jahren, als ich eingetreten bin, klar? Es ist hier ja nicht wie in dem Film *The Skulls – Alle Macht der Welt*, wo jeder ein scheinbar streng geheimes Regelwerk bekommt, auf dessen Umschlag sein Name geprägt ist. Es gibt keine schriftlich festgehaltene Geschichte, kein Handbuch.«

»Alles klar, ich hab's kapiert.« Callum klang ärgerlich.

In Frankies Kopf drehte sich alles. Denn sie wusste es besser.

Es gab sehr wohl ein Handbuch.

Senior, Hank Sutton und Dr. Montague hatten ihr und Zada im Steakhouse davon erzählt. *Die unrühmliche Geschichte.*

Warum wusste Alpha nichts davon?

Wo konnte das Buch sein?

»Wir sind eine eher instinktive Unternehmung, Rüden«, fuhr Alpha fort. »Aber wir müssen einen Streich für Halloween auf die Beine stellen, das ist ja wohl klar. Irgendwas Geniales und Zerstörerisches, irgendwas, das die Legende der Bassets begründet. Sind wir uns da einig?«

»Ja, o du König der Bassets.«

»Matthew?«, fragte Alpha.

»Einverstanden.«

»Gut.«

»Ach ja, und unsere jüngsten Mitglieder?«, fügte Matthew hinzu. »Ihr werdet die Ehre haben, auszuführen, was immer wir entscheiden, so wie es die Tradition verlangt.«

»Warum ausgerechnet die Jüngsten?«, fragte Callum.

»Sie haben am wenigsten zu verlieren, falls sie geschnappt werden. Keine laufenden Collegebewerbungen.«

»Hart.«

»Nicht hart, mein Rüde«, sagte Alpha, »fair. Damit zeigst du, ob du es wert bist, später zum König aufzusteigen, und du gibst den Königen, die vor dir dran waren, etwas zurück.«

»Das heißt, *du* hast den dämlichen Kürbis geschnitzt?«, fragte Callum Sam, den Elftklässler.

»Ich und Matthew«, sagte Sam.

»Und du hast in der Zehnten den Guppy angemalt?«, fragte Matthew Alpha, obwohl er ganz offensichtlich die Antwort bereits kannte.

»Allerdings. Hab den Rest der Leuchtfarbe ins Jungenklo gekippt, wo das Pipi noch einen Monat später nachts phosphoreszierend leuchtete. Bin beinahe gestorben bei dem Gedanken, dass jemand das Zeug unter meinen Fingernägeln bemerken würde.«

»Also dann«, sagte Matthew. »Was immer wir entscheiden, wird vom Zweimannteam Sam und Porter ausgeführt werden, womit sie im Sinne der Tradition ihre Treue dem Orden gegenüber unter Beweis stellen. Alles klar?«

»Ja, o du König der Bassets.«

Frankie schauderte.

Der Zehntklässler, der auserwählt war, der zukünftige König zu werden – war Porter.

Matthew musste gewusst haben, dass sie gelogen hatte, als sie erwähnte, sie würde mit Porter zu der Party gehen. Weil er wusste, wo Porter an diesem Abend sein würde.

Und es bestand eine Verbindung zwischen Porter und Matthew.

Frankie versuchte sich zu erinnern, wann genau sie Matthew erzählt hatte, dass sie mit Porter gegangen war – sie war sicher, dass es Ende September gewesen war, als sie und Matthew erst seit ein paar Wochen miteinander gingen. Sie hatten in einer Freistunde zusammen auf dem Rasen gesessen und sich über ihre Exfreunde und -freundinnen unterhalten. Aber die Bassets hatten Anfang des Schuljahres die Party auf dem Golfplatz veranstaltet – war Porter dort gewesen?

Ja, er war dort gewesen. Sie hatte das Grün überquert, um ihm aus dem Weg zu gehen, fiel ihr ein. Also war er bereits ein Basset gewesen, als sie und Matthew zusammenkamen – und Matthew hatte gelogen, als er vorgab nicht zu wissen, wer Porter war.

Weshalb hatte Porter dann versucht sie vor Matthew zu warnen?

Frankie schlich zu dem Baum zurück, bei dem sie ihren Pullover abgelegt hatte, und von dort aus ging sie zur Party der Freak-Allianz, wo sie tanzte und sich mit Leuten unterhielt, als würde sie an nichts anderes denken. Sie hatte das Gefühl, ein Alibi zu brauchen.

DER SCHWUR

Am nächsten Morgen begegnete Frankie Alpha am Toastietisch – auf dem sich neben den Toastern in erster Linie große Brotlaibe befanden.

»Morgen«, sagte er, als wäre nichts zwischen ihnen vorgefallen. Als hätte er Matthew nie dazu gebracht, seine Verabredung abzusagen. Er war ganz »Alpha am Morgen«, unrasiert und mit wuscheligen Haaren, und nahm schon durch die Art, wie er sein Tablett mit Frühstück belud, den Raum ein – er stürmte durch den Saal, um Butter zu holen, rief der Frau von der Schulmensa zu, sie solle ihm bitte Bescheid sagen, wenn der frische Speck fertig war, trank seinen Tee, während er darauf wartete, dass sein Toast hochsprang, klemmte sein Tablett wie einen Fußball unter einen Arm. Sie fand ihn wie immer wunderbar.

Aber Frankie wusste, dass ein kleiner Krieg erklärt worden war. Darum, wer Matthew besitzen durfte. Darum, wer am Zwölftklässlertisch sitzen durfte. Und im Grunde darum, wer die Stellung des Alpha-Hundes einnehmen durfte.

»Hey«, antwortete sie, während sie sich mit der Gabel ein Stück Brot angelte und in einen Toaster steckte.

Alpha wärmte seine Hände über der orangefarbenen Glut. »Du siehst bezaubernd aus heute, Frankie.«

»Danke.«

»Wirklich. Du bist so ein hübsches Mädchen. Matthew ist echt ein Glückspilz.«

War das eine Entschuldigung? Oder reduzierte er Frankie auf den Status als hübsches Mädchen, statt sie als ernsthafte Konkurrenz wahrzunehmen?

»Tja«, sagte sie lächelnd. »*Ich* bürste mir die Haare, bevor ich zum Frühstück runterkomme.«

Alpha kratzte sich am Kopf. »Hmm, ja. Bei dir nützt das was. Setzt du dich zu uns?«

»Ich bin mit meiner Freundin Trish hier. Sie steht dort drüben, die im roten Sweatshirt.«

»Sie kann doch mitkommen. Ich würde sie gerne kennenlernen.«

Er ist schlauer, als ich dachte, stellte Frankie fest. Er setzt darauf, dass ich nicht versuchen werde ihm was wegzuschnappen, wenn er mir mehr von dem gibt, was ich will. Dass ich ihm Matthew nicht wegnehmen werde, wenn er meine Freunde an seinen Tisch einlädt, sich mit mir abgibt, wenn Matthew nicht da ist, mir ein bisschen mehr Zutritt gestattet, weil ich dadurch ganz versessen auf ihn und seinen ganzen Klüngel sein werde. Dass ich vergesse zu kämpfen.

Da irrt er sich, dachte sie. Aber das muss ich ihm ja nicht sagen. »Alles klar«, entgegnete sie, als ihr Toast hochsprang. »Ich check hier noch eben die Marmeladensituation, dann komm ich rüber.«

Sie frühstückten – Alpha, Callum, Trish und Frankie. Matthew und Dean stießen zwanzig Minuten später dazu. Frankie musterte Matthew auf Anzeichen hin, dass er ihr gegenüber irgendeinen Verdacht hegte, weil sie ihn angelogen hatte. Schließlich hatte sie behauptet, dass Porter zur Party der Freak-Allianz gehen würde – aber da war nichts. Er saß einfach da als »Matthew am Morgen«, das hieß, die Haare nass und die Bewegungen langsam, lehnte seinen Kopf an ihre Schulter und beklagte sich, dass er noch schlafe, lud Trish (jetzt, wo sie seine Welt betreten hatte) ein, nächsten Sommer doch mal von Nantucket rüber nach Martha's Vineyard zu kommen.

Frankie verspürte eine Welle der Zuneigung zu ihm. Er war so hinreißend. Hatte so eine großzügige Gesinnung. War so klug. So witzig.

Dean, Callum und Alpha räumten ihre Tabletts ab und ließen Frankie, Trish und Matthew alleine am Tisch zurück.

»Hey, wie war eure Party?«, wollte Matthew wissen.

»Gut«, antwortete Frankie. »Wir haben mit den Mitgliedern des Schachklubs getanzt. Du glaubst nicht, wozu einige dieser Schachjungs fähig sind, wenn sie so richtig loslegen. Und es gab eine Discokugel.«

»Ich bin ganz eifersüchtig.«

»Auf die Schachjungs oder die Discokugel?«

Trish verdrehte die Augen. »Auf die Schachjungs musst du *nicht* eifersüchtig sein.«

»Kann sein.« Matthew wandte sich an Frankie. »Aber

warst du nicht mit deinem Exfreund da, mit Peter wie-heißt-er-noch?«

»Porter.«

Warum fragte er das? Um zu überprüfen, ob sie log?

»Porter, richtig. Er ist größer als ich«, fuhr Matthew fort. »Man muss sich immer Sorgen machen, wenn die Freundin mit einem Typen, der größer ist als man selbst, zu einer Party geht.«

»Porter hat sich nicht blickenlassen«, sagte Frankie.

»Ich hab ihn auch nicht gesehen«, sagte Trish. »Vielleicht war er krank.«

Matthew schmollte. »Und dabei hatte ich mich schon richtig aufgeregt und war eifersüchtig, dass Frankie mit ihrem Exfreund ausgegangen ist, und jetzt weiß ich gar nicht, wohin mit meiner Energie.«

»Willst du dich stattdessen vielleicht wegen der Schachjungs aufregen?«, fragte Frankie, während sie über den Tisch langte und einen Schluck von seinem Tee trank.

»Mhm. Das mach ich vielleicht. Ich muss ja schließlich Elizabeths Theorie über Elche und Testosteron gerecht werden.«

»Na, dann streng dich mal an. Diese Schachjungs waren heiße Tänzer.«

»Ich koche vor Wut«, sagte Matthew. »Ich laufe schon puterrot an, siehst du?«

»Hm.« Frankie tat so, als würde sie sein Gesicht untersuchen. »Nein.«

»Vielleicht ein kleines bisschen um die Nasenspitze herum?«

»Nichts.«

»Na gut. Ich kann mich nicht über die Schachjungs aufregen. Peter-Porter wie-heißt-er-noch kann allerdings froh sein, dass er früh ins Bett gegangen ist.« Matthew lachte.

»Welsch«, sagte Frankie. »Porter Welsch.«

Frankie war bisher nie auf die Idee gekommen, Matthew zu fragen, was er an den Abenden, an denen er um neun aus der Bibliothek verschwand, um »Alpha zu treffen«, oder an den Abenden, an denen sie ihn überhaupt nicht sah, eigentlich machte.

Aber an den Tagen nach der abgesagten Verabredung und dem Treffen auf der Galerie folgte sie ihm.

Sie stellte fest, dass sie ein talentierter Schatten war – als hätten ihre Jahre der unterwürfigen Bedeutungslosigkeit sie geschult. Sie erinnerte sich, wie es sich anfühlte, unsichtbar zu sein – und sie hatte das Gefühl, als könnte sie sich selbst in diese Unsichtbarkeit zurückversetzen und Matthew und seine Freunde ziemlich leicht verfolgen, einfach indem sie zu dem Mädchen wurde, das sie nie bemerkt hatten. (Wenn sie sie wirklich nie bemerkt hatten.) Sie war auf jeden Fall schnell. Sie war leise. Sie hatte einen untrüglichen Orientierungssinn und eine ausgeprägte Intuition. Und sie besaß einen schwarzen Mantel und schwarze Handschuhe, was auch nicht schadete.

In den Tagen vor Halloween trafen sich die Bassets ziemlich oft. Frankie wurde Zeugin eines Treffens unten am Teich am Sonntagabend und eines kleinen Treffens am Dienstag nach dem Mittagessen, als sie Dean, Callum, Matthew und Alpha bis zu einer Arbeitskabine in der Bibliothek folgte, wo sie sich fünfzehn Minuten lang allein berieten. Sie konnte nicht hören, was sie sagten; aber als sie auf dem Rückweg durch das Magazin waren, erwähnten sie eine weitere Besprechung am Dienstagabend im Theater.

Was sie bei den Treffen belauschte, war relativ unspektakulär. Die Bassets deklamierten den Schwur, tranken Bier oder Limo und aßen Chips.

Auf dem Gipfel von Alabaster,
Verschnürt es fest mit Klebepflaster.
Schaut Richtung Westen, Jungs;
Schaut zu den Büchern, Männer!
Die Geschichte soll uns Führung sein!
Bewahrt das Geheimnis, grabt einen Gang,
Erklimmt die Höhen, verteidigt den Schwarm.
Der Basset ist ein zähes Tier,
Wir schwören ew'ge Treue dir.

Sie stritten sich darüber, was sie an Halloween machen wollten, aber meistens schweifte das Gespräch dann ab und sie redeten über Mädchen, Sport und sonstige Themen, die alles andere als geheim waren. Callum gelang es nicht, bei Gidget zu landen. Die Lacrossemannschaft hatte ein super Jahr. Die Zwölftklässler schrieben ihre Collegebewerbungen.

Das verwirrte Frankie allerdings nicht. Sie verstand genau, was da lief, denn die Ziele des Ehrenwerten Ordens waren Beziehungen. Zusammengehörigkeitsgefühl. Exklusivität. Männlichkeit.

Und obwohl Frankie die Treffen des Ordens unstrukturiert und die Halloweenideen doof fand, wollte sie daran teilhaben. Er beanspruchte einen so großen Teil von Matthews Herz und Matthew war so involviert.

Es drehte sich dort so viel um Loyalität und sie hatten so viel Spaß.

Und auf Grund ihres Geschlechts, ihres Alters, vielleicht auch aufgrund ihrer Religion und ihrer feministischen Einstellung konnte sie zwar jeden Tag mit ihnen am Tisch sitzen, würde aber niemals zum Orden zugelassen werden.

Frankie hatte sich nicht nur in Matthew verliebt, sondern auch in seinen Freundeskreis. Und sie wusste, dass sie sie nicht für bedeutsam hielten.

Sicher, sie konnten Frankie gut leiden, fanden sie attraktiv und es schien sie nicht zu stören, dass sie immer dabei war; aber wenn Matthew mit ihr Schluss gemacht hätte, würde keiner von ihnen Frankie auch nur mit einem Blick bedenken. Keiner von ihnen.

Es war eine verschlossene Tür.

Außer...

Der Schwur. Sie skandierten ihn, weil sie ihn immer skandiert hatten, weil ein gemeinsamer Sprechchor sogar unter Jugendlichen, die das nie öffentlich zugeben würden, für ein Zusammengehörigkeitsgefühl sorgt.

Aber Frankie war klar, dass kaum einer von ihnen je auf den genauen Wortlaut geachtet hatte.

Verschnürt es fest mit Klebepflaster. Als sich Hank Sutton geweigert hatte, Frankie etwas über *Die unrühmliche Geschichte* zu erzählen, hatte Dr. Montague gesagt: »Verschnürt es fest mit Klebepflaster«, und Senior hatte hinzugefügt: »Schaut Richtung Westen, Jungs!« Als wäre der Schwur die Antwort auf Frankies Frage: Wo wird denn diese Geschichte aufbewahrt?

Der Schwur war ein Rätsel. Er würde ihr verraten, wo die Geschichte war.

Und keines der aktuellen Mitglieder des Ordens schien überhaupt etwas von ihrer Existenz zu wissen.

Als Frankie den Schwur zum zweiten Mal hörte, während sie sich am Sonntag zwischen den Bäumen versteckte und zuhörte, wie sie Pennys in den Teich warfen und darüber diskutierten, wie Callums Chancen bei der sich immer noch zierenden Gidget standen, schrieb sie die Worte auf. Und an jenem Abend saß sie mit einer Taschenlampe im Bett und machte sich Notizen.

Der Gipfel von Alabaster. Was kann das sein? Der Fahnenmast? Das Hauptgebäude? Die neue Sporthalle? Irgendein Mensch, ein berühmter Ehemaliger?

Verschnürt es fest – worauf bezieht sich *es*, die Sache, die verschnürt wird? Die Geschichte selbst?

Klebepflaster – damit könnte Klebeband gemeint sein und Pflaster steht nur um des Reimes willen dort.

Schaut Richtung Westen. Richtung Westen von wo aus gesehen? Vom Gipfel von Alabaster? Oder ist das eher im übertragenen Sinne gemeint und soll heißen: Schaut Richtung Westen, denkt an die Ausdehnung, den Goldrausch usw.

Schaut zu den Büchern. Allgemeiner Appell an das Elitedenken? Lernt fleißig? Oder ist es wörtlich gemeint – schaut zu den Büchern, will heißen, zur Bibliothek? Sie halten Treffen in der Bibliothek ab.

Die Geschichte soll uns Führung sein. Heißt wahrscheinlich nur, dass es eine Geschichte der Bassets gibt, die irgendwo versteckt ist und die ihnen als Führung dienen soll. Aber möglicherweise auch das Geschichtsgebäude?

Bewahrt das Geheimnis. Selbsterklärend.

Grabt einen Gang. Graben Bassets Gänge? Googeln. Okay. Tun sie nicht. Was für ein Gang ist damit also gemeint? Ein Gang wo drunter durch?

Zurück zum *Gipfel von Alabaster*: Das neue Kulturzentrum? Die Galerie über dem Theater? Nein. Der Witwenausguck?

Erklimmt die Höhen. Nur metaphorisches Streben nach hohem Niveau/Macht usw.? Oder etwas anderes. Was für Höhen?

Verteidigt den Schwarm. Offensichtlich: Damit ist das Rudel, also der Basset-Orden gemeint.

Zähes Tier usw. Offensichtlich.

Der Gipfel von Alabaster

Am nächsten Tag schwänzte Frankie den gesamten Unterricht.

Die Einzelheiten ihrer zahlreichen falschen Annahmen und erfolglosen Nachforschungen sind langweilig, es genügt zu erwähnen, dass sie zwei Stunden damit verbrachte, im obersten Stockwerk unter der Kuppel der Bibliothek nach einer Geheimtür zu suchen, und sieben Minuten damit, den Fahnenmast in Augenschein zu nehmen, dass sie fünfzehn Minuten brauchte, um in den Lagerraum einzubrechen, in dem die Ersatzfahnen aufbewahrt wurden, und zweiundvierzig Minuten, um diesen Raum zu durchsuchen. Sie verwarf die neue Sporthalle und das Kulturzentrum als mögliche »Gipfel«, denn sie nahm an, dass der Schwur des Ehrenwerten Ordens bereits vor vielen Jahren verfasst worden war – lange bevor sogar Senior ein Basset gewesen war, und ganz bestimmt, bevor die neuen Gebäude errichtet worden waren. Sie verbrachte einen erheblichen Teil der Zeit vor dem Mittagessen auf der Galerie im alten Theater, von wo aus sie leise den Schauspielunterricht auf der Bühne unter sich beobachtete. Sie suchte nach Dingen, die in Klebeband eingewickelt waren, nach Büchern oder

Landkarten. Sie schaute Richtung Westen, aber alles, was sie sah, waren Vorhänge und Beleuchtungsausrüstung.

Natürlich kam sie auf die Idee, Senior anzurufen und ihn zu fragen. Er wusste offensichtlich genau, was der Schwur besagte. Nur – Frankie wusste, dass ihr Vater sehr verschwiegen war, was seine Mitgliedschaften anging. Er hatte dem Basset-Orden Treue geschworen und würde seine Geheimnisse nie preisgeben, egal wie trivial oder albern sie sein mochten. Noch nicht mal seiner eigenen Tochter gegenüber. Das war im Steakhouse deutlich geworden.

Also rief Frankie stattdessen Zada an, als sie das alte Theater verließ und zum Witwenausguck hinüberging.

»Ich bin auf dem Telegraph Hill in einem Café und warte auf jemanden, ich hab nicht viel Zeit«, sagte Zada. »Was gibt's?«

»Hallo, Zada.«

»Hallo, du. Wie kommt's, dass du mich anrufst? Du rufst sonst nie mitten am Tag an.«

»Erinnerst du dich an diesen Basset-Kram, von dem Senior manchmal spricht? Von irgend so einem Klub hier in Alabaster, in dem er Mitglied war?«

»Die Bassets, ja.«

»Was weißt du noch über sie?«

»Er rückt nie mit Einzelheiten heraus. Es war eine Art Geheimbund. Zu meiner Zeit kursierten Gerüchte, dass es angeblich eine Gruppe Jungen war, die spätnachts irgendwelche geheimnisvollen Dinge taten. Aber ich hab nicht viel davon mitbekommen.«

»Nun, es gibt ihn wirklich. Ich kenne Leute, die dort Mitglied sind.«

»Machst du bei den Bassets mit?« Zada konnte es kaum glauben. »Was tun sie denn so?«

»Ich kann nicht mitmachen. Es sind nur Jungen, alles Zwölftklässler.«

»Matthew, stimmt's? Verrät er dir all ihre Basset-Geheimnisse? Ich möchte unbedingt alles darüber wissen. Wir könnten Senior wahnsinnig machen, wenn du über seinen heiß geliebten Bund Bescheid weißt.«

»Matthew erzählt mir gar nichts«, sagte Frankie. »Das ist es ja gerade. Ich habe es hinter seinem Rücken herausgefunden.«

»Und? Was hast du herausgefunden? Ich habe schon immer geahnt, dass Senior in Dinge verwickelt war, von denen er uns nichts erzählt aus Angst, ein schlechtes Beispiel abzugeben.«

»Bisher läuft nicht viel. Hauptsächlich geht's darum, das Zusammengehörigkeitsgefühl zu stärken. Bier zu trinken oder sich an geheimen Orten zu treffen wie zum Beispiel oben auf der Galerie im Theater oder in einer Arbeitskabine in der Bibliothek. Ich glaube, sie hecken dann und wann einen Streich aus. Vor zwei Jahren haben sie an Halloween den Guppy angemalt.«

Zada kicherte. »O ja, das war witzig.«

»Ja … Es ist … Zada, du erinnerst dich sonst an nichts weiter, das Senior gesagt hat? Irgendwas über eine Geschichte, die sie verfasst haben und die irgendwo versteckt ist?«

»Nein. Ich bitte dich. Ich tue alles, um ihn davon abzuhalten, mir von seiner Zeit in Alabaster zu erzählen. Der Mann ist dermaßen langweilig.«

Frankie lachte. »Stimmt. Wir haben einen sehr langweiligen Vater.«

»Warum fragst du nach den Bassets, Frankie? Du weißt doch schon viel mehr darüber als ich.«

Es war schwierig zu erklären. »Sie lassen mich nicht mitmachen«, sagte Frankie schließlich.

»Hast du sie gefragt?«

»Man wird auserwählt.«

»Und was, wenn du einfach fragst? Ich wette, Matthew würde dir helfen reinzukommen.«

»Ich hab dir doch schon gesagt, es ist nur für Jungen aus der Zwölften. Einen ganz bestimmten Typ Jungen aus der Zwölften.«

»Und sie tun nichts weiter als Bier trinken und Statuen anmalen? Das ist doch wohl kaum der Mühe wert.«

»Das würde Trish auch sagen, aber darum geht es nicht.«

»Oh, Frankie, da kommt meine Freundin. Also mach's kurz. Worum geht es dann?«

»Um Macht, schätze ich.«

»Was?«

»Was Senior immer sagt: So funktioniert die Welt nun mal. Die Leute knüpfen diese Kontakte in der Schule.«

»Ach, komm, hör auf, Frankie. *Hi, Saffron, einen Augenblick, ich spreche gerade mit meiner Schwester und sie regt sich über irgendeine Jungsgeschichte auf.* Willst du mir im Ernst erzählen, du teilst die patriarchale Vorstellung, dass die Macht in Institutionen verortet ist, die vor Jahrzehnten von Leuten gegründet wurden, die unglaublich stolz auf sich waren, weil sie über männliche Geschlechtsorgane verfügten, und von denen die meisten inzwischen entweder tot sind oder sich in Pflegeheimen vollsabbern?«

»Na ja ...«

»Ich bitte dich, das ist doch echt antiquiert. Die Institutionen der männlichen Überlegenheit haben nur dann wirkliche Macht über dich, wenn du dich genau dieser Vorstellung anschließt. Gründe deinen eigenen Klub und sag ihnen, dass sie dort nicht Mitglied werden können. Oder noch besser, lass das Klubwesen insgesamt fallen, weil es per se ausgrenzend ist, und versuch lieber auf eine andere, flexiblere Art Beziehungen zu deinen Mitmenschen aufzubauen.«

»Aber Zada.« Frankie wollte das mit der verschlossenen Tür erklären und dass sie durch diese Tür wollte und sich nicht klein und nur wie die Zweitbeste am Tisch vorkommen wollte. Doch Zada schnitt ihr das Wort ab.

»Reg dich nicht weiter darüber auf, Frankie. Ist doch nicht so schlimm, wenn Matthew Mitglied in irgendeinem dämlichen Saufklub ist, bei dem du nicht dabei bist. Lass ihn einfach dort Mitglied sein und mach dein eigenes Ding.«

»Okay.«

»Jetzt atme tief durch und geh zurück in den Unterricht. Okay, Puschelhäschen? Denn ich weiß, dass du schwänzt.«

»Es ist schon Mittagspause.«

»Alles klar. Ich muss jetzt los. Tschüs.«

Zada legte auf.

Die private Alabaster-Oberschule war vor etwa hundertzwanzig Jahren auf einem Stück Land erbaut worden, das sich später zu dem großen, weitläufigen Campus entwickelt hatte, auf dem Frankie zur Schule ging. In den Anfangszeiten hatte es jedoch nur zwei Gebäude gegeben: die heute teilrenovierte Gründeraula (Fachbereich Englisch) und das Gründerhaus, ein großes, weißes Gebäude im viktorianischen Stil, in dem der Gründer selbst gewohnt hatte und das jetzt ein kleines Museum von geringem lokalen Interesse war. Es beherbergte eine Sammlung von Erstausgaben, außerdem eine Menge schönes Porzellan und einige Antiquitäten.

Auf dem Dach des Gründerhauses gab es einen sogenannten Witwenausguck, auch wenn das Haus gar nicht in der Nähe des Meeres lag. Die Besucher konnten vom zweiten Stock aus über eine steile Treppe hinaufsteigen. Dort oben befand sich eine quadratische, von einer Balustrade gesäumte Plattform, die eine Rundumsicht über das Schulgelände erlaubte. An der Balustrade auf der Nordseite befand sich eine Bronzetafel mit der Ansicht von Alabaster, die mit kuriosen Informationen über verschiedene Gebäude versehen war.

Am Eingang des Gründerhauses saß ein Museumswächter – jemand, der dazu da war, Prospekte auszugeben und den Weg zu den Toiletten zu weisen. Frankie lächelte ihn an, zeigte ihren Schülerausweis vor und tat so, als ob sie ganz in Ruhe durchs Erdgeschoss ging und sich die Erstausgaben ansah. Sobald sie außer Sichtweite war, huschte sie jedoch ins oberste Stockwerk, den Flur entlang und begann die Stufen zum Witwenausguck hinaufzusteigen.

Wenn das der Gipfel ist, dachte Frankie auf ihrem Weg nach oben, muss ich Richtung Westen schauen und sehen, ob ich irgendwas entdecken kann, das einen Hinweis darauf enthält, wo die Geschichte versteckt ist. Außerdem muss ich zu den Büchern schauen – zur Kuppel der Bibliothek.

Sie stieß die Tür auf und hielt einen Augenblick blinzelnd inne, weil die Sonne sie blendete.

Vor ihr stand Alpha Tesorieri. Und blickte nach Westen.

Schaut Richtung Westen, Jungs

Alpha fuhr zusammen, als er sie bemerkte, aber gleich darauf lächelte er. »Hallo.«

»Hey. Dich hatte ich hier nicht erwartet.«

»Ich dich auch nicht.«

Warum war er hier? Er musste hinter das Rätsel des Schwurs gekommen sein.

Wenn er nicht wusste, dass es eine Geschichte gab, suchte er hier oben auf dem Gipfel zumindest irgendetwas.

Wenn das hier überhaupt der Gipfel war.

Er musste es sein.

Hatte Alpha eine Ahnung, dass Frankie wegen des Basset-Schwurs hier war?

Nein.

Doch.

Vielleicht. Es war unwahrscheinlich, aber möglich.

»Was für ein Zufall«, sagte Frankie und ging zu der Tafel hinüber, um einen Blick darauf zu werfen. Die Bibliothek lag im Nordwesten des Gründerhauses, was nicht recht weiterhalf. Das Geschichtsgebäude – einen Versuch wert – lag im Süden.

»Was führt dich hierher?«, fragte Alpha.

Frankie dachte: Ich muss ihn davon abhalten, nach Westen zu schauen. Ihn davon abhalten, mehr herauszufinden.

»Was für ein schöner Tag«, fuhr Alpha fort, als sie nicht antwortete. »Ich bin hergekommen, um die Aussicht zu genießen. Der Herbst ist einfach die schönste Jahreszeit. Hey, siehst du diesen Baum da, der ganz rot ist?«

»Wo?«

Er zeigte darauf. »So eine Farbe dürfte es in der Natur gar nicht geben. Das sieht total unecht aus. Ist das nicht toll?«

Es war ein schöner Baum. »Er sieht aus, als wüsste er nicht, dass er eigentlich braun sein müsste. Keiner hat es ihm gesagt. Deshalb tanzt er mit dem Rot aus der Reihe«, sagte Frankie.

»Genau«, sagte Alpha. »Jetzt frage ich dich noch mal. Was führt dich hierher?«

»Ich muss ein Projekt für meinen Städte-Kurs machen«, log Frankie. »Wir sollen herkommen und uns die Anlage von Alabaster angucken – die Art, wie die Gestaltung der Schule bestimmte Ideologien und Verhaltensweisen verstärkt oder begünstigt.« Sie war überrascht, wie einfach es war, sich eine plausible Antwort auszudenken.

»Interessant«, sagte Alpha, wobei sein Blick wieder westwärts huschte.

Was sah er dort? Etwas weiter nördlich lag die Bibliothek und genau im Westen das Geowissenschaftsgebäude. Dahinter das alte Theater und dann der Wald.

Frankie trat an die südliche Balustrade und suchte nach etwas, um ihn abzulenken. »Da führt ein Pfad über die Wiese, der von den Schritten der Leute ausgetreten ist, siehst du? Er verläuft diagonal vom Hauptgebäude zur Schulmensa. Niemand will auf den Wegen bleiben, obwohl es auch nicht so viel schneller geht, wenn man über den Rasen läuft.«

Alpha kam herüber und sah hinunter. »Er führt auch direkt an dem Schild vorbei, auf dem ›Rasen betreten verboten‹ steht.«

»Niemand scheint Angst davor zu haben, erwischt zu werden.«

Alpha lachte. Sein Arm berührte ihren, als sie sich an die Balustrade lehnten. »Ich hätte auch keine Angst. Das ist einer der Fälle, in denen nichts passiert, wenn du erwischt wirst«, sagte er. »Ein Wachmann schimpft mit dir. Das ist alles. Du fliegst deswegen nicht von der Schule.«

»Aber das ist so eine sinnlose kleine Rebellion«, wandte Frankie ein. »›Ooh, ich gehe über den Rasen, obwohl hier ein Verbotsschild steht! Seht her, wie toll ich bin.‹ Und dieselben Leute würden niemals eine andere Regel übertreten. Zumindest keine, bei der es eine Rolle spielt.«

»Aber es fühlt sich gut an, ungehorsam zu sein, findest du nicht?«, fragte Alpha. Er verlagerte sein Gewicht, so dass er noch ein kleines bisschen fester an ihren Arm gelehnt dastand, und Frankie konnte Zigarettenrauch und einen Hauch Apfel riechen.

Sie wollte eigentlich nicht von ihm abrücken, aber sie tat es trotzdem.

»Es ist ein gutes Gefühl, querfeldein über den Schulhof zu laufen«, fuhr Alpha fort, als wäre nichts geschehen.

»Das kann man ja wohl kaum als querfeldein laufen bezeichnen«, sagte sie. Aber innerlich dachte sie: Hat er mich angebaggert? Habe ich mir das nur eingebildet?

»Okay«, sagte Alpha, »aber genau das vermitteln dir die Autohändler, wenn sie diese Geländewagen verkaufen. Die *Idee* des Querfeldeinfahrens. Kein Mensch fährt ernsthaft mit seinem Wagen einen Berg hoch. Sie wollen einfach zu der Art von Leuten gehören, die da hochfahren *würden*. Leute, die nicht auf den vorgeschriebenen Wegen bleiben.«

Er argumentierte genau so wie mit seinen Freunden in der Schulmensa. Als würde er sie mögen. Als würde er respektieren, was sie als Nächstes sagte.

Er hatte sie nicht angebaggert. »Du meinst also, jeder sieht sich gern als jemand, der nicht auf den vorgeschriebenen Wegen bleibt?«, fragte Frankie.

»Genau. Wer will schon der Typ auf dem Weg sein?«

Frankie nicht – aber sie wollte auch nicht jemand sein, dessen Vorstellung vom Querfeldeinfahren oder -gehen darin bestand, sich einen Geländewagen zu kaufen oder eine Abkürzung über den Rasen zu nehmen. »Wenn jeder die vorgeschriebenen Wege meidet«, überlegte sie laut, »ist das dann nicht eine Illusion? Sie halten sich alle für bedarfte Rebellen, aber in Wirklichkeit haben sie einfach bloß eine Menge Geld für dasselbe Auto ausgegeben, für das all ihre Nachbarn auch eine Menge ausgegeben haben.«

Alpha lachte. »Bedarft? Wie der Affirmativ von unbedarft? Das ist gut.«

Seit diesem Tag am Strand sind wir nicht mehr allein gewesen, dachte Frankie, als sie in sein breites Gesicht sah, das sich amüsiert verzog. Ob er sich wohl auch daran erinnert? Aber stattdessen sagte sie: »Ja. Das ist dieselbe Art von Leuten, die überzeugt sind, sie seien cool, weil sie quer über den Schulhof gehen, wo sie in Wirklichkeit genau denselben Pfad austreten, den die Hälfte der Schüler täglich austritt, und sie nur eine Regel missachten, an deren konsequenter Durchsetzung die Schule offenbar gar kein großes Interesse hat.«

»Da ist was dran«, räumte Alpha ein. »Aber stört dich dieses ›Rasen betreten verboten‹-Schild nicht? Verführt es dich nicht dazu, über den Rasen zu laufen?«

»Nein.«

»Ärgert es dich nicht, den ganzen Weg bis zur Ecke dort zu gehen und dann links abzubiegen, um zur Mensa zu kommen, wenn du quer über den Rasen viel schneller dort wärst, nur weil irgendein Landschaftsplaner vor hundert Jahren oder so beschlossen hat, dass der Weg so verlaufen soll?«

»Ich glaube, es gibt wichtigere Dinge, gegen die man rebellieren kann«, sagte Frankie. »Wenn ich die vorgeschriebenen Wege verlassen will, sollte ich das in größerem und ernsthafterem Maßstab tun. Warum sollte ich meine Querfeldeinlaufenergien auf diesen dämlichen Schulhof hier verschwenden?«

»Okay, aber wenn du ernsthaft die Wege verlässt, riskierst du richtigen Ärger«, sagte Alpha.

»Hast du wirklich einen Hahnenkampf in der Lower East Side veranstaltet?«, fragte Frankie ihn. Das hatte sie schon immer wissen wollen und sie wollte nach diesem Treffen ein bisschen mehr von Alpha verstehen als vorher.

Er sah sie überrascht an. »Das weiß nur ich«, antwortete er lächelnd.

»Nein, im Ernst – hast du?«

»Ich werde dich nicht mit Erzählungen über mein schlechtes Benehmen versauen. Guck mal«, er zeigte nach unten, »da ist dein Freund.«

Er hatte Recht. Matthew stand vor dem Gründerhaus und sah zu ihnen herauf.

Frankie und Alpha trafen Matthew auf der Vordertreppe. »Die zwei Menschen, die ich am liebsten habe«, sagte Matthew und sah ehrlich erfreut aus, sie zu sehen. »Ich war praktisch allein beim Mittagessen.«

»Warst du nicht.« Alpha schüttelte den Kopf.

»Na ja, abgesehen von Dean, Callum, Steve und Tristan«, sagte Matthew. »Aber ich habe euch vermisst. Callum und ich haben aus Gabeln, Kartoffelbrei und Bananenschalen eine einsame Insel gebaut.«

»Ich hab meine Bücher vergessen«, fiel Frankie ein und sie lief zurück in die Eingangshalle des Gründerhauses, um ihre Tasche zu holen. Von dort aus hörte sie, wie Alpha zu Matthew sagte: »Rüde, sie ist plötzlich auf dem Witwenausguck aufgetaucht. Warum ist sie auf dem Witwenausguck aufgetaucht?«

»Jetzt werd mal nicht paranoid. Sie würde uns nie dazwischenfunken«, sagte Matthew. »Und abgesehen davon weiß sie nicht das Geringste, über gar nichts. Sie ist harmlos, das verspreche ich dir.«

»Ich bin mir nicht sicher.«

»Du kannst aber sicher sein. Ich kenne sie schließlich viel besser als du«, sagte Matthew.

»Ich hab da oben nichts gefunden«, sagte Alpha. »Aber vielleicht lohnt es sich, noch mal hinzugehen. Alle anderen Wege haben sich als Sackgasse erwiesen.«

Frankie stieß wieder zu ihnen und die beiden Jungen begleiteten sie in ihre sechste Stunde.

Alpha bestand darauf, quer über den Rasen zu gehen.

Verschnürt es fest mit Klebepflaster

Trishs Freund Artie war ein AVT-Beauftragter. Das hieß, er war einer der Schüler, die wussten, wie man die DVD-Spieler in den Klassenzimmern bediente, die Laptops der Lehrer an Projektoren anschloss und so weiter.

Artie hatte Schlüssel.

In einem kleinen abgedunkelten Raum des Gründerhauses, das wusste Frankie, lief ein Kurzfilm von 1938, der Alabaster-Schüler dabei zeigte, wie sie verschiedene Sportarten betrieben, Fahnen hissten und stolz vor dem Guppy posierten. Artie war mehr als einmal dort gewesen, um den Projektor in Ordnung zu bringen.

Was bedeutete, dass Artie einen Schlüssel zum Gründerhaus hatte.

Das Gebäude würde um fünf Uhr nachmittags schließen – bevor das Sporttraining zu Ende war, so dass Alpha nicht vor zehn Uhr am folgenden Morgen dorthin zurückkehren konnte, falls es ihm denn gelang, sich irgendwie vom Unterricht zu entschuldigen, und ansonsten nicht vor dem Mittagessen. Um sicher sein zu können, ihm zuvorzukommen, musste Frankie jedoch hineingelangen, bevor das Museum am nächsten Morgen wieder aufmachte.

Direkt nach Modern Dance bat sie Trish um einen Gefallen. »Ich brauch sie nur für vierundzwanzig Stunden, je eher, desto besser«, sagte sie, als sie sich in der Umkleidekabine aus ihren verschwitzten Leggins schälten.

»Was hast du vor?« Trish kniff die Augen zusammen, während sie sich in ein Handtuch wickelte und in die Dusche ging.

Frankie folgte ihr und sagte leise: »Nichts. Irgendwas. Ich werde nichts klauen.«

»Dafür kannst du vom Unterricht ausgeschlossen werden, das weißt du, oder?«

Frankie nickte.

»Ich meine, nach der Ausgangssperre auf den Golfplatz zu gehen ist eine Sache, aber sich in verschlossene Gebäude voll mit wertvollem Porzellan und ich weiß nicht was zu stehlen – das wird die Verwaltung sehr ernst nehmen.«

»Es sieht mich ja niemand dabei«, versprach Frankie. »Ich werde total pulsiv sein.«

»Ich weiß nicht«, sagte Trish. »Ich habe das Gefühl, sie sehen alles.«

»Vertrau mir«, sagte Frankie. »Du wirst völlig digniert sein.«

»Du redest ja noch nicht mal normal.« Trish zog den Duschvorhang zu und drehte das Wasser auf. Ein paar Minuten lang sagte sie nichts. Frankie stand in der nächsten Kabine unter dem Wasserstrahl. Sie wusste, dass ihre Gedanken eine Art Grenze überschritten hatten.

Wenn sie normal wäre, würde sie sich Gedanken über ihren Geometrietest machen und darüber, ob sie eine gute Rolle in der Wintertanzaufführung bekommen würde und ob es Zada gut ging da unten in Kalifornien mit den verdorbenen Berkeleystudenten und ob Matthew sie genauso liebte wie sie ihn.

Aber nichts schien von Bedeutung zu sein, außer zurück auf dieses Dach zu kommen.

Matthew hatte sie als harmlos bezeichnet. Harmlos. Und die Beziehung mit ihm gab Frankie das Gefühl, in eine Schachtel gezwängt zu sein – eine Schachtel, in der sie lieb und sensibel (aber nicht überempfindlich) sein sollte; eine Schachtel für junge und hübsche Mädchen, die nicht so helle oder mächtig waren wie ihre Freunde. Eine Schachtel für Leute, die ein Faktor waren, mit dem man nicht rechnen musste.

Frankie wollte ein Faktor sein, mit dem man rechnen musste.

»Okay«, sagte Trish, drehte das Wasser ab und ging zurück zu ihrem Schließfach.

»Du machst es?«

»Ich habe Okay gesagt.«

»Danke«, sagte Frankie, stellte ihre eigene Dusche ab und folgte Trish, während sie sich in ein Handtuch wickelte. »Ich bin total illusioniert.«

»Was?«

»Illusioniert.«

Trish seufzte. »Von desillusioniert?«

»Genau.«

»Du wirst verrückt. Das weißt du, oder?«
»Mhm. Wahrscheinlich.«

Trish ging nach dem Abendessen mit Artie zum »Lernen« in sein Zimmer und kam mit den AVT-Schlüsseln in ihrer Tasche zurück. »Spätestens Mittwochnachmittag wird er sie auf jeden Fall vemissen«, erklärte sie Frankie, als sie sie ihr überreichte. »Also erledige dein gruseliges Vorhaben, was immer es sein mag, und gib sie mir vorher zurück. Er muss den Filmprojektor für die Kino-AG der Zwölften bedienen.«
»Verstanden. Danke.«
»Und mach keine Abdrücke davon.«
»Mach ich nicht«, log Frankie. »Das würde ich nie tun.«

Die Schlüssel waren an einem großen Ring befestigt, insgesamt fünfundzwanzig, aber Frankie hatte Glück. Der vierte, den sie ausprobierte, passte. Keine Alarmanlage. Sie hatte eine kleine Taschenlampe dabei, aber sie schaltete sie nicht ein und tastete sich die drei Treppen hoch bis aufs Dach.

Sie stand an der westlichen Balustrade des Witwenausgucks und blickte hinaus. Dort, etwas nördlich, war die Bibliothek, aber was gab es dort zu sehen? Bargen die Gebäude irgendein Geheimnis?

Oder war das, worauf auch immer sich der Spruch bezog, längst verschwunden? Der Campus war gewachsen und hatte sich verändert, seit der Schwur vor wahrscheinlich fünfzig Jahren verfasst worden war.

Es hörte sich so an, als wäre die Geschichte mit Klebeband verklebt. Aber wie konnte irgendwas, das sie von hier oben aus sehen konnte, mit Klebeband verklebt sein?

Frankie knipste kurz ihre Taschenlampe an und ging zur nördlichen Balustrade hinüber, um sich die Bronzetafel anzugucken. Sie war von 1947 und darauf fehlten die neue Sporthalle, das Kulturzentrum und der Anbau des Naturwissenschaftsgebäudes.

Schaut Richtung Westen, Jungs. Einer Eingebung folgend kniete sich Frankie hin und fasste unter die Tafel. Die Unterseite war glatt, anders als die reliefartige Oberfläche, und sie fuhr mit den Fingern über den kühlen westlichen Rand.

Nichts.

Schaut zu den Büchern, Männer! Sie tastete systematisch die Unterseite ab, und da, in der leicht nach außen gewölbten Kuppel der Bibliothek, war mit Isolierband ein kleines Päckchen befestigt.

Es dauerte fast zwanzig Minuten, bis Frankie das alte silberfarbene Klebeband so weit gelöst hatte, dass es abging. Als es ihr gelungen war, knipste sie die Taschenlampe an und richtete sie auf den Gegenstand in ihrem Schoß. In drei Schichten Papiertüten eingewickelt lag dort ein kleines, in Leder gebundenes Notizbuch.

Geschichte

$\mathcal{D}$ie unrühmliche Geschichte des Ehrenwerten Basset-Ordens ist angefüllt mit der winzigen Schrift von Schuljungen ab 1951. Auf dem Innendeckel gibt es ein überraschend gelungenes Aquarell eines Bassets. Er sieht gleichzeitig ernst und lächerlich aus.

In diesem Buch finden sich Erzählungen über die Abenteuer der Bassets seit den Anfängen des Ehrenwerten Ordens, die für kommende Generationen festgehalten worden sind. Lasst die Geschichte eure Führung sein, oh, ihr Hunde der Zukunft!

Wir, die Unterzeichnenden, verpflichten uns in aller Form, unrühmliche, lächerliche und anarchische Taten zu begehen, wobei wir uns auch die Möglichkeit offenhalten, unanständige und illegale Taten zu verüben, sollten die Umstände es erfordern.

Die Könige der Bassets hatten die Aktivitäten des Klubs von seiner Gründung 1951 bis – Frankie blätterte bis zum Ende – 1975 aufgezeichnet. Wie man sowohl an der unregelmäßigen Handschrift als auch am Stil eindeutig festmachen konnte, war die Hauptbeschäftigung der Bassets (unter ihnen ein zukünftiger Präsident der Vereinigten Staaten) in jenem Jahr das Rauchen von Marihuana gewesen. Und da es nun diesen detaillierten Bericht über die bisher illegalste Beschäftigung des Ehrenwerten Ordens gab – das Rauchen von Joints an den Wochenenden spätnachts auf dem Witwenausguck –, hatte der König der Bassets jenes Schuljahres (ein gewisser Hank Sutton) darauf bestanden, dass ein dichterisch veranlagter Basset namens Franklin Banks ein Gedicht schrieb, ein Loblied auf den Ehrenwerten Orden, das gleichzeitig den zukünftigen Mitgliedern Hinweise auf das streng geheime Versteck der Unrühmlichen Geschichte gab, so dass diese nicht über die Sommerferien in falsche Hände geriet.

Banks schrieb das Gedicht bekifft und deshalb war es so schwer verständlich geworden. Er hatte es auch vertont, als er spätnachts in seinem Zimmer auf einer Gitarre herumzupfte. Am nächsten Tag brachte er es allen Bassets bei, auch den zukünftigen Königen, und kurz danach machten er und Sutton ihren Abschluss – ohne den jüngeren Jungen je zu sagen, wo sie die Geschichte versteckt hatten.

»Unser Lied wird Jahrzehnte überdauern«, schrieb Sutton, »und diese Aufzeichnungen unserer Missetaten und Abenteuer wird man entdecken, wenn Gras legal ist und unser Ruf keinen Schaden nehmen kann.«

Die jüngeren Bassets waren offenbar zu blöd gewesen, die Geschichte zu finden, vermutete Frankie. Sie hatten wahrscheinlich danach gesucht, aber ohne Erfolg. Jahre vergingen und keiner fand sie – und es dauerte nicht lange, bis niemand von ihnen mehr wusste, dass überhaupt je eine Geschichte existiert hatte. Der Schwur war irgendwann nichts weiter als ein Schwur.

Das Buch war über dreißig Jahre verschollen gewesen. Und ihr Vater hatte zusammen mit dem alten Sutton Hasch geraucht.

Frankie blätterte zurück zum Anfang.

»30. September 1951«, schrieb der König, der seine Beiträge mit Connelly unterzeichnete. »Das erste und vordringlichste Ziel des Ehrenwerten Basset-Ordens ist es, sich den Guppy anzueignen.«

Und dann, in einem Eintrag, der zwei Wochen später verfasst worden war:

Der Guppy ist erobert worden. Die Bassets Kennedy und Hardewick zogen sich Kittelschürzen an und hatten einen großen Karton wie für eine Blumenlieferung dabei. Sie schwänzten die Morgenversammlung (eine Zeit, zu der die Luft garantiert rein war), näherten sich unbeobachtet der Fischstatue und lösten sie mit Schraubenschlüsseln und einer Haarklammer, die sich Kennedy von seiner Schwester hatte schicken lassen, aus ihrer Verankerung. Hardewick und Kennedy sperrten den Guppy in die Schachtel und luden diese in Hardewicks Auto. Der Guppy residiert jetzt im Keller des Hauses der Hardewicks in Williamstown.

Verwaltung wütend. Schüler protestieren und fordern die Rückkehr des Guppys zur Erhaltung von Moral und guter Kameradschaft in Alabaster. Lokalzeitung berichtet über das Ereignis.

Die geniale Idee des Bassets Sheffield wird umgesetzt: Wir schicken der Verwaltung eine Nachricht, in der wir die Rückkehr des Guppys im Austausch für Straffreiheit und zehn Schachteln Marsriegel versprechen. Verwaltung hat zugestimmt. Die Marsriegel wurden an einen von uns bestimmten Ort geliefert und an das Büro des Schulleiters ging eine Blumenschachtel mit ... einem echten Guppy.

(Wir bringen hiermit unser Bedauern darüber zum Ausdruck, dass ein unschuldiger Guppy für die Erfüllung unserer Mission sein Leben lassen musste, und beschließen, im Zuge unserer Missetaten keine weiteren Tiere zu quälen.)
Die Verwaltung ist auf jeden Fall fuchsteufelswild. Echter Steinguppy wird am Tag nach unserem Schulabschluss zurückgegeben, sofern Hardewicks Mutter ihn nicht vorher in ihrem Keller entdeckt. Hihi.

1968 baute der Orden mitten auf dem Schulhof ein kleines Zelt auf, an dem außen ein Schild hing: »Zutritt verboten«. Im Zelt war überhaupt nichts. Der ziemlich verschrobene König der Bassets in jenem Jahr hatte einfach sehen wollen, ob die Leute das Schild missachten würden, da es keinen ersichtlichen Grund für das Verbot gab. Nur wenige taten es.

Im selben Jahr hängten sie eine offiziell aussehende Liste mit Regeln in der Schulmensa auf – von denen einige vernünftig waren (»Nicht vordrängeln; nicht mehr als ein Hauptgericht nehmen«), eine allerdings lautete: »Bitte nur auf die schwarzen Fliesen treten.« Die Geschichte berichtete, dass während der ersten paar Stunden viele Schüler tatsächlich versuchten nur auf die schwarzen Quadrate des Schachbrettmusters auf dem Fußboden zu treten.

In anderen Jahren waren die Streiche konventioneller: Bassets wickelten das Auto des Schulleiters in Klopapier ein, hissten Unterhosen an Fahnenmasten, füllten Wackelpudding in die Toiletten und präparierten die Türen ahnungsloser Lehrer.

In manchen Jahren waren die Einträge mit Anekdoten gespickt, während andere die Aktionen nur grob skizzierten. In den meisten Jahren gelobten sich die Mitglieder schriftlich gegenseitig ewige Treue und versprachen, »sich uneingeschränkt zu unterstützen« und »nichts zu vergessen, nichts zu enthüllen«.

Was Frankie beim Lesen am stärksten beeindruckte, war das Zusammengehörigkeitsgefühl. In der Regel schrieb der König die meisten Einträge, aber die Bassets bearbeiteten das Geschriebene der anderen, kritzelten Kommentare daneben und schrieben in wechselnder Reihenfolge ebenfalls Geschichten. Sie nahmen sich vor, sich immer noch zu kennen, wenn sie alt und grau geworden waren – »Wenn wir am Stock dahinwackeln und die Namen unserer Frauen vergessen haben, werden wir weiterhin Bassets sein und immer noch im Herzen jung«, schrieb ein enthusiastischer Junge 1957.

Das Notizbuch war ramponiert und auf jeder der empfindlichen Seiten konnte Frankie die weitreichende Verbindung zwischen den Jungen spüren. Sie würden gemeinsam durchs Leben gehen – egal ob die Streiche, die sie verübten, blöd oder brillant waren.

Sie dagegen würde mit niemandem durchs Leben gehen.

Auf dem hinteren Innendeckel war mit Klebeband ein Schlüssel befestigt. Darunter stand in Connellys schmaler Schuljungenschrift: Hazelton, UGII/16.

Hazelton war die Bibliothek.

Toasties

Am Mittwoch vor Halloween verlangte Elena Tesorieri von Alpha, für mehrere Tage die Schule zu verlassen. Es war eine erfundene Krise. Elena konnte das leere Penthouse nicht ertragen und bestand darauf, dass Alpha sie und ihre Mutter in ein abgelegenes Yogazentrum in den Berkshire Hills begleitete. Sie sagte, dass es ihm guttun würde und dass sie ihren Sohn vermisse und der Aufenthalt in diesem Zentrum notwendig sei für ihre geistige Gesundheit – aber ihre eigene Mutter würde sie wahnsinnig machen, wenn Alpha nicht als Puffer mitkäme.

Er hatte Schule, Abgabetermine für Hausarbeiten, Geheimbundstreiche, die er organisieren musste – all das war Elena egal. Er würde über Halloween für vier Tage in die Berkshire Hills fahren.

Eine Stunde vor seiner Abreise hielt Alpha beim Mittagessen in der Schulmensa Hof. »Könnt ihr euch mich dort vorstellen?«, fragte er. »Ich bin ungefähr der ungelenkigste Mann der Welt. Und da werden all diese fünfzigjährigen Frauen in Hotpants sein, die sich zu Brezeln verformen, und dann bin da ich, der sich nach seinen Zehen ausstreckt, als wären sie China. ›Hallo, ihr da! Ihr seid so weit weg. Ich komm nicht an euch ran! Könnt ihr mich überhaupt hören?‹«

»Ich denke, ein bisschen Meditation tut dir ganz gut«, sagte Elizabeth.

»Was? Du hältst mich für nervös?« Alpha lachte und tunkte eine Pommes in seine Limo. »Ich bin der Typ, der die Integralrechnungsarbeit und die Hausarbeit in europäischer Geschichte sausenlässt, ganz zu schweigen von der Vorabbewerbung für Harvard, die ich langsam fertig kriegen müsste, nur um Dehnübungen im Wald zu machen.«

»Ich mein ja nur. Es kann dir nicht schaden zu entspannen.«

»Du wirst schon sehen. Wenn ich zurückkomme, verströme ich aus allen Poren so Ultra-Yogatyp-Schwingungen. Diese Yogatypen sind unheimlich sexy. Du wirst absolut unfähig sein, meinem Charme zu widerstehen.«

Elizabeth schnaubte.

Frankie dachte: Alpha und Elizabeth haben Sex. Stört es Matthew, dass er und ich keinen Sex haben?

Und dann dachte sie: Er verlässt die Schule. Alpha verlässt die Schule.

»Rufst du an wegen der Halloweensache?«, fragte Callum.

»Sei still. Wir sind in der Mensa«, fuhr Alpha ihn an.

»Hast du zu viel Kaffee getrunken?«, beklagte sich Callum. »Mann, du bist ja total überdreht.«

»Nein«, sagte Alpha, womit er die ursprüngliche Frage beantwortete. »Ich kann nicht anrufen. Keine

Handys, kein Internet. Das ist ein Yogazentrum der alten Schule.«

Und Frankie dachte: Er kann noch nicht mal jemanden anrufen. Vier Tage lang von der Außenwelt abgeschnitten.

»Okay, und was machen wir dann?«, fragte Callum beharrlich weiter.

»Später«, sagte Matthew und sah auf sein Essen hinab.

»Du hast ein verdammt großes Maul, weißt du das?«

Callum lachte. »Ich weiß. Im wörtlichen Sinn. Frankie, willst du sehen, wie ich mir drei Toasties in den Mund stecke? Das kann ich echt.«

Dean nickte. »Stimmt, das kann er. Es ist ein wirklich abscheulicher Anblick.«

»Klar«, sagte Frankie und reichte ihm die beiden Hälften eines gerösteten Toasties, die auf ihrem Tablett lagen. »Willst du Butter dazu?«

Und dabei dachte sie: Vier Tage. Wenn das keine günstige Gelegenheit ist!

Aber wofür? Eine Gelegenheit wofür?

»Nee«, sagte Callum. »Mit Butter ist Beschiss. Dann sind sie ja fettiger. Die wahre Leistung ist, sie ohne die Hilfe von Butter reinzustopfen.«

»Im Yogazentrum«, sagte Alpha und warf Callum seine Toasties zu, »bringen sie dir bei, vier auf einmal in den Mund zu stecken. Jeden Morgen üben das alle beim Frühstück. Sie stecken vier auf einmal in den Mund und jeder, der es schafft, sie zu kauen und runterzuschlucken, ohne zu würgen, bekommt einen Preis.«

»Er ist ja so begeistert.« Elizabeth seufzte.

»Was für einen Preis?«, fragte Matthew.

»Oh, äh. Mal sehen, der Preis ist eine Art Zertifikat über die Toastieerleuchtung, und sobald du acht davon zusammenhast, bekommst du die Medaille des Toastiemeisters. Im Ernst. Die Yogalehrer schaffen alle sechs Stück. Und die schlucken sie ganz selbstverständlich jeden Morgen.«

Callum hatte sich die drei Toasties in den Mund gestopft und grunzte und zeigte auf sein Gesicht.

»Sehr gut«, sagte Frankie.

Und dachte: Eine Gelegenheit für den Halloweenstreich, das ist es.

»Das ist gar nichts!«, rief Alpha. »Habt ihr nicht zugehört? Wenn ich aus Yogaland zurück bin, werde ich diesen blöden Sportfanatiker toastiemäßig ausbooten. Wartet es ab.«

So viele Witze er auch darüber riss – und dies unter Einsatz sämtlicher Fähigkeiten zur Erhöhung seines Ansehens in Gestalt amüsanten Sich-selbst-Runtermachens: Das Alpha-Männchen war effektiv und effizient (wenn auch nur vorübergehend) von seiner Mama entmannt worden.

Frankie verspürte glühende Schadenfreude, die schnell in Aufregung umschlug. Sie verzog sich bald vom Mittagstisch und brachte Arties Schlüssel in den Eisenwarenladen, um jeden einzelnen nachmachen zu lassen. Dann stahl sie sich mit einer Viertelstunde Verspätung in die sechste Stunde, wo sie die Schlüssel mit einem entschuldigenden Lächeln in Trishs Rucksack fallen ließ, gerade rechtzeitig, dass Artie in der siebten Stunde der Kino-AG der Zwölftklässler Filme zeigen konnte.

In der Pause klappte Frankie ihren Laptop auf, ging online und richtete sich eine E-Mail-Adresse ein.

Pseudonym: deralphahund.

Was sie während Alphas Abwesenheit mit dieser E-Mail-Adresse anfangen wollte, war Frankie noch nicht ganz klar. Aber irgendetwas auf jeden Fall.

Irgendetwas Großes.

Irgendetwas für Halloween.

Sie musste sich schnell etwas einfallen lassen.

Als sie an diesem Abend um zwanzig nach neun ihren schlichten Baumwoll-BH auszog und ihr Schlafanzugoberteil überstreifte, bemerkte Frankie Trishs blauen spitzenbesetzten Bügel-BH, der auf dem Boden ihres Wohnheimzimmers lag.

Sie dachte: Was für ein alberner BH.

Und dann dachte sie: Aber er ist niedlich.

Es ist einfach nur so komisch, deine Brüste schick zu machen. Wo sie doch gar niemand zu Gesicht bekommt. Oder selbst wenn. Es ist irgendwie so würdelos, deine intimen Körperteile mit auffälliger Spitze zu schmücken, die du im Leben niemals an einer öffentlich sichtbaren Stelle deiner Kleidung tragen würdest.

Und dann dachte sie: Brüste.

Brüste sind irgendwie schon von Natur aus würdelos. Sie sind es, die mir den Zutritt zum Ehrenwerten Orden versperren. Stimmt, es sind meine Chromosomen und vielleicht auch noch andere Dinge, aber als Symbol für den Unterschied zwischen mir und diesen Jungen sind Brüste nicht das schlechteste Beispiel. Oder ein BH.

Da klopfte jemand. Frankie zog ihren Bademantel an und öffnete. Es war Artie mit Charles und John, zwei seiner AVT-Freunde. Sie waren eine einzige Pracht aus Geglitzer, Farbe und absurden Mengen Lippenstift. Alle drei trugen Frauenkleider.

»Hallo, ist Trish da?«, fragte Artie kichernd. »Wir probieren gerade unsere Kostüme für Halloween an. Ich brauche ihren Rat.«

»Sie ist in Mabels Zimmer und büffelt für den Geografietest«, sagte Frankie. Sie trat auf den Gang hinaus, um sie zu bewundern. »Ist die gemeinsame Studierzeit nicht bald rum? Ihr werdet jeden Moment hier rausgeworfen.«

»Oh, wir haben noch zehn Minuten«, sagte Artie. »Was sagst du? Wie sehen wir aus?«

Er drehte sich stolz einmal um die eigene Achse. Er trug Lackpumps, dicke Streifen Rouge auf seinen Wangenknochen und ein Abendkleid aus lila Taft.

»Was stellt ihr denn dar?«

»Was meinst du damit?«

»Als was habt ihr euch verkleidet? Seid ihr Sängerinnen oder so was?«

»Nein, nein. Einfach nur Mädchen«, antwortete Artie. »Stimmt's?« Er drehte sich zu seinen Freunden um, die nickten. »Einfach nur Mädchen.«

Sehen Mädchen für sie wirklich so aus?, fragte sich Frankie. Denn sie selbst hatte ihrer Meinung nach so wenig mit diesen glänzenden, flauschigen, lippenstiftbemalten Wesen gemeinsam, wie man sich nur vorstellen konnte. »Viel Glück damit.«

»Kann ich dich was fragen?«, sagte Charles.

»Klar.«

»Müssen wir uns die Beine rasieren? Ich habe mir doch extra eine schwarze Strumpfhose angezogen, damit das nicht nötig ist.«

»Musst du nicht«, erklärte Frankie. »Ich glaube kaum, dass du es auf eine realistische Darstellung abgesehen hast.« Er trug einen silbernen Minirock und Plateausohlen. Er war eins fünfundachtzig groß.

»O doch, das hab ich!«, rief er. »Ich will nicht, dass man meine Beinbehaarung sieht!«

»Dann musst du dich rasieren, Charles«, sagte Artie trocken. »Das habe ich dir doch schon gesagt.«

»Er wollte fragen, ob Trish ihm einen ihrer BHs leiht«, meldete sich John zu Wort, der ein schulterfreies rosa Ballkleid trug.

»Ich habe hier einen von Charlies Schwester«, erklärte Artie. »Aber das ist nur Körbchengröße A. Ich würde gern größere Wirkung erzielen.«

»Du kannst sie fragen«, sagte Frankie. »Mabel wohnt in Zimmer Nummer 209.«

»Oder könnte er einen von dir leihen?«, fragte John.

»Was für eine telligente Frage!«, sagte Frankie. »Glaubst du im Ernst, ich verleihe meine Unterwäsche?«

»Telligent?«, Artie kniff die Augen zusammen.
»Vernachlässigter Affirmativ von intelligent. Deine Frage ist nicht besonders intelligent, sie ist telligent. Als ob ich dir einen BH leihen würde!«

»Ach, komm«, bettelte John. »Nur bis Halloween.«

»Halt's Maul!«, sagte Artie. »Sie muss ja nicht. Ich kann einen von Trish bekommen.«

»Wenn ihr ein Bolerojäckchen überzieht«, sagte Frankie, »müsst ihr euch nicht die Achseln rasieren.«

»O nein! Die Achseln habe ich total vergessen!«, rief John.

»Ich auch!«, jammerte Charles, dessen Top nichts anderes war als ein Unterhemd. »Was ist ein Bolerojäckchen?«

»So eine ganz kurze Jacke«, erklärte Frankie.

»Es gibt so viele Mädchensachen, die wir nicht wissen!«, rief Charles. »Ich bin ja so froh, dass wir unsere Kostüme anprobiert haben. Das wäre sonst das totale Debakel geworden.«

»Auf geht's, meine Damen«, sagte Artie. »Wir müssen zu Zimmer 209 und mir einen BH organisieren.«

»Und ein Bolerojäckchen«, sagte John.

»Zwei Bolerojäckchen«, sagte Charles. »Ich will immer noch versuchen die Nacht rumzukriegen, ohne irgendwas rasieren zu müssen. Tschüs, Frankie!«

Frankie sah ihnen nach, wie sie auf wackligen Absätzen auf Mabels Zimmer zustaksten. Dann schloss sie die Tür hinter sich und klappte ihren Laptop auf.

Sie war sehr, sehr gehalten.

Und da war ihr Plan. Er war ausgefeilt und stand komplett fest, fast bis ins kleinste Detail. Er war ganz von selbst in ihrem Hinterkopf entstanden, während Artie und die Jungen über ihre Kostüme sprachen, hatte geduldig dort gewartet, bis sie gegangen waren, und breitete sich dann in ihrem Kopf aus.

Als Erstes googelte sie das Wort *Fallschirm*.

Wie man durch eine verschlossene Tür kommt

Ihr werdet euch erinnern, dass Frankie für ihre Arbeit in »Städte, Kunst und Protest« über den San Francisco Suicide Club und die Cacophony Society recherchiert und erste Entwürfe verfasst hatte. Santacon? Bräute im März? Clowns im Bus? Ihr erinnert euch.

Nachdem Frankie die E-Mail-Adresse eingerichtet hatte, schrieb sie einen ersten Entwurf des folgenden Abschnitts, der für ein vollkommenes Verständnis dessen, was als Nächstes passierte, von Nutzen ist:

Die Studenten der höheren Semester an der Technischen Universität Kalifornien schwänzen jedes Jahr an einem Tag die Vorlesungen und verlassen den Campus. Diese Tradition wird »Türmtag« genannt und hat sich von einem einfachen Streich, der der Universitätsverwaltung gespielt wurde, in ein kompliziertes Hin und Her verwandelt. Inzwischen sind aus denen, die ursprünglich den Streich gespielt haben (nämlich die höheren Semester, die schwänzten), *die geworden, denen der Streich gespielt* wird.
Es begann alles damit, dass die unteren Semester während der Abwesenheit der älteren Studenten in deren Zimmer einbrachen und ihre Schränke präparierten, Möbel umstellten oder

die Zimmer komplett ausräumten (vgl. Steinberg, If at All Possible, Involve a Cow: The Book of College Pranks, dt. »Wenn irgend möglich, bring eine Kuh ins Spiel. Das Buch der Collegestreiche«). Während die höheren Semester also Macht über die Universität ausübten, übten die unteren Semester Macht über die älteren Studenten aus. Aber die höheren Semester schlugen zurück. Sie fingen an ihre Türen zu blockieren. Da sie ja an einer Technischen Universität studierten, hörten sie auch schnell auf, sie einfach nur mit Möbeln zu verstellen, sondern verbarrikadierten sie mit Zement und großen Metallstücken. Sie präparierten die Türen mit Sand und Rasierschaum. Die unteren Semester revanchierten sich mit Kettensägen, Bolzenschneidern und Presslufthammern.

Sie drangen so oft in die Zimmer ein, dass die älteren Studenten auf etwas zurückgriffen, das Neil Steinberg die »Geschicklichkeitsbarrikade« nennt – sie stellen den unteren Semestern eine Aufgabe, die sie im Flur lösen müssen, bevor sie ins Zimmer kommen. Dies funktioniert auf Vertrauensbasis. Die Tür wird offen gelassen und die Studenten müssen einen Motor wieder zusammenbauen, die Systematik scheinbar zufällig von einem Synthesizer gespielter Töne entschlüsseln oder irgendein anderes äußerst kompliziertes Rätsel lösen, dessen Entwurf den Studenten (oder die Studentin) des höheren Semesters zweifellos mehrere Wochen gekostet hat.

Eine Weiterentwicklung war die von den höheren Semestern erfundene »Ehrenbarrikade«, die die jüngeren Studenten dazu aufforderte, rauszugehen und »sich auf ganz unterschiedliche kreative Arten selbst zu demütigen, die von einem zu Grunde liegenden Plan oder Szenario zusammengehalten wurden« (vgl. Steinberg, S. 150). Sie mussten nackt über den Campus rennen, ein Haus kaufen oder das Auto des Unisportleiters klauen.

Steinberg interpretiert diesen Kampf als symmetrisch: »Die unteren Semester wollen rein, während die älteren Studenten wollen, dass sie draußen bleiben« (S. 147). Aber meines Erachtens ist der interessanteste Aspekt am Türmtag die Art und Weise, wie die älteren Studenten von der Instanz fürs Streichespielen, indem sie die Vorlesungen schwänzten, zur Instanz wurden, der von den jüngeren Streiche gespielt wurden. Und dann wurden den jüngeren letzten Endes wieder häufig Streiche gespielt – durch die Barrikaden, die die älteren errichtet hatten.

Die Verwaltung wurde dabei unterwegs vergessen, bis die Ehrenbarrikaden ins Spiel kamen und es den älteren Studenten so gelang, die jüngeren dazu zu bringen, ihre gegen die Verwaltung gerichteten Streiche für sie zu übernehmen. Und so dachten die jüngeren Studenten zwar, sie führten die älteren an der Nase herum, indem sie sich Zugang zu ihren Zimmern verschafften, in Wirklichkeit führten sie jedoch die Universität selbst an der Nase herum, indem sie nackt durch die Gegend liefen, Autos klauten usw.

Diese Streiche ähneln den Aktionen des Suicide Club / der Cacophony Society darin, dass sie ein Symbol (eine verschlossene Tür, die Privatheit symbolisiert) neu definieren. Die verschlossene Tür eines höheren Semesters am Türmtag symbolisiert eine Herausforderung für den jüngeren Studenten (oder *die jüngere Studentin). Sie sagt:* »*Überwinde mich*« *oder* »*Trickse meinen Besitzer aus*«. *Wie die Mitglieder der Cacophony Society kritisieren die TU-Studenten eine altehrwürdige Institution (die Universität), indem sie ihre ungeschriebenen Regeln missachten: Du sollst bekleidet sein, du sollst deine Lehrer respektieren, du sollst nicht mit Kettensägen auf die Wohnheimzimmer deiner Kommilitonen losgehen.*

Halloween

Von: deralphahund@gmail.com
An: Porter Welsch [pw034@alabasteroberschule.edu],
Matthew Livingston [ml220@alabasteroberschule.edu],
Dean Enderby [deo88@alabasteroberschule.edu],
Callum Whitstone [cw165@alabasteroberschule.edu]
und 7 weitere ...
Betreff: Halloween. Geänderte Pläne.

Löscht das hier, sobald Ihr den Inhalt auswendig gelernt habt.
Löscht es auch vom Server, Ihr vierbeinigen Würstchen.
Kapiert? Gut.
Die Pläne für Halloween haben sich geändert. Der alte Plan ist zu dämlich. Wir brauchen einen groß angelegten Streich, der unserem Institut den sprichwörtlichen Schlag versetzt und gleichzeitig unsere Mitschüler unendlich amüsiert.
Jeder von Euch bekommt getrennte Anweisungen. Porter und Sam werden die gefährlichsten Teile unserer Mission ausführen, aber dies ist eine Operation von enormem Ausmaß und alle müssen sich beteiligen.
Einige von Euch werden sich eine Kletterausrüstung aus der neuen Sporthalle besorgen müssen und sich darauf vorbereiten, sie mit einem akzeptablen Maß an Geschicklichkeit zu benutzen.

Andere werden eine große Menge Damenunterwäsche in lustigen Farben und Formen erstehen müssen.

Wieder andere werden die Malutensilien aus dem Keller des alten Theaters holen und Schilder malen.

Ich habe Kopien aller Schlüssel, die Ihr für die Durchführung Eurer Operation benötigt, in einem Umschlag unter Livingstons Tür durchgeschoben.

Ach ja, und ich habe einen Fallschirm per Kurier an Enderby schicken lassen. Also vergiss nicht, nach der Post zu sehen, Rüde.

Alle anderen Einkäufe sollten diskret vonstattengehen. Bezahlt möglichst bar und verbrennt die Kassenzettel. Die Aufgaben, die die nötigen Interneteinkäufe umfassen, sind weitgehend auf diejenigen mit den unerschöpflichen Kreditkarten verteilt worden.

Lasst Euch nicht erwischen.

Der Name der Mission? Wir vertrauen auf die Damen.

Ende der Durchsage.

Bevor dieses Sendschreiben eintraf, war der Halloweenplan der Bassets verworren und unorganisiert gewesen. Die Mitglieder des Ehrenwerten Ordens hatten sich nicht einigen können, was lustig und was den Aufwand wert war.

Dean hatte vorgeschlagen, dass sie sich alle als Piraten verkleiden sollten – wurde aber überstimmt, weil Piraten vielleicht mal 2006 in gewesen waren und das außerdem kein Streich war. Alpha hatte vorgeschlagen, noch mal den Guppy anzumalen, aber Matthew kritisierte das als langweilig und zu unbassetmäßig. Sam meinte, man könne den Umriss eines riesigen Bassets in den Rasen des Schulhofs mähen, aber dagegen wurde eingewandt, dass niemand dieses Motiv erkennen würde und der Rasenmäher für eine verdeckte Operation zu viel Lärm machte. Callum hatte dafür plädiert, dreißig Kürbisse zu besorgen, mit Edding »Ehrenwerter Basset-Orden« darauf zu schreiben und sie dann vor der Tür zum Hauptgebäude aufzustapeln, um den Zugang zu versperren. Dies sollte um fünf Uhr morgens geschehen und würde später für eine Menge Aufruhr sorgen, wenn die Schüler zum Unterricht gehen wollten. Aber Alpha tat das als blöd ab, während Matthew argumentierte, dass die Putzkolonne die Kürbisse wegräumen würde, bevor irgendjemand sie bemerkte.

Schließlich wurde beschlossen, den Rasen auf dem Haupthof mit Gabeln zu bestecken (mit den Zinken nach oben), so dass die Gabeln von oben betrachtet den Satz VORSICHT VOR DEM BASSET ergaben. Sam und Porter wurde aufgetragen, mehrere Großpackungen Plastikgabeln aus dem *Front Porch* zu klauen. Sie und zwei weniger bedeutende (aber ältere) Ordensmitglieder sollten im Morgengrauen aufstehen und die Gabeln ins Gras spießen, während Tristan und Callum die Aktion von ihrem Wohnheimzimmer aus, dessen Fenster auf den Hof hinausging, beaufsichtigten.

Am Donnerstagmorgen allerdings, als Alpha nach Yogaland abgereist war, erhielten alle Bassets obige E-Mail, in der das Gabelspießen zu Gunsten von »Wir vertrauen auf die Damen« abgeblasen wurde. Außerdem erhielt jedes Mitglied des Ehrenwerten Ordens noch eine persönliche E-Mail, in der sein konkreter Auftrag detailliert beschrieben wurde.

Als die Schüler von Alabaster am Halloweenmorgen aufstanden, stellten sie fest, dass die Porträts der Schulleiter, literarischen Größen und Mitglieder des Direktoriums an den Wänden des Hauptgebäudes, des Naturwissenschaftsgebäudes und des Kulturzentrums mit farbenfrohen Büstenhaltern in unterschiedlichen Größen geschmückt worden waren. Der Schulgründer selbst trug einen rosa glänzenden Push-up-BH, während der letzte Schulleiter ein riesiges dunkelblaues Stützwäschestück trug. Dabei wurden keine Gemälde beschädigt; jeder BH war mit zwei wieder ablösbaren Tapestreifen auf dem gläsernen Bilderrahmen befestigt worden.

Eine kleine Nymphenstatue in der Nähe des Teichs trug einen praktischen Bügel-BH in Beige. Der Guppy trug einen BH der Körbchengröße A in scharfem Lila. Sogar der große Baum vor der Bibliothek war mit einem knallroten BH der Körbchengröße E aus dem Korb mit den Sonderangeboten von *Victoria's Secret* geschmückt worden. Das Etikett hing noch dran und flatterte leicht im Oktoberwind.

Die Kuppel der Hazelton-Bibliothek, die so stolz mitten auf dem Campus stand, war mit einem großen, hellbraunen Fallschirm versehen worden – einem derjenigen, die für nachmittägliche Aktivitäten und Kinderturngruppen gedacht sind. Der Scheitelpunkt der Kuppel in der Mitte des Fallschirms war rosa angemalt worden, und für den Fall, dass irgendjemand nicht begriff, was gemeint war, hing vor der Bibliothek ein großes handgemaltes Schild, auf dem stand: WIR VERTRAUEN AUF DIE DAMEN.

An jedem Schwarzen Brett auf dem Campus hing eine Nachricht, die bald als Kopie in allen Postfächern steckte, sowohl in denen der Schülerschaft als auch des Lehrkörpers.

Zur Halloween-Maskerade

Selbst die Toten unter Euch werden bemerken, dass sich unsere geschätzten Schulleiter und Mitglieder des Direktoriums – gemeinsam mit Mark Twain und den uninteressanten Wissenschaftlern, deren Porträts im Naturwissenschaftsgebäude hängen – genau wie der Baum vor Hazelton, der Guppy, die Nymphe, sogar die Kuppel selbst endlich auch zu Halloween verkleidet haben, nachdem sie die Feiern der Schüler jahrelang mit geradezu unverschämter Sehnsucht beobachtet haben.

Sie müssen nicht länger traurig aus der Beschränkung ihrer Rahmen und architektonischen Verankerungen herausschauen. Jetzt können sie mit uns feiern.

Wir vertrauen auf die Damen!

Happy Halloween.

Am Fuß der Seite war jede Nachricht mit einem Stempel versehen, der die Abbildung auf den Einladungen zur Golfplatzparty wiederholte: einem Basset mit Hängeohren.

Als Frankie Landau-Banks am Halloweenmorgen aufstand, hatte sie zwar von zehn Uhr abends bis kurz vor dem Frühstück im Bett gelegen, aber die ganze Nacht nicht geschlafen.

Ihre müden Augen zeigten unschuldige Überraschung, als das Porträt des zweiten Schulleiters von Alabaster, das im Eingangsbereich der Mensa hing, mit einem grellgelben wattierten BH in ihr Blickfeld geriet. Sie frühstückte mit Matthew und den anderen Bassets, die alle blass und schläfrig aussahen, aber zwischen denen eine deutlich wahrnehmbare (wenn auch unausgesprochene) Atmosphäre des Triumphs herrschte. Frankie fragte sich, ob irgendjemand von ihnen sie im Verdacht hatte. Einerseits wollte sie, dass sie es erfuhren, andererseits hoffte sie, dass sie es nie herausfinden würden.

Den ganzen Vormittag über gab es kein anderes Gesprächsthema. Als sie aus dem Geschichtsunterricht kam, holte Frankie Trish, Star und Claudia ein.

»Warum BHs, frage ich mich«, sagte Claudia gerade.

»Ooh, hast du diesen kleinen rosa Push-up-BH am Gründer der Schule gesehen? Der ist echt niedlich«, sagte Star. »Den würde ich auf jeden Fall auch tragen.«

»Ich glaube, damit machen sie sich über Frauen lustig«, sagte Trish. »Als wollten sie sagen: Guckt mal, wie dämlich diese alten Kerle in Wäsche aussehen, die Frauen täglich tragen.«

»Ich glaube, es geht eher um die Reduzierung auf den Objektstatus.« Claudia schüttelte den Kopf. »Sie haben die Bibliothekskuppel in eine riesige Brust verwandelt, so dass alle sie anstarren können. Die ganzen Typen haben heute Morgen in Mathe Busenwitze gerissen.«

»Das ist doch das Gleiche«, sagte Trish.

»Ich glaube nicht. Das eine ist die Reduzierung auf den Objektstatus und das andere ist Diskreditierung«, sagte Claudia, wie immer die Angeberin.

»Geht das nicht Hand in Hand?«

Frankie begann sich zu fragen, ob sie aus *Diskreditierung* ein IVA bilden konnte. *Kreditierung*: Hochachtung, Aufrechterhalten von Werten.

Vielleicht nicht.

»Ich finde es witzig!«, sagte Star. »Möglicherweise soll es einfach ausdrücken: Brüste sind großartig! Das sind sie nämlich. Ich wette, die Jungs wünschen sich im Geheimen, welche zu haben. Sie haben die Bibliothek in einen riesigen Göttinnenbusen verwandelt. Meint ihr nicht, dass es so sein könnte?«

»Könnte es nicht darauf hinweisen, dass es überhaupt keine Frauen auf den Gemälden hier auf dem Schulgelände gibt?«, sagte Frankie. »Könnte damit nicht die Frage aufgeworfen werden: ›Wo sind die Frauen, die diese BHs ausfüllen könnten?‹«

»Das stimmt auch!«, rief Star und schwang die Hüfte. »Die Nymphe ist das einzige Mädchen.«

»Wusstet ihr eigentlich«, fuhr Frankie so beiläufig wie möglich fort, »dass Mädchen zweiundfünfzig Prozent der Schülerschaft hier ausmachen, aber nur etwa zwanzig Prozent der höheren Verwaltung?«

»Oh, wow. Jetzt drehst du aber ab«, sagte Star.

»Halt die Klappe.« Das war Trish.

»Na ja, wer weiß schon solche Sachen?«, fragte Star.

»Es ist doch schräg, dass sie so was weiß.«

Frankie ignorierte die Beleidigung. Die anderen redeten über das, was sie getan hatte. Sie war glücklich, dass sie einfach über sie nachdachten, was auch immer sie für Meinungen hatten. »Ooh!«, rief sie, als wäre ihr gerade ein Gedanke gekommen. »Und was, wenn wir davon ausgehen, dass vielleicht all diese BH-tragenden Gründer und Schulleiter versuchen ihre weibliche Seite zu entdecken? Vielleicht ziehen sie sich wie so viele Typen an Halloween Frauenkleider an, weil das ihre einzige Chance ist, ein wenig von der Macht der Weiblichkeit zu erspüren?«

Claudia hob die Augenbrauen. »Das glaube ich nicht.«

»Aber in der Nachricht steht doch: ›Wir vertrauen auf die Damen‹«, beharrte Frankie.

»Ich glaube trotzdem, dass sie sich damit über uns lustig machen«, sagte Trish.

»Es lebe die Macht der Weiblichkeit!«, rief Star.

Die Büstenhalter blieben bis nach dem Mittagessen hängen, als die Putzkolonne ihre üblichen morgendlichen Aufgaben beendet hatte und begann sie abzunehmen.

Der Bibliotheksbusen (wie wir ihn künftig nennen wollen) blieb fast den ganzen Tag über dort oben, bis schließlich Arbeiter ausfindig gemacht waren, die über die nötige Ausrüstung verfügten, um aufs Dach zu steigen. Mit der Mittagspost bekam dann jedes Mitglied der Schulgemeinschaft Alabaster ein Exemplar der erwähnten Nachricht und alle fingen erneut an darüber zu reden.

Matthew war überaus vergnügt, bemerkte Frankie – auch wenn er ihr kein Wort über den Streich erzählte, abgesehen von seinem scheinheiligen Benehmen und seiner vorgetäuschten Bewunderung für den oder die Urheber.

Frankie war froh, dass er gehalten war.

Und sie ärgerte sich, dass er ihr nicht sagte, warum. Beides.

Eine Improvisation

Als Alpha Tesorieri am Sonntagabend wieder auf dem Schulgelände eintraf, versammelte sich der Ehrenwerte Orden zu einem kurzfristig einberufenen Treffen in der Dunkelheit bei der Brücke über den Teich. Frankie sah vom Wald aus zu.

Steif von vier Tagen Yoga leerte Alpha schnell eine große Tüte Kartoffelchips, während seine Hunde ihm Bericht erstatteten. Es war bemerkenswert, wie Alpha die Situation meisterte. Frankie hatte erwartet, dass er wütend auf sie werden würde, weil sie sich ihren Halloweenstreich angeeignet hatte. Sie hatte erwartet, Zeugin zu werden, wie er auf die Hunde schimpfen und einprügeln würde.

Sie hatte sich vorgestellt, dass sein Verdacht irgendwann auf jemanden außerhalb des Rudels fallen und er schließlich sie beschuldigen würde, wütend, aber in Bewunderung ihrer Genialität und Anerkennung ihrer geistigen Überlegenheit.

Aber das geschah nicht.

Obwohl Frankie klar war, dass Alpha zunächst nicht den leisesten Schimmer hatte, was über Halloween in Alabaster passiert war, spielte er während des Gesprächs jeden Ball, der auf ihn zukam, cool und jovial zurück.

»Rüde, ich bin so froh, dass du uns dazu gebracht hast, die Sache mit den Gabeln sausenzulassen«, sagte Sam. »Darauf war ich echt nicht besonders scharf.«

Alpha zögerte nur den Bruchteil einer Sekunde lang, bevor er sagte: »Das war einfach nicht gut genug.«

»Brillant«, sagte Matthew. »Echt, wirklich brillant. Du bist ein bösartiges Genie.«

Alpha klopfte ihm auf den Rücken. »Darauf hab ich's abgesehen. Ein bösartiges Genie zu sein.«

»Im Ernst«, fuhr Matthew fort. »Das hätte keiner besser hingekriegt.«

»Danke. Rüde, wir beide sollten uns nachher mal unterhalten.«

»Wo hast du denn den Fallschirm aufgetan?«, fragte Callum.

»Was?«

»Den Fallschirm.«

»Im Internet, wo sonst?«, antwortete Alpha.

»Die E-Mails waren große Klasse«, sagte Dean. »Ich weiß nicht, warum wir da bisher nicht draufgekommen sind, Sachen über eine Mailingliste zu organisieren.«

»Und woher wusstest du, wo wir die BHs kaufen müssen, Rüde?«, fragte Callum.

Alpha improvisierte. »BHs? Du meinst, BHs?« Er hielt sich die gewölbten Hände vor die Brust.

»BHs.«

Alphas Stimme verriet nichts von der Verwirrung, die er empfinden musste. »Hallo? Ich hab schließlich eine Freundin. Aber keine Sorge. Ich hab es aus ihr rausgekriegt, ohne dass sie den leisesten Verdacht geschöpft hat.«

»Dieser Brief war genial.« Dean schüttelte den Kopf.

»Hat er dir gefallen?« Er versuchte an mehr Informationen zu gelangen.

»Allerdings. ›Wir vertrauen auf die Damen!‹«

»Ich hab ihn geschrieben, bevor ich weggefahren bin.«

»Wie bist du an die Schlüssel zur Sporthalle gekommen?«, wollte Sam wissen.

»Oh, ich hab da meine Möglichkeiten. Meine geheimen Kontakte.«

»Porter hat sein Leben riskiert da oben auf dem Dach.«

»Hey, Porter. Hast dich als der Krone würdig erwiesen, das war ganz groß.«

»Alpha«, rief Porter. »Ich hab eine Frage …«

»Rüden!«, unterbrach Alpha. »Ich muss eine Menge Entbehrungen auf dem Kaloriensektor wettmachen und ich habe Elizabeth vier Tage nicht gesehen. Können wir das hier jetzt unterbrechen, wenn es nichts Konkretes zu besprechen gibt? Ich lasse von mir hören.«

»Ja, o du König der Bassets.«

Frankie saß etwa drei Meter hinter ihnen in der Dunkelheit auf ihrem Pullover. Sie rührte sich nicht, bis alle davongegangen waren.

Sie hätte wissen müssen, dass das passieren würde. Wieso hatte sie das nicht vorhergesehen?

Alpha heimste die Lorbeeren ein.

Nun gut, wenn er das Spiel so spielen wollte, würde sie den Einsatz erhöhen.

Die folgenden E-Mails

Von: deralphahund@gmail.com
An: Alessandro Tesorieri [at114@alabasteroberschule.edu]
Du kannst Dich gut verstellen, Alessandro. Man hätte beinahe glauben können, Du hättest gestern Abend gewusst, was mit den BHs passiert ist. Und mit dem Fallschirm.

Von: Alessandro Tesorieri [at114@alabasteroberschule.edu]
An: deralphahund@gmail.com
Verdammt, was soll das, Du identitätsraubendes Mitglied meines eigenen Rudels?

Von: deralphahund@gmail.com
An: Alessandro Tesorieri [at114@alabasteroberschule.edu]
Ich hab Dich doch gut aussehen lassen.

Von: Alessandro Tesorieri [at114@alabasteroberschule.edu]
An: deralphahund@gmail.com
Leck mich am Arsch!

Von: deralphahund@gmail.com
An: Alessandro Tesorieri [at114@alabasteroberschule.edu]
Sei vorsichtig mit Deinen Wünschen. Vielleicht schnapp ich

dann nämlich zu und meine Bisse sind schlimmer als mein Bellen.

Von: Alessandro Tesorieri [at114@alabasteroberschule.edu]
An: deralphahund@gmail.com
Was willst Du von mir?

Von: deralphahund@gmail.com
An: Alessandro Tesorieri [at114@alabasteroberschule.edu]
Wart's ab.

Von: Alessandro Tesorieri [at114@alabasteroberschule.edu]
An: deralphahund@gmail.com
Sam, Du machthungriges Weichei.

Von: deralphahund@gmail.com
An: Alessandro Tesorieri [at114@alabasteroberschule.edu]
Stimmt, Sam ist ein machthungriges Weichei.
Aber ich bin nicht er.

Von: Alessandro Tesorieri [at114@alabasteroberschule.edu]
An: deralphahund@gmail.com
Elizabeth, wenn Du das bist, heißt das, dass Du in meinen privaten Unterlagen herumgeschnüffelt hast, und das heißt: Du bist nicht mehr meine Freundin.

Von: deralphahund@gmail.com
An: Alessandro Tesorieri [at114@alabasteroberschule.edu]
Die Wölfin hat nicht in Deinen privaten Unterlagen herumgeschnüffelt.

Von: Alessandro Tesorieri [at114@alabasteroberschule.edu]
An: deralphahund@gmail.com
Du bist mein Double, oder was?

Von: deralphahund@gmail.com
An: Alessandro Tesorieri [at114@alabasteroberschule.edu]
Double: Kommt aus dem Französischen und heißt Doppel.
Das bedeutet Ebenbild, Alessandro. Oder Doppelgänger.
Aber ich? Ich bin unsichtbar, und wenn Du mich zu Gesicht bekommst, sehe ich überhaupt nicht aus wie Du.
Also, nein. Ich bin nicht Dein Double.

Von: Alessandro Tesorieri [at114@alabasteroberschule.edu]
An: deralphahund@gmail.com
Wie siehst Du denn aus?

Von: deralphahund@gmail.com
An: Alessandro Tesorieri [at114@alabasteroberschule.edu]
Besser als Du, Alessandro. Und ich habe eine coolere E-Mail-Adresse.

Von: Alessandro Tesorieri [at114@alabasteroberschule.edu]
An: deralphahund@gmail.com
Nenn mich nicht Alessandro oder das geht übel aus.

Von: deralphahund@gmail.com
An: Alessandro Tesorieri [at114@alabasteroberschule.edu]
Oh, darf ich Dich dann Alice nennen?

Von: Alessandro Tesorieri [at114@alabasteroberschule.edu]
An: deralphahund@gmail.com
Den Ehrenwerten Orden gibt es seit den Vierzigerjahren. Die Könige der Bassets werden von den Königen des Vorjahres ausgewählt. So wurde es immer gemacht. Das sind die Regeln. Wenn Du nicht glücklich damit bist, wie die Treffen ablaufen, sprich mit mir oder Livingston darüber.
Wir hören uns an, was Du zu sagen hast.

Von: deralphahund@gmail.com
An: Alessandro Tesorieri [at114@alabasteroberschule.edu]
Du kennst ja noch nicht mal die Fakten. Den Ehrenwerten Orden gibt es seit 1951 und seine Gründer waren Henry Connelly, Davie Kennedy und Clayton Hardewick. Ihre erste Aktion war es, den Guppy zu entführen und anschließend im Keller von Hardewicks Mutter einzuschließen. Sie haben ihn nicht vor ihrem Schulabschluss zurückgegeben.
Sie haben alles in einem Buch festgehalten. *Die unrühmliche Geschichte des Ehrenwerten Basset-Ordens.*

Von: Alessandro Tesorieri [at114@alabasteroberschule.edu]
An: deralphahund@gmail.com
Ich weiß bereits von dieser Geschichte. Sam ist ein Erbe. Sein Vater hat ihm davon erzählt und er hat es mir erzählt. Sobald wir sie gefunden haben, werden wir sie mit dem ganzen Rudel teilen.

Von: deralphahund@gmail.com
An: Alessandro Tesorieri [at114@alabasteroberschule.edu]
Sie liegt gerade vor mir.

Von: Alessandro Tesorieri [at114@alabasteroberschule.edu]
An: deralphahund@gmail.com
Wer immer Du bist, dieses Buch ist nicht Dein rechtmäßiges Eigentum. Es gehört den Bassets. Dem Kollektiv, nicht einem einzelnen Mitglied. Hat der Orden Dir nicht gute Dienste geleistet? Denk an Deinen Treueschwur.

Von: deralphahund@gmail.com
An: Alessandro Tesorieri [at114@alabasteroberschule.edu]
Wenn ich einen Treueschwur geleistet haben sollte, ist mir das entfallen.

Von: Alessandro Tesorieri [at114@alabasteroberschule.edu]
An: deralphahund@gmail.com
Frankie Landau-Banks. Hab ich Recht?
Ich wusste, dass Du neulich da oben auf dem Witwenausguck nichts Gutes im Schilde geführt hast.

Von: deralphahund@gmail.com
An: Alessandro Tesorieri [at114@alabasteroberschule.edu]
Glaubst Du im Ernst, ich wäre Livingstons kleine Freundin? Hör auf mich zu beleidigen oder es wird Dir leidtun. Versuch's noch mal, Du Idiot.
Und wenn Du so sauer bist, warum erzählst Du dann Livingston nicht, was los ist?

Von: Alessandro Tesorieri [at114@alabasteroberschule.edu]
An: deralphahund@gmail.com
Du weißt genau, warum ich es Livingston nicht erzähle.

Von: deralphahund@gmail.com
An: Alessandro Tesorieri [at114@alabasteroberschule.edu]
Ja, das weiß ich.

Von: Alessandro Tesorieri [at114@alabasteroberschule.edu]
An: deralphahund@gmail.com
Sag mir bitte, dass Du nicht Livingston bist. Matthew würde so was nie tun.

Von: deralphahund@gmail.com
An: Alessandro Tesorieri [at114@alabasteroberschule.edu]
Ich bin nicht Livingston.

Von: Alessandro Tesorieri [at114@alabasteroberschule.edu]
An: deralphahund@gmail.com
Ich will das Buch haben, Du maskierter Irrer.

(Darauf antwortete Frankie nicht.)

Von: Alessandro Tesorieri [at114@alabasteroberschule.edu]
An: deralphahund@gmail.com
Hast Du meine letzte Mail bekommen? Ich will das Buch. Was hältst Du von einem Tauschhandel?

(Keine Antwort.)

Von: Alessandro Tesorieri [at114@alabasteroberschule.edu]
An: deralphahund@gmail.com
Was kann ich Dir im Tausch für das Buch anbieten? Es muss

doch irgendwas geben, was Du haben willst, sonst hättest Du mir nicht gesagt, dass Du es hast.

(Keine Antwort.)

Von: Alessandro Tesorieri [at114@alabasteroberschule.edu]
An: deralphahund@gmail.com
Ich will dieses Buch haben, Du Psychopath.

(Keine Antwort.)

Was kostet der Wauwau da im Fenster?

Hazelton UGII/16 war eine Tür im zweiten Untergeschoss der Bibliothek. Mit keinem von Arties AVT-Schlüsseln gelangte man in das System von Versorgungstunneln, die unter den Gebäuden von Alabaster verliefen; Frankie hatte es an jeder Tür, die sie kannte, probiert. Aber der Schlüssel vom hinteren Innendeckel der *Unrühmlichen Geschichte* passte perfekt und zur Mittagszeit am Montag nach Alphas Rückkehr betrat Frankie allein die Tunnel.

Ein Eintrag in der *Geschichte* von 1963 erklärte, dass die Dampftunnel von Alabaster unter dem gesamten Campus verliefen und es diverse Sackgassen gab, vereinzelte Einstiegsschächte, verschlossene Türen und heiße Heizungsrohre, die die Wände säumten. Nur Hausmeistern und Handwerkern war der Zutritt gestattet. Ein Basset namens Shelby Dexter hatte dem Hausmeister der Bibliothek, den er bei der Arbeit schlafend angetroffen hatte, diesen Schlüssel stibitzt und seitdem war der kostbare Besitz an jeden folgenden König der Bassets weitergegeben worden.

1965 behaupteten mehrere Bassets, Mädchen einer nahen Schule während einer Tanzveranstaltung in die Tunnel gebracht zu haben, um dort Leidenschaften zu frönen, die für öffentliche Orte unangemessen waren. 1967 richtete ein unternehmungslustiger König, der über eine große Menge Geld, aber nur minimales Wissen über Wein verfügte, einen beachtlichen Weinkeller in den Gängen ein – nur um festzustellen, dass nach kurzer Zeit alle Flaschen überhitzt waren und ihr Inhalt verdorben war. 1968 starteten die Mitglieder des Ehrenwerten Ordens eine systematische Unterwanderung aller Gebäude, die sie durch die Tunnel erreichen konnten, und malten eine Woche lang jede Nacht das Basset-Logo auf die Tafeln der gesamten Schule. In den frühen Siebzigern, während der Zeit, in der die Bassets das Marihuanarauchen am intensivsten praktiziert hatten, hing in den Tunneln der süße und stechende Geruch kalten Grasrauchs und 1975, als Frankies Vater ein Basset gewesen war, hatten die Ordensmitglieder mehrmals heimlich die Baustelle des neuen Naturwissenschaftsgebäudes betreten und jedes Mal diverse Stoffbassets an gut sichtbaren Plätzen zurückgelassen.

Die Herbstluft war kalt und die Heizungen in Alabaster liefen bereits, als Frankie zum ersten Mal die Tunnel erforschte. Sie hatte eine Taschenlampe dabei, um keine Lichtschalter betätigen zu müssen, aber innerhalb von Minuten schwitzte sie so stark, dass sie wieder umkehren musste. Später am Abend kam sie zurück und trug ein Tanktop und Shorts unter ihren Kleidern. In der Tasche hatte sie einen Kompass und ein Knäuel Schnur.

Sie schlang die Schnur um einen Wasserhahn an einem Rohr in der Nähe der Tür und verknotete sie, dann knipste sie ihre Taschenlampe an und ging schnell den Gang entlang, wobei sie die Schauer, die ihr den Rücken hinunterliefen, ignorierte und sich ins Gedächtnis rief, dass sie nicht beobachtet wurde.

Es war nur das Panopticon, das ihr dieses Gefühl von Paranoia verlieh, sagte sie sich. Das und dazu die Schuldgefühle, weil sie ihren Freund seit dem Tag, an dem sie ihm zum ersten Mal gefolgt war, systematisch anlog.

Der Tunnel führte Frankie unter Hazelton hindurch – und dann, schätzte sie, unter den Schulhof. Es gab mehrere Kreuzungen, und viele Abzweigungen, die sie nahm, endeten in Sackgassen. Es gab außerdem relativ wenig gerade Strecken – die Wege beschrieben Kurven und bogen im rechten Winkel ab. Um sich nicht hoffnungslos zu verirren, war Frankie auf die Schnur angewiesen, die sie immer weiter abrollte.

Viele der Türen und Falltüren waren mit Schildchen versehen, auf die mit schwarzem Filzstift inoffizielle Beschriftungen gekritzelt worden waren, wahrscheinlich von einer Reihe von Hausmeistern im Laufe der Jahre. Frankie fand die Naturwissenschaftsgebäude, das Kulturzentrum, die Schulmensa und so weiter – aber alle Türen waren fest verschlossen.

Es dauerte beinahe zwei Stunden, bis sie eine Tür fand, die sich öffnen ließ. Als sie schließlich darauf stieß, wusste sie jedoch, dass sie einen Treffer gelandet hatte: Die Tür führte ins zweite Untergeschoss der alten Sporthalle. Sie konnte das Chlor riechen, das die Wände getränkt hatte, obwohl das Schwimmbecken hier bereits seit einem Jahrzehnt nicht mehr benutzt wurde.

Nachdem sie die Schnur fest an die Türklinke gebunden hatte, stieg Frankie mit niedrig gehaltener Taschenlampe die Treppe vom zweiten Untergeschoss unter dem Becken hinauf in den eigentlichen Keller und von da aus ins Erdgeschoss. Dort gab es zwei große Säle, beide mit Sporthallenböden und Basketballfeldern. Die Halle maß zwei Stockwerke und die Fenster lagen außergewöhnlich weit oben.

Frankie fand den Hausmeisterraum.

Sie ging die Treppe hoch.

Im Obergeschoss lagen die Umkleidekabinen für Mädchen und Jungen und ein Kraftraum. Der Flur wurde von Fenstern gesäumt, die auf eins der Jungenwohnheime hinausgingen.

Frankie sah sich nach Steckdosen um. Sie schaltete das Licht ein, um sicherzugehen, dass es noch immer Strom gab.

Es war halb zwei Uhr nachts.

Um Viertel nach zwei war sie der Schnur zurück bis nach Hazelton gefolgt, durch ein offen gelassenes Kellerfenster hinausgeklettert, hatte Trish auf ihrem Handy angerufen und war durch die Küchentür im ersten Stock ihres Wohnheims eingelassen worden.

»Ich hoffe, du verhütest«, flüsterte Trish mürrisch, als sie wieder ins Bett kroch.

Frankie nickte.

»Im Moment siehst du allerdings furchtbar aus«, fügte Trish hinzu. »Ist alles in Ordnung?«

»Klar.«

»Ehrlich? Was verschweigst du mir?«

Es gab so viel, was Frankie ihr verschwieg. Wo sollte sie anfangen? »Matthew und ich haben uns gestritten«, log sie. »Wir haben uns wieder vertragen, aber es war ganz schön heftig. Ich wollte alles jetzt gerade noch aufschreiben, um meine Gedanken zu ordnen.« Sie stöpselte ihren Laptop aus und nahm ihn mit ins Bett. »Das Licht vom Computer stört dich doch nicht, oder?«

»Nein. Ich schlafe schon fast«, murmelte Trish. »Tut mir leid, dass ihr Zoff hattet.«

»Schon gut.«

Frankie weckte den Computer auf und überprüfte die WLAN-Verbindung. Ihr tat jeder Knochen im Körper weh, aber sie war hellwach. Sie musste noch dreizehn E-Mails schreiben.

Vier Tage später wurden die Fenster der alten Sporthalle – sowohl die hoch gelegenen in den Hallen mit den Basketballfeldern im Erdgeschoss als auch die im Obergeschoss bei den Umkleidekabinen – ab fünf Uhr nachmittags von zwölf gut einen halben Meter hohen Plastikbassets mit Weihnachtsmannmützen illuminiert, die ursprünglich als Weihnachtsschmuck für den Garten gedacht waren. Sie leuchteten von innen.

Sie stammten von www.weihnachtstiere.com und jeder von ihnen war von einem Mitglied des Ehrenwerten Ordens bestellt und ihm geliefert worden. Verlängerungskabel hatten die Jungen genauso wie Taschenlampen online erworben. Der Schlüssel zum zweiten Untergeschoss der Hazelton-Bibliothek war nachgemacht und von Alpha Tesorieri in seinem Postfach gefunden worden, woraufhin er genau das tat, wozu Frankie ihn angewiesen hatte, und seine Mitstreiter am Tag des Projekts um halb fünf Uhr früh hinunter in den Keller führte. Die Bassets folgten der Schnur, die Frankie für sie hängen gelassen hatte, durch dampfende dunkle Gänge bis zur alten Sporthalle, wo sie den Hausmeisterraum mit einer Zange aufbrachen, die extra hohe Leiter daraus aufklappten und das Aufstellen der Basset-Weihnachtslichter in allen Fenstern überwachten.

Porter wurde beauftragt, Übelkeit vorzutäuschen, das Lacrossetraining ausfallen zu lassen und kurz vor Einbruch der Dämmerung durch die Dampftunnel zurück in die Sporthalle zu gehen. Dort schaltete er alles an.

Als die Schüler von Alabaster nach dem Training über das Schulgelände schlenderten und sich nach und nach auf den Weg zum Abendessen in die Mensa machten, versammelte sich eine Gruppe von Leuten vor der alten Sporthalle. Sie starrten die dämlich aussehenden Hunde an, die im schwächer werdenden Licht leuchteten.

Frankie war gerade losgegangen, um Matthew vom Fußballtraining abzuholen, als sie die Menge bemerkte. Sie hatte natürlich mit den Hunden gerechnet, aber es war ihr nicht in den Sinn gekommen, dass sich die Leute vor dem Gebäude scharen würden. Sie blieb stehen und schlang ihre Strickjacke fester um sich.

»Der Hammer, was? Wie sind sie da reingekommen?«

Star unterhielt sich mit Claudia.

»Ich weiß nicht; seit sich vor Jahren ein paar Zwölftklässler reingeschlichen haben, ist es verrammelt. Das hat mir mein Bruder erzählt.«

»Soll die Halle nicht eigentlich renoviert werden?«

»Mein Bruder sagt, sie ist asbestverseucht«, sagte Claudia naserümpfend.

»Es ist, als würden uns diese Hunde beobachten«, sagte Star. »Findest du das nicht auch unheimlich?«

Claudia zuckte mit den Achseln. »Ich denke, wer immer das gemacht hat, findet, das Schulgelände hat ein bisschen Deko nötig. Also, die Bilder brauchten Rüschen-BHs und die alte Sporthalle braucht Weihnachtsbeleuchtung.«

»Vielleicht.«

»War auf der Einladung, die wir zur Golfplatzparty bekommen haben, nicht auch ein Basset, genau wie auf dem Halloweenbrief?«

»Ich hab gehört, dass es eine Art Geheimbund ist, der das alles macht«, sagte Star. »Das hat mir zumindest Ash erzählt.«

»Echt?«

»Ja, offenbar gibt's den schon ganz lange und niemand weiß, wer dort Mitglied ist.«

»Aber hatte Dean nicht was mit dieser Party zu tun?«

Star sagte mürrisch: »Ich will nicht über Dean reden.«

»Aber war er nicht dabei?«

»Ich weiß es nicht. Er hat mir nie irgendetwas erzählt.«

Claudia schüttelte den Kopf. »Ich glaube nicht, dass er schlau genug für so was ist.«

»Was soll das heißen?«, sagte Star giftig. »Er bewirbt sich um die vorzeitige Aufnahme in Princeton.«

»Ja, aber so was würde ihm nie einfallen«, sagte Claudia nachdenklich. »Oder? Dafür hätte er überhaupt nicht genug Motivation.«

»Ich habe dir doch gesagt, dass ich nicht über ihn reden will.«

Frankie sprach nicht mit Star – oder sonst jemandem. Sie stand einfach nur begeistert da und hörte vierundfünfzig Schülern und drei Lehrern dabei zu, wie sie diskutierten, spekulierten und sich wunderten.

Über etwas, das sie getan hatte.

Etwas, das sie geschehen lassen hatte.

Ein schmachvoller Herbst

Im November erlebte der Ehrenwerte Basset-Orden einen Anstieg an Aktivität, der alles übertraf, was er seit 1968 geschafft hatte. Hinter allen Aktionen stand deralphahund@gmail.com. Alle Ideen wurden Alpha zugeschrieben, der geheimnisvolles Stillschweigen hinsichtlich seiner Methoden wahrte und zunehmend Zeit mit Elizabeth verbrachte, was beinahe so aussah, als ginge er seinen Mitbassets – und Matthew im Besonderen – aus dem Weg.

Vieles von dem, was Schulleiter Richmond später als »Untaten« bezeichnen sollte, waren Ideen, die Frankie aus der *Unrühmlichen Geschichte* ausgegraben hatte. Sie gab »zeichnen« und »Bassets« bei Google ein und stieß auf einen Onlinekurs, in dem man lernen konnte den Hund zu malen. Sie brachte alle Ordensmitglieder dazu, einen Basset zeichnen zu lernen. Anschließend betraten sie nachts mit Hilfe der Kopien von Arties Schlüsseln verschlossene Gebäude und malten großformatige Hunde auf alle Tafeln.

Sie brachte diejenigen mit den unerschöpflichen Kreditkarten dazu, eine große Anzahl Stoffbassets zu kaufen, die dann, Kopf an Schwanz, in einer langen Reihe vom

Hauptgebäude bis zu einem Hydranten mitten auf dem Hof aufgestellt wurden. (Sie hatte die Entfernung sorgfältig gemessen, um sicherzugehen, dass genug Stofftiere angeschafft wurden.)

Eine größere Sache war die Nacht der tausend Hunde, für die allen Zwölftklässlern eine große Hundemaske aus Gummi geschickt wurde. Es waren keine Bassets dabei – es hatte sich herausgestellt, dass es für Masken kleinerer Hunde keinen Markt gab. Stattdessen gab es Bulldoggen, Deutsche Doggen, Rottweiler und Schäferhunde. Sie wurden von den Jungen auf dreißig verschiedenen Internetseiten bestellt. Anschließend wurden Anweisungen herumgemailt, woraufhin die zwölfte Klasse ihre Hundemasken beim Herbstkonzert an einem Freitagabend trug (abgesehen von einigen wenigen verklemmten Mitgliedern der Schülermitverwaltung und den Chormitgliedern).

Als der Augenblick gekommen war, in dem die gesamte Schule sang – »'tis a gift to be simple«, gefolgt von »This land is your land« –, hoben die Hunde die Nasen zum Himmel und jaulten. Einer von ihnen hielt ein Schild hoch, auf dem stand:

Wir teilen hiermit in aller Form mit, dass unserer kollektiven Meinung nach Folk Music scheiße ist.

Das Konzert endete vorzeitig.

Von: Alessandro Tesorieri [at114@alabasteroberschule.edu]
An: deralphahund@gmail.com
Hallo, Du Psychopath,
einige der Hunde fragen mich, warum ich die Verwaltung schikaniere. Eine Reihe aus Stofftieren ist eine Sache, aber wenn Du anfängst Dich mit den Chorleitern anzulegen, machst Du Dir Feinde.
Ich möchte dafür nicht angegriffen werden.

Von: deralphahund@gmail.com
An: Alessandro Tesorieri [at114@alabasteroberschule.edu]
Keine Panik. 96 % der Zwölftklässler haben mitgemacht. Die gesamte Schule steht unter Strom.
Übrigens weiß ich, dass Du meiner Meinung bist, was Folk angeht.

Von: Alessandro Tesorieri [at114@alabasteroberschule.edu]
An: deralphahund@gmail.com
Ich will, dass Du damit aufhörst – und zwar sofort.

Von: deralphahund@gmail.com
An: Alessandro Tesorieri [at114@alabasteroberschule.edu]
Nein.

Von: Alessandro Tesorieri [at114@alabasteroberschule.edu]
An: deralphahund@gmail.com
Ich darf keinen Ärger bekommen deswegen. Ich kann es mir nicht leisten, ernsthaften Ärger deswegen zu bekommen.

Von: deralphahund@gmail.com
An: Alessandro Tesorieri [at114@alabasteroberschule.edu]
Du wirst keinen Ärger bekommen, solange Du Dich nicht blöd anstellst. Alle Spuren sind gut verwischt.

Von: Alessandro Tesorieri [at114@alabasteroberschule.edu]
An: deralphahund@gmail.com
Ich springe nicht mehr, wenn Du sagst, ich soll springen.

Von: deralphahund@gmail.com
An: Alessandro Tesorieri [at114@alabasteroberschule.edu]
Willst Du den Hunden sagen, dass Du nicht der Typ bist, für den sie Dich halten?
Richmond alles erzählen und alle Hunde reinreißen, die getan haben, was Du ihnen gesagt hast?
Elizabeth zeigen, dass Du nicht der Mann bist, den sie zu lieben glaubt?

Von: Alessandro Tesorieri [at114@alabasteroberschule.edu]
An: deralphahund@gmail.com
Okay. Du hast mich drangekriegt. Natürlich nicht.
Aber ich will immer noch dieses Buch zurück, Du machthungriges Weichei.

Von: deralphahund@gmail.com
An: Alessandro Tesorieri [at114@alabasteroberschule.edu]
Der nächste Auftrag wird Dir gefallen, Alessandro. Das verspreche ich Dir.

Von: Alessandro Tesorieri [at114@alabasteroberschule.edu]
An: deralphahund@gmail.com
Warum tust Du das? Das leuchtet mir einfach nicht ein.

(Keine Antwort.)

Von: Alessandro Tesorieri [at114@alabasteroberschule.edu]
An: deralphahund@gmail.com
Du willst, dass ich ständig darüber nachdenke, stimmt's?

(Keine Antwort.)

Von: Alessandro Tesorieri [at114@alabasteroberschule.edu]
An: deralphahund@gmail.com
Aber was hat es für einen Sinn, mich dazu zu bringen, über Dich nachzudenken, wenn ich nicht weiß, wer Du bist?

(Keine Antwort.)

Von: Alessandro Tesorieri [at114@alabasteroberschule.edu]
An: deralphahund@gmail.com
Schreib gefälligst zurück! Wir führen hier schließlich ein Gespräch!

(Keine Antwort.)

Die Rebellion der eingemachten Roten Bete

Die Rebellion der eingemachten Roten Bete nahm ihren Anfang, als Schulleiter Richmond während der Morgenversammlung ankündigte, dass Sylvia Kargman, eine außergewöhnlich großzügige Ehemalige, Geschäftsführerin bei Viva (einem großen Limonadenkonzern) und Mutter dreier Söhne, von denen der mittlere (Jeff) derzeit Elftklässler in Alabaster war, einen Besuch angekündigt hatte, um vor der ganzen Schule einen Vortrag zum Thema: »Mach deine Träume wahr: Unverzichtbare Kenntnisse und Strategien für den Erfolg« zu halten. In seiner Ankündigung erwähnte Richmond, dass Ms Kargmans Unternehmen die Renovierung der Schulmensa »gesponsert« hatte.

»Jetzt weißt du auch, warum alle Getränkeautomaten von Viva sind«, murmelte Matthew, als sie die Versammlung verließen.

»Wirklich?« Das war Frankie bisher nicht aufgefallen.

»Klar. Vor zwei Jahren haben sie alle Coca-Cola- und Snapple-Automaten rausgeschmissen und ersetzt.«

»Und was ist mit dem Saftautomaten in der Sporthalle?«

»Lies mal das Kleingedruckte. Jumbo Juice ist ein Produkt des Viva-Konzerns. Das gesamte Schulgelände ist mit Werbung für das Unternehmen von Jeffs Mutter gepflastert.« (Jeff Kargman war weder ein Basset noch ein besonders guter Freund irgendeines Bassets. Er war vielmehr ein Mitglied der Allianz der Freak-Klubs, da er sowohl im Jugend-forscht-Klub als auch im Gartenbauklub aktiv war.)

»Und was gehört ihnen noch alles?«, fragte Frankie.

Matthew zuckte mit den Schultern. »Die Schülerzeitung hat damals einen Artikel gebracht, als die Schulmensa renoviert wurde. Viva besitzt nicht nur Jumbo Juice, sondern auch Swell-Käseerzeugnisse, NiceFood-Konserven und eine Firma, die Tiefkühlhamburger herstellt. Alles Sachen, die täglich in der Mensa verarbeitet werden. Wir haben versucht die Leute aufzurütteln, aber es ist nichts passiert. Das Gebäude hat jetzt zwar eine Klimaanlage und hübsche Dachfenster, aber das Essen ist immer noch miserabel und die Schule ist vertraglich verpflichtet, ich weiß nicht wie lange noch all diese industriell verarbeiteten Lebensmittel zu verwenden.«

»Und du hast über all das geschrieben und kein Mensch hat sich dafür interessiert?«

»Ich hab es gar nicht geschrieben. Einer der Älteren aus der Redaktion war das. Ich war damals erst in der Zehnten.«

»Und die Leute haben sich nicht beschwert oder rebelliert?«

Matthew legte den Arm um sie. »Ich bin jetzt seit fast zwei Jahren der Herausgeber und mache mir schon lange nicht mehr vor, dass irgendjemand die Schülerzeitung liest.«

»Ich lese sie.«

»Hast du sie auch gelesen, bevor wir uns kannten?«

»Nein.«

»Keiner liest sie. Es ist die Ironie meines Lebens: Die Tatsache, dass ich der Herausgeber der Schülerzeitung bin, wird mich aufs College bringen, aber kein Mensch interessiert sich auch nur im Geringsten dafür.«

»Gibt es deswegen keinen Salat?«

»In der Mensa? Es gibt Salat.«

»Na ja. Es gibt Kichererbsen und eingelegte Rote Bete. Und Paprikaoliven. Zada sagt, dass sie da in Berkeley so ein riesiges Salatbüffet mit, ich weiß nicht, Rucola, Tomaten, Avocados und Zuckererbsen haben. Und vielleicht zehn verschiedene Dressings.«

Aber Frankie merkte, dass Matthew ihr nicht zuhörte. Sein Blick war auf Steve gerichtet, der über den Hof auf sie zugerannt kam. »Rüde!«, brüllte Steve.

»Was denn?«

»Komm her, ich muss mit dir über Fußball reden. Tut mir leid, Frankie.«

»Okay. Süße, ich muss los.« Matthew küsste Frankie auf den Mund und ging weg.

Während der zweiten Unterrichtsstunde erfand Frankie heimlich die Gesellschaft für Gemüsebewusstsein, -verbreitung und -informationsvermittlung. Innerhalb von vierundzwanzig Stunden hatten die Mitglieder des Eh-

renwerten Ordens nach Frankies Anweisungen Aufkleber, Buttons und Flugblätter für den Nachmittag bestellt, an dem Sylvia Kargmans Vortrag stattfinden sollte. Der Tag ihres Besuchs wurde inoffiziell zum Tag des Gemüsebewusstseins erklärt. Jedes Schülerpostfach erhielt einen Button, in jedem Klo klebten Aufkleber und an jeden Nachrichtenblock an jeder Wohnheimzimmertür wurde eine Notiz geheftet. Auf den Buttons stand:
WO BIST DU, O BLUMENKOHL?
KETCHUP IST KEIN GEMÜSE.
ICH BIN GEMÜSEBEWUSST.

»Willkommen zur Rebellion der eingemachten Roten Bete« stand über der Notiz auf den Nachrichtenblöcken.

Heute werdet Ihr unwissentlich und möglicherweise unwillentlich an der
Rebellion der eingemachten Roten Bete
unter der Schirmherrschaft der
Gesellschaft für Gemüsebewusstsein, -verbreitung und -informationsvermittlung
teilnehmen, in der wir,
um es kurz zu machen,
ein Salatbüffet sowohl für das Mittag- als auch das Abendessen in der Schulmensa fordern.
Das aktuelle in Alabaster angebotene Gemüse ist eingemacht und/oder kraftlos. Genau genommen ist es welk und widerlich und daher kann von einem Salatbüffet nicht die Rede sein.

Viva nicht Viva, sondern das Gemüse!
Das geforderte Salatbüffet soll (regelmäßig) umfassen:
Kopfsalat und Spinat,
Blumenkohl oder Brokkoli,
Möhren oder Sellerie,
Tomaten,
Gurken,
ein Tagesgemüse,
vielleicht etwas Obst,
mindestens fünf Sorten Salatdressing und
diese lustigen speckartigen Würfel, die echter Speck sein mögen oder auch nicht. Wir sind bereit, uns dieser nichtpflanzlichen Zutat zum Salatbüffet gegenüber flexibel zu zeigen.

Die Produkte des Viva-Limonadenkonzerns belegen das Lebensmittelbudget der Schule mit Beschlag, weil Viva die Renovierung der Mensa finanziert hat.
Die Mensa ist sehr schön, aber
ihr fehlt der Salat.
Daher:
Auch wenn Ihr Euch einen $#%* für Salat interessiert, tragt heute Nachmittag beim Viva-Vortrag Eure Gemüsebuttons. Und wenn Ihr es nur tut, um uns eine Freude zu bereiten, so wie wir Euch in letzter Zeit Freude bereitet haben.

(keine Unterschrift, nur der Basset-Stempel, diesmal in fröhlich grüner Tinte)

Der Grad der Zustimmung überraschte sogar Frankie. Fast jeder Schüler trug einen Button oder stellte einen Aufkleber auf einem Block zur Schau. Der Vortrag der Viva-Managerin wurde respektvoll zur Kenntnis genommen, aber am Ende wurde ein an Ms Kargman adressierter Umschlag von Hand zu Hand nach vorne gereicht. Niemand wusste, woher er kam. Kargman nahm den Umschlag freundlich entgegen, öffnete ihn und fand einen Button: »Tagesgemüse!«

Verwirrt dankte sie der Schülerschaft und trug den Button stolz den ganzen Nachmittag über.

Kurz vor dem Mittagessen dann kam ein Wagen einer Cateringfirma aus Boston aufs Schulgelände gefahren und lieferte eine riesige Platte in der Eingangshalle des Hauptgebäudes ab. Als sie enthüllt wurde, entpuppte sich der Gegenstand darauf als eine 90 mal 120 Zentimeter große Darstellung eines Bassets, der komplett aus Gemüse bestand. Seine Augen unter den herabhängenden Lidern waren aus gegrillten Auberginen gemacht, seine Flecken aus sich überlappenden gebratenen Möhren und roten Paprikaschoten. Als weißes Fell diente knusprige Yambohne und das Ganze lag auf einem grünen Untergrund aus Gurke, Petersilie und Brokkoli. Unter dem Hund war eine kleine Nachricht: ISS MICH.

Schulleiter Richmond, dessen Büro im angrenzenden Flur lag, wurde gesehen, wie er – angespannt gut gelaunt – mehrere Stücke der linken Pfote des Bassets verspeiste.

Ms Kargman, der am nächsten Tag in der Rückschau

bewusst wurde, dass sie verspottet und kritisiert worden war, entschied sich für Schadensbegrenzung statt Beschwerde. Sie schickte prompt einen Scheck an den Schulleiter, dazu eine Nachricht, in der es hieß, dass die Ernährung der Schüler dem Viva-Konzern – und ihr persönlich – wichtig sei und sie sich freue, eine Spende überreichen zu können, um das Gebäude mit einem größeren Salatbüffet in der Mensa auszustatten. Außerdem verpflichtete sie sich, dieses bis zum Ende des Schuljahres mit frischem Gemüse zu bestücken.

Bei der Morgenversammlung in der nächsten Woche hielt Richmond eine langweilige Rede: Es gebe angemessene und unangemessene Formen, den Wunsch nach Veränderung in einer Gemeinschaft zum Ausdruck zu bringen, und es gebe angemessene und unangemessene Formen, seine künstlerische Veranlagung zum Ausdruck zu bringen; und beides seien unterschiedliche Arten des Ausdrucks, die ihren jeweils eigenen angemessenen Kontext hätten. Allerdings sollte keine davon beinhalten, in leer stehende Gebäude einzudringen, mit Elektrizität herumzuspielen, Gastdozenten zu verspotten oder im unpassenden Moment verderbliche Lebensmittel an öffentliche Orte liefern zu lassen.

Frankie verspürte ein unglaubliches Glücksgefühl, als Richmond seinen Text herunterleierte. Sie war beschäftigt – und ging zum ersten Mal wirklich in dem, was sie tat, auf. Vertieft ins Recherchieren für ihren Städtekurs über die Aktionen des Suicide Club und der Cacophony

Society, auf der Suche nach Seiten im Internet, wo sie die Bassets Postkarten, Aufkleber, Weihnachtsdekoration, Verlängerungskabel, Hunde aus Gemüse und Ähnliches bestellen lassen konnte, verspürte sie täglich eine Welle aus Begeisterung. Ihre früheren Interessen – Ultimate Frisbee, Modern Dance, Lesen und Debattieren – erschienen ihr im Vergleich dazu todlangweilig. Jetzt war sie die Oberbefehlshaberin eines Trupps älterer Jungen, die sie auf Abenteuer schickte, die Alabaster in seinen Grundfesten erschütterten.

An diesem Abend versetzte Matthew sie wegen eines Basset-Treffens und Frankie folgte ihm nicht einmal mehr – weil es ihr egal war.

Er dachte vielleicht, er hätte ein Geheimnis vor ihr, aber das hatte er nicht.

Er tat genau das, was sie ihm sagte.

Von: Alessandro Tesorieri [at114@alabasteroberschule.edu]
An: deralphahund@gmail.com
Du hattest Recht.
Das hat mir gefallen.
Aber Du bist trotzdem ein Psychopath.
Was willst Du?

Von: deralphahund@gmail.com
An: Alessandro Tesorieri [at114@alabasteroberschule.edu]
Ich bekomme genau das, was ich will.
Happy Thanksgiving.

PUSCHELHÄSCHENS RÜCKKEHR

Matthew war zum Thema Thanksgiving-Ferien verstummt. Als sie Anfang November darüber gesprochen hatten, hatte er Frankie gesagt, er würde nach Hause nach Boston fahren und mit seinen Eltern feiern. Sie hatte ihn eingeladen, sie am Freitag nach dem Feiertag besuchen zu kommen. »Rette mich vor Ruth«, erklärte Frankie in der Hoffnung, der Gedanke, ihr Retter zu sein, würde sein mangelndes Interesse an ihrer Familie ausgleichen. »Denn wenn ich vier Tage mit ihr allein sein muss, komme ich vielleicht geistesgestört zurück. Zada bleibt in Kalifornien.«

Matthew hatte Ja gesagt. Natürlich würde er sie retten kommen. Er würde runterfahren und sie mit nach New York ins Theater nehmen.

Aber seitdem hatte er nicht mehr davon gesprochen.

Und er sprach immer noch nicht davon, als die Ferien näher rückten.

»Kommst du mich denn nun retten?«, fragte sie ihn schließlich zwei Tage vorher. Sie saßen nach dem Abendessen in der Bibliothek. Matthew hatte Frankie drei Rollen Erdbeermentos gekauft und sie hatten sie alle drei geöffnet und die Bonbons zwischen sich in eine Reihe gelegt, während sie lernten. »Sonst macht mich meine Mutter wahnsinnig.«

»Wenn ich mich loseisen kann, auf jeden Fall«, sagte Matthew. »Alpha will zu dieser verrückten Alpinrutschbahn in West-Massachusetts.«

»Was ist das?«

»Er ist total durchgeknallt. Da rutscht man auf so Plastikdingern die Berge runter.«

Ein kalter Kloß bildete sich in Frankies Brust. »Kann ich nicht mitkommen?«, fragte sie.

»Oh, äh.« Matthew fuhr sich mit der Hand durch die Haare. »Das wäre super. Aber wie kämst du da hin?«

»Kannst du mich vielleicht abholen?«

»Am Donnerstagabend nicht; wir essen nie vor neun Uhr zu Abend.«

»Dann könnte ich am Freitagmorgen mit dem Bus nach Boston kommen.«

»Äh. Ich glaube, wir fahren früh los.«

»Könnt ihr nicht ein bisschen später losfahren?«

»Alpha sagt, dass man früh da sein muss.«

»Matthew.«

»Was?«

»Du bist also schon mit ihm verabredet.«

»Irgendwie schon.«

»Aber hatten wir nicht davon gesprochen, dass du am Freitag nach New Jersey kommen wolltest?«

»Ja.«

»Also hatte ich gedacht, du würdest mich wahrscheinlich besuchen.«

»Das hatte ich auch vor, ich ... und dann kam diese Idee auf und ich hab Alpha versprochen mitzufahren. Wir beide hatten ja noch nichts fest verabredet, oder?«

»Nein. Es ist ... ich werde dich vermissen.« Sie hatte das Gefühl, ihn nie für sich allein zu haben. Das Gefühl, dass sie immer in seiner Welt war und er nie in ihrer. Und hier war der Beweis: Egal wie vehement sie sich in seine Welt drängte – verdammt, sie organisierte inzwischen ganze Bereiche seines Lebens, auch wenn er das nicht wusste –, egal wie vehement sie hineindrängte, er konnte ihr immer noch eine Tür vor der Nase zuschlagen.

»Ich werde dich auch vermissen«, sagte Matthew und steckte ihr ein Erdbeermentos in den Mund. »Aber wir sehen uns Sonntagabend. Ruf mich an, sobald du wieder auf dem Campus bist.«

Frankie aß das Bonbon. Die Berührung seiner Finger auf ihren Lippen lenkte sie ab. Er hatte ihr schließlich Erdbeermentos mitgebracht.

Reichte das etwa nicht?

Matthew stand auf, um aufs Klo zu gehen, und während er weg war, sah Frankie in seinen Rucksack. Sie wusste, dass das nicht richtig war. Aber sie hatte das Gefühl, dass er ihr entglitt. Zwei Schulhefte – Integralrechnung und japanische Geschichte. Mehrere Stifte, Textmarker eingeschlossen. Drei Schokoladenverpackungen und eine Rolle Vierteldollarmünzen. Ein noch ungeöffneter Brief von seiner Mutter. Ein Hustenbonbon. Eine Reihe alter Zettel: ein Schulkalender von Oktober, eine Liste der

Wahlfächer mit freien Plätzen, eine Mitteilung über das Abschreiben. Und ein Ausdruck.

In Matthews Rucksack steckte ein Ausdruck der E-Mails zwischen Frankie und Porter, der so weit reichte:

Von: Porter Welsch [pwo34@alabasteroberschule.edu]
An: Frances Landau-Banks [fl202@alabasteroberschule.edu]
Betreff: Hey
Frankie, wie geht's? Ich hoffe, Dein Schuljahr läuft gut bisher. Ich wollte mich wegen dem, was letztes Jahr mit Bess passiert ist, entschuldigen.
Porter

Von: Frances Landau-Banks [fl202@alabasteroberschule.edu]
An: Porter Welsch [pwo34@alabasteroberschule.edu]
Betreff: Re: Hey
Du *willst* Dich entschuldigen oder Du *entschuldigst* Dich? Deine Grammatik ist ungenau.

Das war's.

Frankie schob den Ausdruck zurück in die Tasche und machte sich wieder ans Lernen. Matthew kam zurück und steckte ihr ein weiteres Mentos in den Mund.

Sie konnte ihn nicht danach fragen.

Wenn sie es tat, würde er erfahren, dass sie in seinen Rucksack geguckt hatte.

Sie sackte auf ihrem Stuhl zusammen, ein Gewirr aus Schuldgefühlen und Ärger – aber sie sagte kein Wort.

Frankie verbrachte das lange Thanksgiving-Wochenende mit Ruth, ihren Onkeln und den abscheulichen Cousins in New Jersey. Zada rief aus Kalifornien an und Senior aus Boston, um ihnen allen einen schönen Feiertag zu wünschen.

»Wie gefällt's denn unserem Puschelhäschen in der Schule?«, fragte Onkel Ben und zerwuschelte Frankies Haare, als sie ihm einen Becher heißen Apfelwein anbot. Ruth war in der Küche und machte die Bratensoße.

»Gut.«

»Prima.«

Onkel Paul kam herüber und drückte Frankies Schulter. »Du bist so groß geworden seit dem Sommer. Gehst du jetzt auf diese Nobelschule, auf die dein Vater so stolz ist?«

»Ich bin schon in der Zehnten, Onkel Paul.«

Onkel Paul tat ungläubig. »Du machst Witze. Das kann überhaupt nicht sein, dass du schon in der Zehnten bist. Ich schwöre es bei meinem Grab, letztes Jahr habe ich dir noch die Windeln gewechselt.«

»Das stimmt«, sagte Ben. »Ich sage dir, erst gestern noch schleppte sie diese Puppe überall mit hin, weißt du noch, die ohne Arme?«

Ruth kam aus der Küche und schlang die Arme um Frankie. »Aber sie ist so hinreißend wie immer, findet ihr nicht?«

»Hast du einen Freund da auf deiner Nobelschule?«, wollte Onkel Paul wissen. »Deine Mutter sagt, du hättest einen Freund.«

»Mom!«

Ruth machte ein unschuldiges Gesicht. »Hätte ich das nicht sagen dürfen?«

Paulie junior hatte ein Tablett mit Nachtisch entdeckt, das im Hobbyraum versteckt war, und stopfte sich Schokoladenpudding in den Mund, aber er hielt lange genug inne, um zu singen: »Frankie hat 'nen Freu-heund, Frankie hat 'nen Freu-heund.«

Frankie grinste Ruth schief an. »Du hättest es ja nicht gleich an die große Glocke hängen müssen.«

»Musst du es vor deiner eigenen Familie geheim halten, dass du einen Freund hast?« Ruth machte eine verächtliche Handbewegung. »Ich bin froh, dass du einen netten Kerl gefunden hast, der da oben auf dich aufpasst.« Ruth sah Ben an. »Zada sagt, er sei aus einer sehr guten Familie. Zeitungsleute.«

»Ja, es ist eine gute Familie«, murmelte Frankie.

»Er ist netter als der, den du letztes Jahr hattest, stimmt's, Häschen?«, fragte Onkel Paul. »Wenn ich mich recht erinnere, gab's da doch Trara.«

»Du meinst ein Techtelmechtel!«, rief Ruth. »Sie hatte ein Techtelmechtel.«

»Hatte ich *nicht*«, stöhnte Frankie.

»Der hier ist auf jeden Fall besser, stimmt's, Häschen?«, sagte Ruth. »Er behandelt sie gut, hat Zada mir gesagt. Kümmert er sich um dich?«

»Er ist kein Babysitter, Mom.«

»Ein Babysitter? Wer hat denn was von Babysittern gesagt?«

»Du tust so, als bräuchte ich einen Freund, damit jemand auf mich aufpasst.«

»Das sage ich doch gar nicht«, sagte Ruth, während sie damit beschäftigt war, Butter in eine Schüssel mit Kartoffelbrei zu rühren. »Ich bin genauso feministisch eingestellt wie alle. Ich sage nur ...«

»Was?«

»Ich habe mir keine Sorgen um dich gemacht, als Zada noch auf der Schule war. Aber jetzt, wo du ganz allein dort bist, gefällt mir der Gedanke, dass du diesen netten Jungen hast, der nach dir guckt – das ist alles.«

»Du unterschätzt mich immer.«

Ruth schüttelte den Kopf. »Ich halte große Stücke auf dich. Könntest du jetzt bitte die Kartoffeln auf den Tisch stellen? Die Schüssel ist sehr schwer.«

Das
Fischbefreiungsbündnis

$\mathcal{V}$ier Tage lang von ihrem Freund getrennt und mit dem Gefühl, vernachlässigt zu werden, zog Frankie folgende Schlüsse aus ihrer Entdeckung in seinem Rucksack: Wenn Matthew sich die Frankie-Porter-Mails auf Frankies Laptop angesehen hatte, hätte er sie nicht ausdrucken können – außer, er hätte sie zur späteren Verwendung an sich selbst weitergeleitet. Frankie sah in ihren »Gesendeten Objekten« nach und stellte fest, dass er das nicht getan hatte. Außer er hatte daran gedacht, die dort gespeicherten Kopien der gesendeten E-Mails zu löschen.

Sie hielt es für wahrscheinlicher, dass Matthew die E-Mails auf *Porters* Laptop gesehen hatte – aber auch dann hätte er sie an sich weiterleiten müssen und in beiden Fällen hätte man am Ausdruck erkennen können, dass die E-Mails weitergeleitet worden waren. Die Ausdrucke hier wiesen allerdings keine Zusätze und keine Spur von Matthews Mail-Adresse auf.

Das bedeutete, dass Porter ihm einen Ausdruck gegeben hatte.

Ja, das war die wahrscheinlichste Schlussfolgerung. Porter hatte Matthew eine Kopie dieser E-Mails gegeben. Aber warum?

War es möglich, dass Matthew Porter gezwungen hatte, sich bei Frankie zu entschuldigen? Und verlangt hatte, dass Porter ihm eine Kopie der Entschuldigung gab? Aber dann war Porter so ungehorsam gewesen, Frankie zum Mittagessen einzuladen, damit er sie vor Matthew warnen konnte.

Das würde erklären, warum sich Matthew so darüber aufgeregt hatte, dass Frankie mit Porter essen gegangen war. Der Hierarchie der Bassets zufolge sollte Matthew eigentlich Porter kontrollieren – aber Porter hatte sich vollständiger Kontrolle gegenüber als unwillig erwiesen.

Wenn Frankie getan hätte, worum Matthew sie gebeten hatte, und Porter versetzt hätte, wäre das ein Sieg für Matthew gewesen. Aber sie war nun mal gegen seinen Willen mit Porter Mittag essen gegangen – und dadurch hatte Porter an Macht gewonnen. Auch wenn Frankie Matthew nie erzählt hatte, dass Porter sie vor ihm gewarnt hatte, kennzeichnete Porters aufmüpfige Essenseinladung ihn als den am wenigsten loyalen Basset. Als solcher war er eine potenzielle Bedrohung.

Vielleicht sollte sie das im Kopf behalten.

Obwohl ihr die Schlüsse gefielen, die sie aus ihren Überlegungen gezogen hatte, wanderte Frankie in den Tagen nach Thanksgiving im Haus ihrer Mutter herum und starrte immer wieder lange aus dem Fenster. Das Wissen, dass Matthew Porter gezwungen hatte sich bei ihr zu entschuldigen, hing wie ein feuchter Waschlappen über ihr.

Sie aß zu viele Brownies, wovon ihr ein bisschen übel

wurde. Sie schlug Bücher auf und kam nicht über die erste Seite hinaus.

Sie wünschte, Matthew würde anrufen. Aber er rief nicht an.

Die nächste groß angelegte Aktion des Ehrenwerten Ordens fand Anfang Dezember statt. Es handelte sich um die Entführung des Alabasterguppys, der durch ein großes Gartenzierobjekt aus Plastik in Form eines Bassets mit traurigen Augen ersetzt wurde. Zu Füßen des Bassets war ein Plastikschild, auf dem vorher der Satz gestanden hatte: »Bewusstsein: diese lästige Zeit zwischen den Nickerchen!« Jetzt befand sich an dieser Stelle eine Nachricht, die zum Schutz vor möglichem Regen sorgfältig eingeschweißt worden war:

Durch Mitglieder des Fischbefreiungsbündnisses von seinen Fesseln befreit, wird der Alabasterguppy in sein angestammtes Zuhause auf dem Grund des Teichs entschwinden, bis er davon überzeugt werden kann, gegen Zahlung eines Lösegelds zurückzukehren. Weitere Anweisungen folgen.

Dann ging Schulleiter Richmond eine Nachricht mit einer Lösegeldforderung zu, die in Blockschrift auf eine hinreißende Karte mit einem Basset gedruckt war, der ein Stethoskop um den Hals trug. Der Text im Inneren der Karte hatte ursprünglich gelautet: »All die Ärzte können vor die Hunde gehen! Gute Besserung.«

Die neue Nachricht forderte, die obligatorische Versammlung in der Schulkapelle am Montagmorgen abzuschaffen:

Der Guppy ist der Meinung, dass die verbindliche Anwesenheit in der Kapelle bei der Versammlung, die – obwohl eigentlich überkonfessionell – von implizit christlichem Charakter ist, einen Affront gegenüber den jüdischen, buddhistischen, muslimischen und sonstigen nicht christlichen Schülern von Alabaster darstellt. Die obligatorische Schülerversammlung in der Kapelle ist auch für diejenigen ein Ärgernis, die sich selbst – wie auch der Guppy – lieber als Atheisten bezeichnen.
Der Guppy verteidigt das Recht eines jeden Schülers, sich die Informationen über Sportveranstaltungen, Wohltätigkeitsinitiativen und Schulfeste anzuhören, ohne dass die großen Bilder des gekreuzigten Jesu die Versammlung dominieren. Auch für christliche Studenten ist es unangemessen, religiöse Ehrfurcht mit Ankündigungen über Auswahltests für Stipendien zu vermischen.
Der Guppy fordert daher respektvoll, die Schulversammlungen in Zukunft im Hörsaal des neuen Kulturzentrums abzuhalten. Er wird mit Freuden zurückkehren, sobald diese Änderung vorgenommen wurde.

Kopien dieser Nachricht wurden an jedes Postfach geschickt.

Richmond reagierte, indem er eine Lehrerkonferenz einberief, während der eine lebhafte Diskussion entbrannte. Die Angelegenheit der Schülerversammlung in der Kapelle war schon früher aufgebracht worden, aber bisher hatte sich die Tradition gegenüber der kleinen Zahl nicht christlicher oder atheistischer Schüler, die ein Umdenken gefordert hatten, durchgesetzt. Letztere waren schnell von Richmonds Beteuerung eingeschüchtert worden, dass die Kreuzigungen und Jungfrauen auf buntem Glas ein Teil der Tradition von Alabaster seien, die die Schüler seit beinahe hundertzwanzig Jahren genossen, und dass niemand etwas dagegen einwenden könne, da der Inhalt der Versammlung explizit nicht religiös sei.

Die Schüler hatten vorgeschlagen, dass die Teilnahme auf freiwilliger Basis erfolgen sollte, und das war 1998 auch wirklich versucht worden, aber die Anzahl der Anwesenden war daraufhin so stark gesunken, dass niemand mehr die Termine bestimmter Veranstaltungen kannte, die Beteiligung an Schulaktivitäten und Wohltätigkeitsaktionen zurückging und eine Menge Schüler am Montagmorgen allen möglichen Unsinn ausheckten, während die meisten Lehrer an der Versammlung teilnahmen.

Also war der obligatorische Kapellenbesuch wieder eingeführt worden und im einundzwanzigsten Jahrhundert hatte ihn niemand mehr ernsthaft in Frage gestellt.

Die Guppystatue gab es seit dem dritten Jahr der Existenz Alabasters und sie war ein Objekt der Nostalgie für wohlhabende Ehemalige. Während ihres Aufenthalts im Haus der Mutter des bedeutenden Bassets Hardewick

1951 brachten die Alten Jungs ihre Empörung über den Verlust ebenso beißend wie leidenschaftlich zum Ausdruck.

Jetzt also setzte Schulleiter Richmond eine Lehrerkonferenz an, um über den Inhalt von Frankies Nachricht zu diskutieren. Einige Mitglieder des Lehrkörpers argumentierten, dass ein solches Fehlverhalten wie das Stehlen des Guppys nicht geduldet werden könne. Die Täter sollten gefunden und zeitweilig vom Unterricht ausgeschlossen werden. Andere argumentierten, dass der Guppy vielleicht nie wieder auftauchen würde, wenn man die Forderungen dieses sogenannten Fischbefreiungsbündnisses ignorierte. Die Enttäuschung der Ehemaligen wäre beachtlich – und das könne finanzielle Einbußen für die Schule mit sich bringen, die in hohem Maße auf Spenden angewiesen war. Und was, wenn der Täter der Sohn oder die Tochter eines bedeutenden Ehemaligen war? Es war sicherer und würde schneller zum Ziel führen, wenn man kapitulierte.

Wieder andere Mitglieder des Lehrkörpers hielten dagegen, dass diese Versammlungen sie auch immer gestört hätten, sei es weil die Kapelle dem Gottesdienst vorbehalten bleiben sollte, sei es weil die Atmosphäre frommen Christentums in der Kapelle diejenigen, die anderen Glaubensrichtungen anhingen, unterdrückte, worauf ja auch diese Fischleute – Gemüseleute, Hundeleute, Busenleute, was auch immer sie waren – hingewiesen hatten.

Schließlich gab Richmond bekannt, dass die Versammlung am Montagmorgen ab sofort im Hörsaal des neuen Kulturzentrums stattfinden würde, und forderte die Rückkehr des Guppys.

Am selben Nachmittag, gegen fünf Uhr, wurde unter Elizabeth Heywoods Tür eine maschinengeschriebene Nachricht hindurchgeschoben, die sie und mehrere ihrer Freundinnen auf eine Schnitzeljagd nach dem Guppy schickte. Der erste Hinweis führte sie zu Richmonds Büro, wo ein zweiter Hinweis sie zu den Büros auf dem Stockwerk mit den Physikräumen führte; und es dauerte nicht lange, bis ein Rattenschwanz aus Sekretärinnen, Hausmeistern, Sportlehrern und jüngeren Schülern den Zwölftklässlerinnen folgte, während sie eine Reihe von Rätseln lösten. Der Filmabend blieb unbeachtet, Lerngruppen lösten sich auf und der Schulleiter sagte eine Verabredung mit seiner Frau ab.

Frankie, Matthew und Alpha folgten Elizabeth bis zum letzten Hinweis:

Ich schwimm nicht unter Wasser im Teich,
Aber jetzt dauert's nicht mehr lang, ihr habt mich gleich.
Mein großes Becken voller Chlor
War früher tief,
Jetzt herrscht dort Trockenheit vor.
Und da schlafe ich.

Der Guppy befand sich im leeren Schwimmbecken in der alten Sporthalle.

Nach einer Viertelstunde Wartezeit öffnete ein Hausmeister die mit einer Kette gesicherte Tür und die halbe Schule strömte in das leer stehende Gebäude. Frankie griff nach Matthews Hand und drückte sie. »Das Schwimmbad. Perfekt«, sagte sie.

Er gluckste. »Echt nicht schlecht.«

»Was, glaubst du, hat das zu bedeuten?«, fragte Frankie.

Sie wollte es wirklich wissen. Es ging jetzt seit über einem Monat so, dass sie diese Streiche plante und die Mitglieder des Ehrenwerten Ordens sie ausführten. Und auch wenn sie ihre Arbeit und die Reaktionen der anderen zutiefst befriedigten, sehnte sie sich langsam nach einer Gelegenheit, über die Projekte zu diskutieren. Sie hatte enorme Anstrengungen aufgewendet, um diese Dinge geschehen zu lassen, und sie wollte mit Matthew, dessen Meinung sie am höchsten schätzte, darüber sprechen.

»Hm?« Er schien unkonzentriert.

»Dass der Guppy in das alte Schwimmbecken gelegt wurde. Glaubst du nicht, dass das was zu bedeuten hat?«

»Inwiefern?«

Sie konnte nicht glauben, dass er diese über hundert Kilo schwere Statue mitten in der Nacht durch drückend heiße unterirdische Gänge geschleppt hatte, ohne auch nur einmal über die Symbolkraft des Verstecks nachzudenken. »Der Guppy ist das Wahrzeichen unserer Schule, stimmt's? Alle Ehemaligen erinnern sich gut daran, er war schon immer hier, und so weiter.«

»Ja.«

»Und?«

»Was?«

»Verstehst du denn nicht?«

»Na ja, es ist ein Guppy in einem Becken und das ist eine Art Aquarium«, sagte Matthew.

»Ist das nicht ein Symbol dafür, dass das alte Alabaster überholt ist?«

»Vielleicht.« Matthew lachte und legte den Arm um Frankie. »Aber vielleicht denkst du auch einfach zu viel.«

»Nein, im Ernst«, beharrte sie. »Der Guppy repräsentiert die altmodischen Werte der Schule, und ihn in das trockene Becken zu legen bedeutet, dass diese Werte genauso alt und unnütz sind wie dieses Becken.«

»Welche Werte?«

Warum verstand er sie nicht? Stellte er sich dumm, um das Geheimnis zu bewahren? »Der ganze Alabaster-Beziehungen-Privatschulen-Alte-Jungs-Kram«, erklärte sie.

»Ich hab den Eindruck, du interpretierst da zu viel rein.« Matthew zuckte die Achseln.

»Glaubst du nicht, dass es das ist, was hier aufgerüttelt wurde?«

»Du meinst, aufgerüttelt worden ist?«

Er verbesserte ihre Grammatik.

Sie erklärte ihm den ganzen Streich, den Streich, den er selbst ausgeführt hatte, und anstatt sich ihre Sichtweise anzuhören, verbesserte er ihre Grammatik. »Du denkst zu viel«, hatte er gesagt.

Was? Er wollte nicht, dass sie dachte?

Was für einen Sinn hatte es, irgendeinen dieser

Streiche zu spielen, wenn die Leute nicht darüber nachdachten?

»Ja«, sagte Frankie. »Aufgerüttelt worden ist.«

Matthew streichelte ihr übers Haar. »Du bist wunderbar. Du weißt, dass ich das finde, stimmt's?«

»Danke«, sagte Frankie.

Das Traurige war, dass sie es wirklich wusste. Aber es war nicht genug.

Er beugte sich vor und küsste sie auf den Nacken. »Und du riechst gut. Willst du mitkommen und mich vor der Ausgangssperre noch kurz ein bisschen aufrütteln? Lass uns irgendwo hingehen, wo wir allein sein können.«

Schon wieder diese Grammatikgeschichte.

Er wollte nur rumknutschen – er würde sich überhaupt nicht anhören, was sie zu sagen hatte. Er wusste nicht, dass sie da gemeinsam drinsteckten.

Matthew dachte, dass er und die Bassets das allein hingekriegt hatten – und er würde ihr nichts davon erzählen, egal wie interessiert sich Frankie ihm gegenüber zeigte.

Es war nicht so, dass er kein Geheimnis mehr vor ihr hatte. In Wirklichkeit wurde Matthews Geheimnis sogar immer größer – und Frankie musste sich schließlich eingestehen, dass er es ihr nie im Leben verraten würde.

Sie drehte sich zu ihm um. »Ich glaub's einfach nicht, dass du das gerade gesagt hast, Matthew. Dich aufrütteln?«

»Oh, so habe ich das nicht gemeint. Wir haben rumgealbert – aufgerüttelt wurde, aufgerüttelt worden ist?«

»Aha.«

»Sei nicht sauer.«

»Gut.«

»Komm schon.«

»Ich bin nicht sauer«, log sie. »Mir ist nur gerade eingefallen, dass ich noch was zu erledigen habe.«

Schnur

Frankie lief auf die Bibliothek zu. Sie hatte die Schnur, die von der Tür UGII/16 im Keller von Hazelton durch das Gewirr überhitzter Gänge zur alten Sporthalle verlief, hängen gelassen. Das Gleiche war ihr nach dem Projekt mit den Wauwaus im Fenster passiert und damals hatte sie sich verflucht, weil sie nicht daran gedacht hatte, sie von jemandem aufrollen zu lassen. Wenn einer der Hausmeister die Schnur entdeckte, wäre es eine Sache von Stunden, bevor das Schloss an UGII/16 ausgetauscht würde, deshalb war es entscheidend, dass die Schnur aufgerollt wurde – aber nicht ein einziger Basset war von allein auf diese Idee gekommen. Frankie hatte eine Stunde geschwänzt, um sich darum zu kümmern, als sie sicher sein konnte, dass kein Mitglied des Ehrenwerten Ordens in der Nähe war und sie erwischte.

Seltsamerweise hatte sie sich über die Inkompetenz der Hunde gefreut.

Sie brauchten sie, hatte sie gedacht, als sie mit einer Taschenlampe unter dem Arm die Gänge durchschritt. Sie war ihr führender Kopf. Auch die kleine Gelegenheit für direkte Beteiligung, die ihr die Dampftunneleskapaden boten, hatte ihr gefallen. Es gefiel ihr, die Schnur auszulegen und wieder aufzurollen. So viele ihrer Anstrengungen im Zusammenhang mit den Abenteuern des Ehrenwerten Ordens beschränkten sich auf ihren Laptop und den Druckerraum, während die Jungen auf Gebäude kletterten, Verlängerungskabel verlegten oder einkaufen gingen.

Als sie die Versetzung des Guppys in das Schwimmbecken geplant hatte, hatte Frankie daher von Anfang an vorgehabt die Schnur selbst aufzurollen.

Als sie Matthew nach der Szene in der alten Sporthalle stehengelassen hatte und ins Untergeschoss der Bibliothek schlich, schaltete sie die Taschenlampe nicht ein. Sie ließ ihren Wollmantel, Pullover und das langärmelige Thermounterhemd neben dem Eingang fallen und behielt nur ein Tanktop und Jeans an. Sie fuhr mit der Hand über die gespannte Schnur. Wenn sie die alte Sporthalle erreichte, würde sie das Ende dort losbinden und die Schnur auf dem Rückweg zur Bibliothek aufrollen.

In den Gängen war es laut vom Zischen und Wummern des heißen Wassers in den Rohren. Abends – wenn die Heizung seit etwa sechzehn Stunden lief – war es heißer als tagsüber. Frankie begann zu schwitzen und stellte auf ihrem Weg durch die Dunkelheit fest, dass sie sich nicht wie beim letzten Mal, als sie die Schnur aufgerollt hatte, überlegen und beteiligt fühlte – sondern einsam.

Niemand interessierte sich genug für die Projekte des Ehrenwerten Ordens, als dass er daran dachte, diese Aufgabe zu übernehmen. Matthew interessierte sich nicht stark genug dafür, um über den Symbolgehalt des letzten

Streichs nachzudenken. Was die Bassets wirklich interessierte, überlegte Frankie, war ihre Heimlichtuerei. Ihr ganzes Klubgetue.

Sie konnte sie herumkommandieren, sie austricksen; sie konnte mehr über ihre Geschichte wissen, als irgendeiner von ihnen je erfahren würde – aber trotzdem würden sie diese Heimlichtuerei und das Klubgetue ihr gegenüber beibehalten.

Die Projekte interessierten Matthew nicht, dachte Frankie. Natürlich gefielen sie ihm, er bewunderte sie, er fand sie lustig und intelligent, aber woran ihm wirklich etwas lag, war, sie zusammen mit seinen Kumpels auszuführen. Er brauchte den Kick der Rebellion und Unkonventionalität, ohne dass er dafür die unerschütterliche Sicherheit seiner privilegierten Stellung aufs Spiel setzen musste.

Es gefällt ihm besser, wenn es einfach bloß ein Guppy in einem Schwimmbecken ist oder ein Wauwau im Fenster, dachte sie. Nichts weiter. Nichts Symbolträchtiges. Er will nicht die Art und Weise verändern, wie die Dinge funktionieren; will die Verwaltung nicht ernsthaft verärgern oder die Autorität in Frage stellen. Er will mit seinen Freunden Bier auf dem Golfplatz trinken. Und die anderen sind genauso.

Deshalb wollte er die Streiche nicht mit mir analysieren, obwohl er jemand ist, der sonst gerne alles analysiert, dachte sie. Er will nicht, dass sie irgendetwas bedeuten, das seine Welt ins Wanken bringen könnte. Sogar die Sache mit dem Vivakonzern – er ärgerte sich darüber, aber er war nicht daran interessiert, den Status quo zu ändern, indem er seine Meinung in der Schülerzeitung vertrat, weil das die Dinge zu sehr aufgerüttelt haben würde.

Aufgerüttelt hätte.

Die Dinge zu sehr aufgerüttelt hätte.

Frankie war etwa fünf Minuten unterwegs, als die Schnur unter ihren Fingern schlaff wurde.

Was?

Wie konnte sie schlaff werden? Sie war mit einem vierfachen Knoten an der Türklinke der alten Sporthalle befestigt. Es war unmöglich, dass sie sich einfach so gelöst hatte.

Jemand war am anderen Ende.

Und rollte die Schnur auf.

Es war doch jemand so sehr an der Sache interessiert, dass er hier herunterkam und die Beweise beseitigte.

Jemand hatte sich dafür interessiert.

Und jetzt würde er sie hier in den Gängen entdecken.

Frankies erster Impuls war sich zu verstecken. Sie ließ die Schnur los und drückte sich schnell an eine Wand, aber sie stieß mit dem nackten Arm gegen ein Heizungsrohr und konnte das Zischen hören, noch bevor sie die Verbrennung spürte. Sie machte einen Satz zurück, presste sich die Hand auf den Mund, um einen Schmerzensschrei zu unterdrücken, knipste die Taschenlampe an und rannte, so schnell sie konnte, auf den Bibliotheksaufgang zu.

Sich zu verstecken war sowieso eine dumme Idee. Sie musste die Tür erreichen und ihren Mantel und ihre Kleider aufsammeln, damit die Person in der Dunkelheit hinter ihr die Sachen nicht fand und daraus schließen konnte, dass Frankie hier gewesen war.

Mit keuchendem Atem erreichte sie die Tür. Als sie sich bückte, um ihren Mantel und ihre Kleider aufzuheben, sah sie, was sie schon beim Reinkommen hätte sehen sollen – an einem Nagel in der Wand hing eine dunkelblaue Cabanjacke, wie sie die meisten Jungen in Alabaster während des Winters trugen. Hastig und mit voll beladenen Armen griff Frankie nach der Türklinke, wobei ihr die Taschenlampe auf den Boden fiel und mehrere Sachen aus der Tasche rutschten. Sie tastete ihren Mantel ab, um sicherzugehen, dass ihr Portemonnaie noch dort war, und ließ liegen, was ihr heruntergefallen war. Sie stürzte ins Neonlicht des zweiten Untergeschosses der Hazelton-Bibliothek, rannte die Treppe zum Magazin im Keller hinauf und verkroch sich hinter einem Regal, wo sie hastig das Thermounterhemd überzog, um die versengte Haut an ihrem Arm zu verbergen.

Es war still.

Hatte er ihre Schritte gehört? Oder das Schließen der UGII/16-Tür?

Hatte er ihre Berührung der Schnur hinter sich gespürt?

Man hörte das Rasseln von Schlüsseln und zwei Wachmänner liefen durch das Magazin auf die Tür zum zweiten Untergeschoss zu. Frankie schnappte sich ein Buch aus dem Regal und tat so, als wäre sie in der Lektüre versunken. Erst als sie an ihr vorbeikamen, sah sie auf.

»Hallo«, sagte sie.

»Guten Tag.« Der Wachmann war sehr dienstbeflissen.

»Ist da unten irgendwas los?«

»Keine Sorge. Der Schulleiter glaubt, wer immer die Statue gestohlen hat, könnte sie durch Gänge transportiert haben, die mit dem zweiten Untergeschoss verbunden sind, deshalb gehen wir mal nachsehen«, sagte der Wachmann.

Frankie zwang sich zu einem Lachen. »Sie glauben, irgendjemand hat dieses Riesending in die Bibliothek gebracht, ohne dass es jemand bemerkt hat?«

»Wahrscheinlich nicht. Die Gänge da unten verbinden fast alle Gebäude auf dem Schulgelände miteinander. Sie könnten das Ding sonst wo reingebracht haben. Aber er hat gesagt, wir sollen mal runtergehen und nachsehen, und das hier ist für uns der nächstgelegene Eingang. Vielleicht finden wir einen Hinweis darauf, wer hinter dem ganzen Vandalismus in letzter Zeit steckt.«

»Vandalismus?«

»Du weißt schon, das mit den Büstenhaltern an den Gemälden und dieser Weihnachtsdekoration und das alles.«

»Ich habe das nie als Vandalismus betrachtet.«

»Wir gehen jetzt da runter, junge Dame. Die Pflicht ruft. Aber zerbrich dir nicht dein hübsches Köpfchen, hörst du?«, sagte der Wachmann und er und sein Kollege stiegen mit rasselnden Schlüsseln die Treppe hinab.

Verbrennung

Frankie rannte zurück zum Wohnheim und hielt ihren Arm unter die eiskalte Dusche. Auf ihrer Haut hatten sich bereits Blasen gebildet und ein Striemen zog sich von oberhalb des Ellbogens bis hinunter zum Handgelenk und über ihren Handrücken. Es entging ihr nicht, dass dies bereits das zweite Mal war, dass sie sich wegen des Ehrenwerten Ordens verbrannt hatte.

Es war beinahe Zeit für die Ausgangssperre. Ihre Jeans wurden nass vom Wasserstrahl und Frankie zitterte vor Kälte – aber jedes Mal wenn sie ihren Arm aus dem Wasser nahm, brannte er so stark, dass sie ihn wieder darunterhielt.

Es tat weh.

Es tat so weh.

Auf dem Flur waren Schritte zu hören und die Tür zum Waschraum öffnete sich langsam. Frankie verkroch sich ganz in der Duschkabine, damit niemand sie sah und sich wunderte, warum sie halb unter der Dusche stand. Sobald der Wasserstrahl sie traf, fühlte sich ihre Jeans augenblicklich schwer und durchnässt an. Sie schälte sich heraus und schob sie mit dem Fuß an den Rand der Kabine.

Zwei Mädchen kamen in den Waschraum – Star und Trish. Sie putzten sich vor dem Schlafengehen die Zähne und säuberten sich das Gesicht mit Reinigungsmilch.

»Ich verstehe einfach nicht, warum sie den Guppy überhaupt entführt haben«, sagte Star.

Trishs Stimme erklang: »Ich glaube, es geht darum, alle dazu zu bringen, darüber zu reden. Wer immer das macht, will einfach nur Aufmerksamkeit erregen.«

»Aber wenn sie nur Aufmerksamkeit erregen wollen, warum sagen sie dann nicht, wer sie sind?«

»Du hast doch gesehen, wie wütend Richmond war, oder?«

Einen Augenblick lang herrschte Schweigen, während Trish und Star sich die Zähne putzten. Frankies Haut fühlte sich wund und eiskalt an. Sie stellte das Wasser wärmer, aber ihre Verbrennung protestierte vehement dagegen und so stellte sie es mit klappernden Zähnen wieder auf kalt. »Ich hab gesehen, dass er ärgerlich war«, sagte Star schließlich, »aber ich bin weggegangen, als Dean und die Jungs dabei geholfen haben, den Guppy wieder an seinen Platz zu tragen. Deshalb hab ich die Rede verpasst.«

»Oh. Du hast nur endloses Ich-bin-euer-Schulleiter-Geschwafel über Diebstahl und Aufruhr verpasst und darüber, wie respektlos diese Snoopystreiche der Schulverwaltung gegenüber seien. Snoopystreiche, so hat er sie genannt.«

»Der hat ja keine Ahnung«, sagte Star. »Er weiß noch

nicht mal, was in seiner eigenen Schule vorgeht. Das sieht doch jeder, dass das ein Basset ist.«

»Ja. Und dann hat er gesagt, er würde Berater zum Thema Schulsicherheit anfordern, die dabei helfen sollen, herauszufinden, wer die Täter sind.«

»Echt?«

»Er hat gesagt, Halloweenstreiche seien eine Sache«, fuhr Trish fort, »aber Schuleigentum zu stehlen sei etwas ganz anderes und er nehme die Situation sehr ernst.«

»Irgendjemand ist also in großen Schwierigkeiten.«

»Oh, in sehr großen. Auch wenn ich die Aktion ziemlich intelligent fand. Das Symbol für Alabaster in dieses gammelige, alte, leere Becken zu packen. Wie ein Kommentar«, sagte Trish.

»Mh-mhm. Was hältst du eigentlich von Elizabeth Heywoods Haaren?«, fragte Star. »Glaubst du, sie hatte sie fürs Fernsehen gefärbt?«

Als Star und Trish den Waschraum verlassen hatten, stellte Frankie das Wasser ab und stand zitternd nur in ihrem nassen Tanktop und der Unterhose da.

Ihr Wollmantel hing am Handtuchhaken. Sie griff danach, hob ihre durchweichte Jeans vom Boden der Dusche auf und ihre Schuhe, die unter einer Bank standen. Irgendjemand hatte ein großes Glas Vaseline auf einem Regal stehen lassen. Sie schaufelte eine Handvoll heraus und verstrich sie auf ihrem verbrannten Arm. Dann riss sie ein paar Papierhandtücher von der Rolle ab und versuchte, so gut es ging, ihren restlichen Körper abzutrocknen.

Tropfend, frierend und mit brennendem Arm ging Frankie Landau-Banks über den Flur zu ihrem Zimmer. Trish saß in einem mit Palominopferden bedruckten Flanellschlafanzug im Bett und las einen Prospekt mit dem Titel *Kajak-Abenteuer-Reisen*. »Was ist passiert?«, fragte sie.

»Ich bin in den Teich gefallen«, log Frankie.

»Wie das denn?«

»Ich bin ausgerutscht.«

»Du musst ja total durchgefroren sein. Aber warum hast du deine Schuhe und deine Hose ausgezogen?« Trish stand auf, um Frankie ihren Mantel und ihre nassen Kleider abzunehmen. »Du bist doch nicht etwa so hierhergelaufen, oder?«

»Nein, nein. Ich habe mich im Waschraum ausgezogen.«

»Warum bist du nicht hergekommen und hast dir ein Handtuch geholt?« Trish bekam große Augen. »Was ist denn mit deinem Arm?«

»Ach, nichts. Das ist von gestern.«

»Du lügst mich an.«

Frankie schälte sich aus dem Rest ihrer Kleider. »Nein, tu ich nicht.«

»Ich bin nicht blöd, Frankie. Du hast eine riesige Brandwunde am Arm und dein Mantel ist überhaupt nicht nass. Nirgendwo ist Schlamm. Es ist offensichtlich, dass du nicht in den Teich gefallen bist.«

Frankie war jetzt nackt und kramte in ihrer Schublade nach einem Sweatshirt und einer Schlafanzughose. »Ich kann jetzt nicht darüber reden.«

»Warum nicht?«, hakte Trish nach. »Hat das was mit der gleichen Sache zu tun, für die ich dir Arties Schlüssel besorgt habe?«

»Nein. Das war was anderes.«

»Was ist mit deinem Arm passiert?«

Frankie hatte ihre Nachtwäsche angezogen, schlüpfte ins Bett und knipste das Licht aus. »Frag nicht, Trish. Bitte lass mich in Ruhe.«

»Ich dachte, wir wären Freundinnen«, sagte Trish schmollend.

»Wir sind Freundinnen.«

»Also?«

»Also, Freundin, bitte. Halt dich da raus.«

»Erzählst du jetzt Matthew all deine Geheimnisse, ist es das? Und er dir seine?«

»Nein.« Frankie musste lachen. »Wirklich, du könntest nicht weiter danebenliegen.«

»Ich bin nämlich jetzt seit fast zehn Monaten mit Artie zusammen und habe dich nie derart ausgegrenzt, Frankie, nur weil ich einen Freund habe. Ich klaue Schlüssel für dich, lüge Artie für dich an; ich lass dich nachts rein, wenn du nach der Ausgangssperre noch draußen bist, ich lüge deinetwegen die Betreuungslehrerin auf unserem Flur an. Ich habe sogar mit diesem selbstgefälligen Alpha zusammen gefrühstückt«, rief Trish. »Und du willst mir noch nicht mal sagen, was los ist.«

»Du magst Alpha nicht.« Es war Frankie unvorstellbar, dass jemand Alpha nicht mögen konnte, auch wenn ein Teil von ihr ihn abgrundtief hasste.

»Uh, nee«, antwortete Trish. »Der hält sich für den King der Schule.«

»Wie ist es möglich, dass du Alpha nicht magst?«, murmelte Frankie, die sich leicht schwummerig und ausgetrocknet fühlte.

»Wie sollen wir echte Freundinnen sein, Frankie? Erklär mir das mal bitte«, sagte Trish bissig. »Wenn du mich anlügst und mir deine Geheimnisse nicht verrätst, hm? Wie können wir so Freundinnen sein?«

»Ich bin eine schlechte Freundin«, jammerte Frankie, die vor Kälte und Schmerzen zitterte. »Ich weiß. Ich bin eine fürchterliche Freundin. Es tut mir leid. Ich ... ich weiß nur im Moment nicht, wie ich irgendetwas anderes sein soll.«

Trish seufzte. »Brauchst du Eis?«, fragte sie nach einer Weile. »Ich hol dir ein bisschen aus dem Automaten im Untergeschoss.«

Ein Täter

Wie die Schülerschaft am nächsten Morgen herausfand, betraten Wachmänner kurz vor der Ausgangssperre die Dampftunnel durch eine normalerweise verschlossene Tür im zweiten Untergeschoss der Hazelton-Bibliothek. Gleich in der Nähe des Eingangs fanden sie eine Taschenlampe, ein Päckchen Zimtkaugummi, einen doppelt gefalteten Plan mit den nächsten Ultimate-Frisbee-Terminen, ein Buch, eine Jungen-Cabanjacke und ein Stück Schnur, dessen eines Ende aus unerfindlichen Gründen an einen Wasserhahn gebunden war. Die weitere Suche brachte den Stipendiaten Alessandro Tesorieri aus der zwölften Klasse zum Vorschein, der sich in einem wenig benutzten Seitengang verbarg und stark schwitzte.

Tesorieri weigerte sich zu sagen, was er in den Gängen zu suchen hatte, aber der Wachdienst vertrat gegenüber Schulleiter Richmond die These, dass er für die diversen Aktivitäten des sogenannten Fischbefreiungsbündnisses und der angeblichen Gesellschaft für Gemüsebewusstsein, -verbreitung und -informationsvermittlung verantwortlich war. Tesorieri wurde außerdem verdächtigt, hinter anderen Regelverstößen der letzten Zeit zu stecken – vor allem hinter der »Wir vertrauen auf die Damen«-Kampagne (den Bibliotheksbusen eingeschlossen), der Nacht der tausend Hunde und dem, was allgemein als »Wauwaus im Fenster« bezeichnet wurde.

Ihm wurde Diebstahl, Zerstörung von Schuleigentum, Hausfriedensbruch und Störung der öffentlichen Ordnung zur Last gelegt. Schulleiter Richmond verhörte Tesorieri zusammen mit dem Chef des Wachdienstes und fragte ihn nach der Bedeutung des Hundesymbols, das bei so vielen der Streiche auftauchte und darauf hindeutete, dass sie miteinander verbunden waren.

Tesorieri zuckte bloß die Achseln und sagte, er habe Snoopy noch nie besonders gemocht.

Bevor sie ihn laufenließen, durchsuchte der Wachdienst Tesorieris Zimmer und Laptop. In keinem von beiden fand sich auch nur der geringste Beweis (er hatte Frankies Anweisungen folgend alle E-Mails gelöscht).

Später am Abend kam jedoch ein Wachmann auf die Idee, das Buch aufzuschlagen, das in der Nähe der Cabanjacke des Verdächtigen im Gang gefunden worden war, obwohl der Verdächtige vehement leugnete, dass es ihm gehörte, und außerdem darauf hinwies, dass er weder Zimtkaugummi kaue noch Ultimate Frisbee spiele.

Wie sich nach näherer Untersuchung herausstellte, trug das Buch den Titel *Die unrühmliche Geschichte des Ehrenwerten Basset-Ordens*. Die Tatsache, dass es sich direkt neben der Jacke des Verdächtigen befand, wurde als belastend gewertet.

Schließlich entließen die Wachmänner Tesoriri, der zu Bett gehen durfte, drohten ihm aber mit der baldigen Einberufung einer offiziellen Sitzung der Disziplinarkommission.

Frankie ging am nächsten Morgen in die erste und zweite Stunde, aber sie hatte in der Nacht kaum geschlafen und ihr Arm war angeschwollen und die Wunde nässte, weshalb sie in der dritten Stunde ins Krankenzimmer zur Schulschwester ging und sich eine Lüge über ein offen liegendes Rohr in der Waschküche des Wohnheims ausdachte. Sie fühlte sich schwach und schwindelig.

In der Mittagspause bekam sie Besuch von Matthew. Sie lag alleine in einem Krankenbett, drei Eisbeutel mit Tape an ihren Arm geklebt. Die Schwester war vorne im Büro.

Matthew zog einen Stuhl an ihr Bett und setzte sich. »Woher wusstest du, dass ich hier bin?«, fragte sie ihn.

»Trish hat's mir gesagt.«

»Ich hatte sie eigentlich gebeten, das nicht zu tun.«

»Du bist gestern Abend abgehauen, als wärst du sauer auf mich.«

Sie konnte sich kaum erinnern. Ach ja. Er hatte ihr nicht zugehört, als sie mit ihm über den Guppy gesprochen hatte, er hatte ihre Grammatik verbessert und dann hatte er vorgeschlagen, sie solle ihn »aufrütteln«. Er hatte Geheimnisse vor ihr, die er nie enthüllen würde.

Matthew war jetzt seit fast drei Monaten ihr Freund.

Warum konnte sie ihm nicht sagen, dass sie sauer war?

»Ich glaube, wir reden nicht wirklich miteinander«, murmelte sie.

»Tun wir wohl«, sagte er und sah zur Decke. »Wir reden andauernd miteinander.«

»Ich ... ich glaube, du unterschätzt mich.«

»Das stimmt nicht.«

»Doch«, sagte Frankie. »Das stimmt. Du unterschätzt mich.«

Matthew war verwirrt. »Ich finde dich großartig, Frankie. Charmant und witzig und – normalerweise bist du einfach hinreißend. Wie kann ich dich da unterschätzen?«

»Tust du aber«, erklärte sie. »Ich weiß es.«

»Woher willst du das wissen?«

»Wir erzählen uns nicht besonders viel, stimmt's?«

Er stand auf und ging im Zimmer auf und ab. »Ich wusste nicht, dass wir hier ein Beziehungsgespräch führen würden. Ich bin hergekommen, um zu hören, ob es dir gut geht. Und um dir von Alpha zu erzählen.«

»Wir führen kein Beziehungsgespräch.«

»Nein? Für mich hört es sich aber so an.«

»Was ist mit Alpha?«

»Du weißt doch, dass der Guppy gestohlen wurde und diese Basset-Lampen in den Fenstern der alten Sporthalle standen?«

»Ja.« Würde er es ihr jetzt sagen?

Das würde er. Er musste einfach.

Er würde es ihr endlich sagen.

»Und diese ganze Sache mit dem Salatbüffet und den BHs überall, an Halloween?«, fuhr Matthew fort.

»Mh-mhm.«

»Es hat sich rausgestellt, dass das alles auf Alphas Konto geht. Er sagt der Verwaltung gegenüber gar nichts, aber sie haben ihn gestern Abend in den Dampftunneln geschnappt und sie wissen, dass der Guppy so in das Schwimmbecken gelangt ist – durch die Gänge. Sie haben ein Notizbuch in seinem Besitz gefunden, das alles beweist.«

»In seinem Besitz?«

»Na ja, auf dem Boden neben seinen anderen Sachen. Er sagt, es sei nicht seins, aber wahrscheinlich gehört es ihm doch.«

Es war also Alpha in den Gängen gewesen.

Ein Teil von Frankie war froh. Nicht darüber, dass Alpha erwischt worden war – aber froh darüber, dass sie ihn dazu gebracht hatte, sich zu kümmern. Dass gerade er die Schnur in den Gängen aufgewickelt hatte.

Der Einzige, der noch besser gewesen wäre, war Matthew.

»Und jetzt?«, fragte sie.

»Heute Morgen hat die Disziplinarkommission getagt. Sie haben dafür gestimmt, ihn von der Schule zu verweisen.«

»Nein.« In Frankies Kopf drehte sich alles. Das hatte sie nicht beabsichtigt, sie wollte ihn nicht ruinieren.

»Jeden anderen würden sie wahrscheinlich nicht rausschmeißen«, fuhr Matthew fort. »Sie würden nur damit drohen, es aber letztlich doch nicht tun. Alpha können sie aber wirklich loswerden, um ein Exempel zu statuieren. Für sie ist er entbehrlich.«

»Warum?«

»Er hat kein Geld. Ich meine, seine Mutter hat keins. Wenn es jemand anders wäre, würde die Disziplinarkommission nur eine Verwarnung aussprechen. Dann macht die Familie eine Riesenschenkung – und der Schüler wird mit einer sauberen Akte wieder zugelassen.«

»In meinem Fall nicht«, sagte Frankie. »Mein Vater hat nicht diese Art von Geld.«

Matthew zuckte mit den Achseln. »Tja, die meisten Leute hier aber schon. Und dein Vater ist ein aktiver Ehemaliger; er kennt gewisse Leute. Alpha nicht. Seine Mutter war noch nicht mal auf dem College.«

»Hat sie ihn nicht mit in ein Yogazentrum genommen? Ist das nicht so was wie ein teurer Wellnessurlaub?«

»Sie ist verrückt. Sie gibt das Geld, das sie aus der Vermietung ihres Apartments einnimmt, aus, als gäbe es kein Morgen. Sie hat keine Ersparnisse, keine Möglichkeiten, ihren Lebensunterhalt zu bestreiten. Und Alpha ist vorzeitig für Harvard zugelassen worden.«

»Ehrlich?«

»Der Brief kam letzte Woche. Aber wenn er fliegt, verliert er seinen Studienplatz.«

»Hast du das alles gewusst?«, fragte Frankie.

»Was?«

»Dass Alpha all diese Streiche verübt hat?« Sag's mir, dachte sie. Sag's mir.

Matthew schüttelte den Kopf. »Ich hatte keine Ahnung.«

»Aber er ist doch dein bester Freund.«

»Tja, er ist einfach brillant – und er missachtet ständig Regeln und denkt sich Sachen aus. Ich kann nicht sagen, dass mich das überrascht. Aber die Streiche, die er dieses Jahr verübt hat, gingen weit über das hinaus, was er früher so gemacht hat, und es hatte alles diesen politischen Touch und ein bisschen was Künstlerisches an sich, weißt du? Deshalb war ich mir nicht sicher. Und es war komisch, dass er mir nichts davon gesagt hat.«

»Ja.«

»Richmond hat mich und ein paar der anderen Jungs zu sich gerufen, um herauszufinden, ob wir wüssten, wer Alpha beim Ausführen der Streiche geholfen hat, aber es gab nichts zu sagen. Wir wussten von nichts.«

Er log sie an.

Sogar jetzt noch, wo sie im Krankenzimmer lag. Sogar jetzt noch, wo sie ihm gesagt hatte, dass sie nicht richtig miteinander redeten.

Wo Alpha von der Schule fliegen würde.

»Er verrät kein Wort darüber, wie er das alles angestellt hat«, fuhr Matthew fort. »Ich dachte, dass ihm vielleicht Elizabeth geholfen hätte, aber jetzt sieht es so aus, als wäre es ein Zehntklässler, den er kannte.«

»Wer?«

»Dein Exfreund, Porter Welsch. Er hat Schiss gekriegt

und ein paar E-Mails abgegeben, die er von Alpha bekommen hat und in denen er dazu aufgefordert wurde, Gartenzierobjekte und Hundemasken im Internet zu kaufen und mit einem Fallschirm auf die Kuppel der Bibliothek zu klettern.«

»Porter hat für Alpha gearbeitet und er hat Richmond E-Mails ausgehändigt?«

»Scheint so. Wir werden auf jeden Fall alle Briefe schreiben und bestätigen, dass Alpha ein rechtschaffener Bürger und ein geschätztes Mitglied unserer Schulgemeinschaft ist und all so was – aber ich bezweifle ernsthaft, dass das was nützen wird. Richmond will einen Sündenbock.«

Frankie wurde klar, dass Matthew es ihr nie sagen würde.

Und noch schlimmer, er würde sie nie verdächtigen. Denn für ihn war sie, genau wie für ihre Familie, Puschelhäschen. Auch wenn er sie nie so nannte.

Harmlos.

»Sieh dir mal meinen Arm an, Matthew.« Frankie stützte sich auf ihren unverletzten Ellbogen und hob den Eisbeutel an, damit er die Brandwunde sehen konnte.

»Furchtbar.« Er kam herüber und nahm ihre Hand. »Was ist denn passiert? Ich hätte dich gleich danach fragen sollen. Tut mir leid.«

Frankie sah ihm ins Gesicht. Sie wusste, dass er sie aufrichtig gernhatte. Vielleicht liebte er sie sogar. Er liebte sie einfach nur eingeschränkt.

Liebte sie am meisten, wenn sie Hilfe brauchte.

Liebte sie am meisten, wenn *er* die Grenzen setzen und die Regeln aufstellen konnte.

Liebte sie am meisten, wenn sie kleiner und jünger war als er und keine gesellschaftliche Macht hatte. Wenn er sie wegen ihrer Jugend und ihres Charmes lieben und sie vor den größeren Problemen des Lebens beschützen konnte. »Ich habe mich verbrannt«, sagte sie.

»Wie das denn?«

»Kannst du es dir nicht denken?«

Er sah ihren in Eisbeutel gewickelten Arm lange an. »Nein, kann ich nicht. Sollte ich?«

Frankie holte tief Luft und sprach es aus: »Ich habe mich in den Dampftunneln verbrannt.«

»Was?«

»Du stehst hier und erzählst mir, dass Alpha in den Dampftunneln geschnappt worden ist, wo du selbst gestern den halben Tag in diesen Gängen verbracht hast, und du guckst dir meinen verbrannten Arm an und es kommt dir nicht einmal in den Sinn, dass ich vielleicht mit euch da drin gewesen sein könnte?«

Matthew ließ ihre Hand fallen. »Bist du uns gefolgt?«

»Nein.«

»Was dann?«

»Warum fällt es dir so schwer, mich wahrzunehmen, Matthew? Warum kommt es dir so unmöglich vor, dass ich euch da hingeschickt habe? Dass ich die E-Mails geschrieben habe?«

Er starrte sie wortlos an.

»Es ist nicht schwierig, sich eine E-Mail-Adresse zu

besorgen, mit der man sich für jemand anderen ausgeben kann«, erklärte sie. »Das kann jeder.«

»Aber warum solltest du das tun?«, flüsterte er.

»Ich habe nie gewollt, dass jemand von der Schule verwiesen wird, das musst du mir glauben. Ich wollte ...« Frankie suchte nach den richtigen Worten. »Ich wollte ... mich selbst beweisen. Ich wollte Dinge geschehen lassen, wollte zeigen, dass ich genauso schlau bin wie ihr alle oder sogar schlauer, während du mich immer nur für hinreißend hältst.«

Matthew schüttelte den Kopf.

»Ich wollte nicht ausgeschlossen werden«, fuhr sie fort. »Du und dein Klub. Du bist so ausgrenzend, Matthew, das hat mich wahnsinnig gemacht. Dass ich die ganze Zeit über deine Freundin war und du mir nie etwas erzählt hast, mir nie Zutritt gewährt hast. Als dächtest du, ich wäre es nicht wert.«

»Woher wusstest du von den Bassets?« Seine Stimme klang angespannt.

»Ich bin dir mal abends gefolgt. Ins Theater. Dazu braucht man nicht gerade Raumfahrtkenntnisse.«

Er schauderte. »Das ist doch verrückt.«

»Wieso, hätte ich dich einfach fragen sollen, ob du mich einlädst?«

»Vielleicht.«

»Mach dir doch nichts vor. Du hast mich ja noch nicht mal dieses blöde Porzellanhündchen in deinem Zimmer anfassen lassen. Da hättest du mir erst recht niemals alles erzählt, was da lief.«

»Elizabeth haben wir es auch erzählt.«

»Gerade mal so viel, dass sie hübsche Partyeinladungen für euch gebastelt hat! Nicht, damit sie wirklich mitmacht.«

»Wir haben es ihr aber erzählt. Und vielleicht hätte ich es dir auch erzählt.« Er ging in die Defensive.

»Hast du aber nicht, Matthew. Ich habe dir hundert Gelegenheiten gegeben, aber du hast es nie getan.« Frankie schluckte. »Ich wollte dir zeigen, wozu ich in der Lage bin. Und dafür gab es keinen anderen Weg. Ich hatte eigentlich gedacht, du wärst schon längst dahintergekommen. Was mich am traurigsten macht, ist, dass du es nie erraten hast.«

Sie hoffte, hoffte inständig, dass er sie *verstehen* würde. Dass er sie schätzen würde, so wie er Alpha schätzte. Ihre Intelligenz bewundern, ihren Ehrgeiz, ihren Weitblick. Dass er sie als seinesgleichen anerkennen würde oder sogar als ihm überlegen und sie für das lieben würde, wozu sie fähig war.

Sie hoffte, hoffte inständig, dass er erkennen würde, wie sehr sie ein Teil seiner Welt sein wollte, wie sehr sie die Tür aufstoßen wollte, die sie trennte, und wie sehr sie es verdiente, sie aufzustoßen.

»Das ist echt krank«, sagte Matthew schließlich.

Es stand zwischen ihnen.

Matthew wickelte einen Kaugummi aus und stopfte ihn brutal in den Mund, dann knüllte er das Papier zu einer winzigen Kugel zusammen. »Ich kann einfach nicht glauben, dass du mich dermaßen angelogen hast.«

»Du hast *mich* angelogen!«, rief Frankie.

»Hab ich nicht.«

»Du hast gelogen, wenn es darum ging, wo du hingingst, du hast gelogen, als es darum ging, ob du Porter kennst, du hast so getan, als hättest du nichts mit all dem zu tun, was passiert ist. Seit wir uns kennen, hast du mich an jedem einzelnen Tag angelogen.«

»Ich war loyal.« Matthew stand auf und ging ans andere Ende des Krankenzimmers. »Loyal einer Gruppe von Jungen gegenüber, die ich seit vier Jahren kenne, wenn nicht schon seit meiner Kindheit. Loyal einem Bund gegenüber, der seit über fünfzig Jahren existiert. Wem gegenüber hast du dich loyal verhalten, hm? Oder hast du Leute herumgeschubst, um dich selbst mächtig zu fühlen?«

»Ich ...«

»Und was hast du eigentlich gegen Alpha? Warum hast du ihn derart reingelegt, wo er mein bester Freund ist? Er fliegt deinetwegen von der Schule.«

»Das wollte ich nicht! Und es ist ja nicht so, als hätte er nichts damit zu tun gehabt. Er hat sich nie hingestellt und gesagt, dass er die E-Mails nicht geschrieben hat. Das hätte er jederzeit tun können. Und übrigens, es ist ja auch nicht so, als hättest *du* nichts damit zu tun«, rief Frankie. »Du hast den Guppy gestohlen. Du hast all diese Briefe bestempelt und BHs und Spielzeugbassets und Weihnachtsbeleuchtung gekauft. Ich weiß es. Warum stellst du dich nicht hin und sagst, welche Rolle du gespielt hast, wenn du dir solche Sorgen um Alpha machst?«

»Das würde ich ja«, brüllte Matthew. »Aber er will nicht, dass ich das tue, verdammt noch mal. Er ist derjenige mit der *Unrühmlichen Geschichte*, er ist derjenige, dessen Name auf den E-Mails steht, er ist derjenige, den Porter angeschwärzt hat. Zuzugeben, dass ich Mitglied des Ehrenwerten Ordens bin, wird rein gar nichts ändern, außer dass es meinen Vater einen Haufen Geld kostet. Es bringt nichts.«

Frankie hielt die Tränen zurück. »Ich wünschte, du würdest mich erklären lassen.«

»Ich denke, das hast du bereits getan.«

Er stand ganz am anderen Ende des Zimmers. Es kam ihr so unfair vor, dass Matthew einfach weggehen konnte, während sie geschwächt und nur halb bekleidet ans Bett gefesselt war.

»Du bist verrückt, weißt du das?«, fuhr Matthew fort, während er hin und her ging. »Was du getan hast, ist total psychopathisch.«

»Warum ist es psychopathisch, wenn ich es getan habe, und brillant, wenn Alpha es getan hat?«, beklagte sich Frankie. »Das ist dermaßen unfair. Du misst mit zweierlei Maß.«

»Er fliegt von der Schule! Du hast mich angelogen!« Matthew griff nach einer kleinen Metallschüssel, die auf dem Schreibtisch der Schulschwester stand, und warf sie gegen die Wand. Sie fiel klappernd zu Boden.

»Wirf nicht mit Sachen durch die Gegend!«, brüllte Frankie. »Du kannst hier nicht mit Sachen rumwerfen.«

»Du bringst mich dazu, mit Sachen werfen zu wollen!«, rief Matthew.

»Hör auf!« Sie sagte es, so bestimmt sie konnte.

Matthew ging weiter auf und ab, warf aber nichts mehr herunter.

Keiner von beiden sagte etwas.

»Ich verpfeife dich«, sagte Matthew schließlich. »Ich gehe jetzt sofort zu Richmond ins Büro.«

Er verschwand durch die Tür und knallte sie hinter sich zu.

»Knall hier nicht mit den Türen!«, rief Frankie. »Komm zurück!« Sie schwang die Beine aus dem Krankenbett und stolperte in dem Baumwollkittel, den die Schwester ihr gegeben hatte, zur Tür.

Sie würde ihn aufhalten.

Sie würde ihm alles erklären. Ihm klarmachen, dass er sie völlig falsch eingeschätzt hatte.

Aber als sie die Tür öffnete, hatte Matthew das Gebäude bereits verlassen.

Noch mal der Brief

Ms Jensson, die Lehrerin des Städte-Wahlfachs, hatte eine Kopie von Frankies Hausarbeit über die Aktivitäten des Suicide Club und der Cacophony Society zurückbehalten. Als Richmond den Lehrkörper und die Schüler aufforderte sich zu melden, wenn sie irgendwelche Beweise hätten, die Licht auf die jüngsten Ereignisse werfen könnten, lieferte sie sie ab. Der Aufsatz beinhaltete eine Reihe von Elementen, die man als den Keim der Projekte des Ehrenwerten Ordens identifizieren konnte, und Ms Jensson (die darauf bedacht war, sich von der Täterin zu distanzieren, um ihre neue Stelle nicht zu gefährden) machte hilfsbereit Notizen für den Schulleiter, so dass er keine der Verbindungen übersah.

Am Tag nachdem Matthew Frankie gemeldet hatte, rief Richmond sie in sein Büro und forderte ein schriftliches Geständnis. Daraufhin schrieb sie den Brief, an den ihr euch zweifellos noch vom Anfang dieser Chronik erinnert:

Ich, Frankie Landau-Banks, gestehe hiermit, dass ich allein hinter den Aktionen des Ehrenwerten Basset-Ordens stecke. Ich übernehme die volle Verantwortung für die Unruhe, die der

Orden verursacht hat – für den Bibliotheksbusen, die Wauwaus im Fenster, die Nacht der tausend Hunde, die Rebellion der eingemachten Roten Bete und die Guppy-Entführung.

Das heißt, ich habe die Anweisungen gegeben.

Ich und niemand sonst.

Egal was Porter Welsch Ihnen in seiner Erklärung mitgeteilt hat ...

Am selben Tag begann die Prüfungswoche und Frankie war dankbar dafür. Der Unterricht des ersten Schulhalbjahres war vorbei und der übliche Ablauf – Mahlzeiten, Sporttraining, Wohnheimschließzeiten – war auf Grund der Prüfungstermine verändert.

Mit einem Verband um den Arm und einem Rezept für Antibiotika in der Tasche gab Frankie den Brief in Richmonds Büro ab und stieg hinauf auf den Witwenausguck, um Zada anzurufen. Sie erzählte ihr alles.

»Senior wird ausrasten«, sagte Zada, nachdem sie sich angehört hatte, was Frankie zu sagen hatte.

»Ich weiß.«

»Warum wolltest du denn überhaupt Mitglied in diesem dämlichen Klub werden?«

»Ich weiß es nicht.«

»Ich glaube nicht, dass er sauer sein wird, weil du dort Mitglied werden wolltest«, sagte Zada. »Schließlich ist es sein Traum, dass du in seine Fußstapfen trittst. Aber er wird wütend sein, dass du die ganze Sache ans Licht gebracht und die *Unrühmliche Geschichte* verloren hast. Er wird denken, du hättest es an Respekt für seine heilige

Einrichtung vermissen lassen und der Geheimhaltung des Klubs geschadet.«

»Glaubst du, er wird mich aus der Schule nehmen – falls ich nicht sowieso fliege?«, fragte Frankie. »Dass er sich weigern wird, weiterhin dafür zu bezahlen?«

»Vielleicht. Aber willst du überhaupt weiter nach Alabaster gehen?«

Frankie wollte – und auch wieder nicht. Sie wollte die gute Bildung. Sie wollte die Macht, die ihre Stellung als Alabaster-Absolventin ihr verleihen würde. Sie wollte, dass sich die Türen öffneten, die Alabaster für sie öffnen konnte.

Sie war ein ehrgeiziger Mensch.

Aber gleichzeitig hasste sie das Internatspanopticon, die patriarchalische Einrichtung, das provinzielle, übermäßig privilegierte Leben. Und sie hasste den Gedanken an ein weiteres Halbjahr in Gesellschaft von Matthew und Alpha – nach allem, was passiert war. Ein Teil von ihr wünschte, Richmond würde sie wirklich der Schule verweisen, so wie er Alpha hatte rausschmeißen wollen; oder dass Senior sich weigern würde, weiter Schulgeld zu zahlen, und ihr so die Entscheidung abgenommen würde.

»Du kannst Ruth auf ihn ansetzen, wenn er versucht dich von der Schule zu nehmen«, fuhr Zada fort, als Frankie nicht antwortete. »Wenn sie ihn in die Mangel nimmt, lässt er dich sicher dort. Er kann ihr nichts abschlagen, wenn es drauf ankommt.«

»Ich weiß«, sagte Frankie.

»Häschen, brauchst du vielleicht ärztliche Behandlung?«, fragte Zada plötzlich.

»Was?«

»Ich meine nur, solltest du nicht vielleicht mal mit einem psychologischen Betreuer sprechen? Es hört sich so an, als wärst du irgendwie ... als wärst du geradezu besessen.«

»Ich glaube, das ist die Anstalt«, sagte Frankie.

»Ich spreche nicht von der Anstalt, sondern von einem psychologischen Betreuer.«

»Nein, ich meine, die Anstalt ist mein Problem«, sagte Frankie.

»Alabaster?«

»Ich habe versucht damit klarzukommen.«

»Häschen, unterhalte dich mal eine Stunde mit dem Betreuer. Ich helfe dir, mit Senior fertigzuwerden.«

»Ich habe jetzt eine Geometrieprüfung«, erklärte Frankie. »Ich muss Schluss machen.«

Vor dem Gründerhaus traf Frankie auf Porter. Er hatte auf sie gewartet. »Komm, wir gehen zusammen zu Geometrie«, sagte er und trat auf den Hof. »Bist du gut vorbereitet?«

Frankie schüttelte den Kopf. »Ich war im Krankenzimmer. Ich habe nicht besonders viel gelernt.«

Als sie das letzte Mal miteinander gesprochen hatten, hatte sie ihn im *Front Porch* angeschrien, aber jetzt verhielt Porter sich so, als dächte er überhaupt nicht mehr daran. »Ich wusste nicht, dass du das warst«, sagte er im

Gehen. »Als ich diese E-Mails abgeliefert habe, wusste ich nicht, dass du das warst.«

»Oh.«

»Ich dachte, es wäre Alpha. Ich weiß zwar, dass wir unsere Differenzen hatten und ich mich letztes Schuljahr wie ein Depp benommen habe, aber ich würde dich nicht einfach so bei Richmond anschwärzen. Ich hatte keine Ahnung. Ich hätte so ein schlechtes Gewissen, wenn du meinetwegen von der Schule fliegen würdest.«

Er hatte immer noch den Drang, sie zu beschützen – er, der ihr mehr Schaden zugefügt hatte als irgendwer sonst. »Warum hast du sie überhaupt abgeliefert?«, fragte Frankie. »Warst du nicht Mitglied des Ehrenwerten Ordens?«

Porter schüttelte den Kopf. »Eigentlich nicht«, sagte er.

»Wie meinst du das?«

»Ich war ein Spion.« Er sagte das mit einer Spur Stolz in der Stimme. »Als Richmond letzten März zugestimmt hat, dass Alpha für die zwölfte Klasse nach Alabaster zurückkehren könne, wusste er, dass er einen Unruhestifter aufnahm. Alpha hatte in seinen ersten beiden Jahren hier alle möglichen Regeln übertreten. Er wurde mit Alkohol erwischt. Und mit Zigaretten. Er hat sich vom Schulgelände geschlichen. Du weißt schon.«

»Ja, ich weiß.«

»Wie auch immer«, sagte Porter. »Richmond wollte Alpha die Chance geben, seinen Abschluss in Alabaster zu machen, aber er wollte auch jemand unter den Schülern haben, der im Auge behielt, was Alpha so trieb, weil

Alpha potenziell eine Menge Macht über die Jungs in der Zwölften ausübt.«

Frankie sah auf ihre Füße, mit denen sie in den dreckigen, festgetretenen Schnee auf dem straffreien Pfad quer über den Hof trat. »Warum solltest du so etwas tun?«

»Richmond war klar, dass ich in Bio durchfallen würde.«

»In Bio?« Das hatte Frankie nicht gewusst.

»Ich hatte mich zu Anfang des Schuljahres nicht besonders um meine Hausaufgaben gekümmert und konnte das nicht mehr aufholen. Puffert drohte damit, mich den Kurs wiederholen zu lassen, aber Richmond rief mich zu sich und erklärte mir, er könne das Problem beseitigen. Er wusste, dass ich Callum und Tristan vom Lacrosse her kannte, und fragte, ob ich, na ja, mich der Gruppe anschließen würde, weißt du? Und ihm berichten, wenn sich was Größeres zusammenbraute.«

»Richmond wusste über die Bassets Bescheid?«

»Nein. Der Typ hatte keine Ahnung, bis dieses Jahr all die Hunde auftauchten. Er hat mir nur gesagt, ich solle versuchen, Kontakt zu den Jungs aufzubauen, und die Augen offen halten. Ich wusste, das bedeutete, dass ich ein Basset werden musste, aber das schien mir nicht allzu schwierig.«

»Warum nicht?«

»Mein Vater war Mitglied und mein großer Bruder auch. Die ganze Sache. Ich bin ein Erbe. Deshalb war ich ziemlich sicher, dass ich auserwählt würde, wenn ich diese Typen nur dazu brachte, mich zu mögen.«

»Hast du nicht daran gedacht, wie sehr sich deine Familie darüber aufregen würde, dass du den Orden verrätst?«

Porter lachte bitter. »Doch, hab ich.«

»Also, wie konntest du das tun?«

»Das Letzte, was ich will, ist so zu werden wie mein Vater, Frankie.« Porter schüttelte den Kopf. »Oder wie mein Bruder. Das solltest du eigentlich noch wissen. Ich hasse alles, wofür sie stehen.«

»Also hast du Richmond zugesagt.«

Porter zuckte mit den Achseln. »Ja. Ich habe es mir gut überlegt. Ich will nicht sagen, dass es mir leichtgefallen wäre. Aber Richmond bewahrte mich davor, Bio wiederholen zu müssen, ich bekam eine Gelegenheit, meinem Vater eins auszuwischen, und außerdem war es eine Möglichkeit, um Tesorieri von seinem hohen Ross runterzuholen.«

»Mh-mhm.«

»Ich besorgte mir neue Klamotten, alberte in der Umkleidekabine mit ihnen herum, tauchte auf Partys auf, auch wenn ich nicht eingeladen war, bis ich schließlich – eingeladen wurde. Es war wirklich nicht schwer.«

»Und was hast du gegen Alpha?«, fragte Frankie.

»Er war in der Zehnten mit meiner Schwester Jeannie zusammen. Wusstest du das nicht?«

Nein, wusste sie nicht.

»Er hat ihr das Herz gebrochen. Hat eines Tages einfach aufgehört mit ihr zu reden. Keine Nachricht, keine offizielle Trennung. Sie ist schließlich in einer Riesendepression versunken und hat sich während des gesamten nächsten Sommers in ihrem Zimmer eingeschlossen, getrunken und The Smiths gehört. Sie war völlig fertig.«

»Oh.«

»Ja, meine Eltern mussten sie zum Psychologen schicken.« Porter nahm seinen Schal ab und faltete ihn im Gehen ordentlich zusammen. »Deshalb habe ich den Typen nie gemocht«, fuhr er fort. »Und im Orden, da war er auch immer so überzeugt von sich. Sicher, ich hab seine Ideen – na ja, es waren deine Ideen – bewundert, aber ich hasste es, dass er sich benahm, als gehörten wir ihm. Leitwolf. Es nervte einfach total.«

»Was ist mit Callum und Tristan? Hat es dir nichts ausgemacht, sie zu verraten?«

»Man kann gut mit ihnen Lacrosse spielen. Aber sie sind ... sie sind sehr elitär. Alte Schule. Ich bin ein Freak, Frankie. Sie sind nicht meine richtigen Freunde.«

»Matthew hat dich gezwungen, dich bei mir zu entschuldigen, stimmt's?«, vermutete Frankie.

»Das hätte ich sowieso getan.«

»Und er hat dich gezwungen, ihm einen Ausdruck zu geben.«

»Hm, ja, stimmt, hat er. Wusstest du das?«

Frankie nickte. »Ich hab ihn gefunden.«

»Er ist nicht alles das, was er zu sein vorgibt, Frankie. Ich habe versucht dich im *Front Porch* vor ihm zu warnen, damit du auf Distanz zu ihm gehst, aber ich konnte nicht mehr sagen, weil er ernsthaft wütend war, dass ich dich zum Essen eingeladen hatte, und dann noch wütender, als er gehört hat, wir hätten gestritten.«

»Echt?«

»Ja, wochenlang bekam ich alle paar Tage diese Nachrichten von Matthew, in denen er meine Loyalität in Frage stellte und mir sagte, ich hielte mich besser an den Ehrenkodex der Bassets, sonst würde ich meinen Platz verlieren. Deshalb konnte ich Richmond nichts melden oder irgendetwas anderes tun, als genau zu befolgen, was Alpha mir in den E-Mails auftrug – ansonsten hätten mich die Bassets rausgeworfen und die ganze Spionageaktion wäre umsonst gewesen.«

»Nur dass es nicht Alpha war, der die E-Mails geschrieben hat.«

»Nein.« Er sah sie an und zog seine Mütze weiter über die Ohren.

Sie standen jetzt vor dem Mathematikgebäude. Nach und nach trudelten die Schüler zur Prüfung ein, die um elf stattfinden sollte. »Wie auch immer«, sagte Porter. »Ich wollte nur sagen, dass ich nicht wusste, dass dich diese E-Mails belasten würden, die ich abgegeben habe. Es tut mir leid, dass du so viel Ärger deswegen hast.«

»Was macht es für einen Unterschied?«, fragte Frankie ihn.

»Wie meinst du das?«

»Was ist der Unterschied zwischen mir und Alpha? Warum würdest du ihn melden und mich nicht, wenn es deine Aufgabe war, die verantwortliche Person anzuzeigen?«

Porter runzelte nachdenklich die Stirn. »Ich schätze mal, ich bin dir gegenüber irgendwie loyal. Weil wir mal miteinander gegangen sind. Ich glaube, man hat immer noch eine Art Rest-Loyalität jemandem gegenüber, mit dem man mal gegangen ist.«

»Und Tristan gegenüber hast du keine Loyalität? Oder Callum?«

Er zuckte mit den Schultern. »Ich war nie so richtig dabei, weißt du? Ich habe nur so getan, als ob.«

Einen Moment lang wusste keiner von beiden, was er sagen sollte. Frankie schlurfte mit ihrem Stiefel über den Schnee.

»Warum hast du das alles getan, Frankie?«, fragte Porter. »Ich meine, es war brillant, zu was du uns gebracht hast – aber wozu das Ganze? Das ist mir nicht klar.«

Frankie seufzte. »Hast du schon mal was vom Panopticon gehört?«, fragte sie ihn.

Porter schüttelte den Kopf.

»Warst du schon mal verliebt?«

Er schüttelte erneut den Kopf.

»Dann kann ich's dir nicht erklären«, sagte Frankie.

Daraufhin gingen sie hinein und schrieben die Geometrieprüfung.

Noch eine E-Mail

In gewisser Weise können wir Frankie Landau-Banks als vernachlässigten Affirmativ verstehen. Ein vergrabenes Wort.

Ein Wort im Inneren eines anderen Wortes, dem die ganze Aufmerksamkeit zuteilwird.

Ein Geist in einem Körper, dem die ganze Aufmerksamkeit zuteilwird.

Frankies Geist ist ein übersehener Begriff, aber wenn er aufgedeckt wird – durch Einfallsreichtum, Fantasie oder Erinnerung –, birgt er eine Kraft, die komisch, überraschend und bemerkenswert ist.

Nun, genauso wie es stimmt, dass ein Schüler mit einem beachtlichen Familienvermögen im Hintergrund nicht so leicht eines Nobelinternats verwiesen wird wie ein Stipendiat, so stimmt es auch, dass ein hübsches Mädchen ohne Aktenvermerke über schlechtes Betragen ein milderes Urteil erwarten kann als ein Junge aus der zwölften Klasse, der schon häufiger Gast im Büro des Schulleiters war (sogar dann, wenn sie ein komplettes schriftliches Geständnis abgelegt hat).

Schulleiter Richmond und die Disziplinarkommission der Schule vereinbarten, sowohl Alpha als auch

Frankie auf Probe in Alabaster zu behalten. Sie informierten sie zwei Tage vor dem Ende der Halbjahresprüfungen darüber.

Und Frankie stellte fest, dass sie bleiben wollte.

Oder besser gesagt, sie beschloss zu bleiben, obwohl sie es gleichzeitig furchtbar fand. Auf lange Sicht war es wahrscheinlicher, durchs Dableiben dorthin zu gelangen, wo sie hinwollte. Wo immer das war. Wo immer das ist. Denn die Bildung und die Beziehungen und der Ruf von Alabaster waren die Mühe wert – auch wenn Frankie Matthew und seine Freunde für immer verloren hatte.

Weihnachtsferien. Chanukka. Ruth, der ganze Haufen abscheulicher Jungen, Zada, die mit einem Koffer voller Hippieklamotten und feministischer Literatur nach Hause kam. Ich will euch nicht mit Einzelheiten langweilen und nur sagen, dass Frankies Stellung bei Familientreffen sich ein bisschen verändert hatte.

Sie hatte alle überrascht.

Sie waren nicht sicher, wo genau sie jetzt hinpasste. Wenn sie nicht mehr Puschelhäschen war, wie endlich deutlich geworden war – wer war sie dann? Senior, der auf einen Besuch vorbeikam, konnte ihr nicht in die Augen sehen. Ruth drückte oft ihre Schultern, aber unterhielt sich selten mit ihr. Onkel Paul und Onkel Ben nahmen von ihren üblichen Fragen über Jungs und Schule Abstand und entschieden sich stattdessen für den Vorschlag, eine Partie Monopoly zu spielen, als sie zu einem Festessen vorbeikamen.

Frankie gewann mit Leichtigkeit gegen beide.

Am 22. Dezember, nach einem ausgiebigen Familienessen aus Latkes mit Apfelmus, dessen Krönung Paulie Junior lieferte, der eine Topfpflanze aus einem Fenster im ersten Stock warf und den kleinsten der abscheulichen Cousins dafür bezahlte, ohne Hemd einmal um den ganzen Block zu rennen, verschwand Frankie in ihrem Zimmer und öffnete den Laptop. Auf dem Bildschirm leuchtete das Symbol ihres E-Mail-Programms auf. Nachrichten: 1.

Seit Matthew sie gemeldet hatte, hatte sie an die Adresse *deralphahund@gmail.com* keine E-Mail mehr bekommen.

Von: Alessandro Tesorieri [at114@alabasteroberschule.edu]
An: deralphahund@gmail.com
Betreff: Ein Kompliment, ob Du's glaubst oder nicht
Ich habe oft daran gedacht, Dir zu schreiben – aber dann habe ich es gelassen.
Ich glaube eigentlich auch nicht, dass Du es verdienst.
Aber dann muss ich immer an Deine Arbeit denken.
An Deine Planungen und wie Du Dir Zugang zu den Gebäuden verschafft hast und an die Briefe und E-Mails.
Sogar ans Einkaufen.
Dass Du all diese Hunde dazu gebracht hast, zu tun, was Du wolltest.
Ich muss daran denken, dass Du Matthew und alle – sogar die ganze Schule – dazu gebracht hast, mich für ein Genie zu halten.
Dass ich der Typ war, der ich gerne wäre. Der Typ, der ich in

Wirklichkeit nicht bin. Der Typ, der die Hahnenkämpfe und die Beschleunigungsrennen organisiert.
Wahnsinn, was Dich das an Zeit gekostet haben muss.
Psychopathisch, wahrscheinlich.
Ich habe die Lorbeeren für alles eingeheimst, stimmt. Weil es alles verdammt brillant war und ich manchmal ein brillanter Typ bin, aber mich nicht immer dementsprechend verhalte.
Ich verhalte mich wirklich nicht so.
Es wird mir leidtun, Dir das geschickt zu haben. Es ist spät und ich habe getrunken. Meine Mutter ist total durchgeknallt. Sie will, dass wir nach Kalifornien ziehen, damit sie versuchen kann Karriere im Fernsehen zu machen.
Die Frau ist dreiundvierzig.
Es ist nicht so, dass ich jetzt mit Dir befreundet sein wollte, Frankie. Sprich nicht mal mit mir, ich kann mich echt nicht mit Dir befassen. Ich schreibe nur, um Dir zu sagen, dass ich Dich unterschätzt habe. Ich habe Dich gehörig unterschätzt.
Ehrlich gesagt glaube ich nicht, dass es möglich ist, Dich zu *über*schätzen.
Obwohl Du kein netter Mensch bist.
Alpha

Frankies Herz machte beim Lesen des Briefes einen Satz. Siegreich und hoffnungsvoll.

    Sie hatte Alpha beeindruckt.

    Seine Bewunderung gewonnen.

    War es das, worauf sie es in Wirklichkeit die ganze Zeit abgesehen hatte?

    Einen kurzen Augenblick lang dachte sie daran, zurückzuschreiben. Vielleicht konnten sie Freunde sein, trotz allem, was er gesagt hatte und was geschehen war. Vielleicht sogar mehr. Sie und er ähnelten sich in so vielerlei Hinsicht. Und jetzt hatte er sich endlich in ihr wiedererkannt, oder sie in ihm.

War es nicht so?

Aber sie wollte mehr als Alpha. Jawohl. Viel mehr.

Deshalb antwortete sie nicht, sondern ging strategisch vor. Sie bewahrte größere Macht, wenn sie eine Antwort zurückhielt.

Nach dem Herbst der Frühling

Als Frankie zu Beginn des zweiten Halbjahres nach Alabaster zurückkehrte, war sie eine Art Berühmtheit. Star und Claudia mieden sie, weil sie Alpha und seine Clique in Schwierigkeiten gebracht hatte, und auch Elizabeth und viele andere Zwölftklässler schnitten sie. Trish dagegen stand ihr treu zur Seite. Die Leute aus dem Debattierklub und der Rest der Allianz der Freak-Klubs behandelten sie wie eine Legende und luden sie an ihre Tische in der Schulmensa ein. Aus der Schülermitverwaltung kam überraschendes Interesse daran, mit ihr über Strategien sozialer Veränderung zu diskutieren, und die AVT-Jungs ließen sich inspirieren und schlichen sich regelmäßig um Mitternacht in das neue Theater (schließlich hatten sie die Schlüssel) und zeigten Filme für ihre Freunde.

Frankie wusste die Anerkennung und die Zurückweisung gleichermaßen zu schätzen, weil beides bedeutete, dass sie Eindruck hinterlassen hatte. Sie war weniger jemand, der unbedingt gemocht werden wollte, als vielmehr jemand, der bekannt sein wollte.

Als Bedingung für ihre Rückkehr nach Alabaster bestanden Ruth und Zada darauf, dass sie mit dem psychologischen Betreuer sprach. Also absolvierte sie wöchentliche Sitzungen mit dem Schulpsychologen, um ihre »Aggressionen« zu erforschen und daran zu arbeiten, ihre Impulse in Tätigkeiten zu kanalisieren, die gesellschaftlich anerkannt waren. Der Betreuer schlug Mannschaftssport als positives Ventil vor und drängte Frankie, sich der Mädchenhockeymannschaft anzuschließen.

Das war keine produktive Lösung.

Es war die Mädchenmannschaft.

Jungen spielten noch nicht mal Hockey.

Jungen hielten nichts von Hockey.

Frankie hatte kein Interesse daran, eine Sportart auszuüben, die von der mächtigeren Hälfte der Bevölkerung als nichts eingestuft wurde.

Der Betreuer schlug ihr auch vor zu meditieren. Jeden Tag ein bisschen Zeit zu finden, um sich darauf zu konzentrieren, tief durchzuatmen und das Leben so zu akzeptieren, wie es war.

Das war auch keine produktive Lösung.

Frankie akzeptierte das Leben nicht, wie es war. Das war ein grundlegender Charakterzug an ihr. Das Leben, wie es war, war für sie nicht akzeptabel. Wenn sie sich entspannte – würde sie dann nicht gehorsam werden? Würde sie dann nicht auf dem hübsch gepflasterten Weg, der sich vor ihr erstreckte, bleiben?

Die Therapie brachte ihr nicht viel.

Frankie Landau-Banks ist eine, die nicht gerne auf den vorgeschriebenen Wegen bleibt.

Sie könnte unter Umständen wirklich verrück werden, wie es vielen derjenigen passiert, die Regeln übertreten. Nicht die Leute, die zwar Rebellion spielen, aber in Wirklichkeit nur ihre bereits vorherrschende Stellung in der Gesellschaft festigen – wie Matthew und die meisten anderen Bassets –, sondern die, die größere Taten angehen, die die soziale Ordnung stören. Die versuchen Türen aufzustoßen, die ihnen normalerweise verschlossen sind. Diese Leute werden manchmal verrückt, weil die Welt ihnen sagt, sie dürften nicht wollen, was sie wollen. Es kann einem gesünder vorkommen aufzugeben – aber dann wird man nur vom Aufgeben verrückt.

Positiv betrachtet hat Frankie ein leichteres Leben als viele Leute mit ähnlicher Energie, einem ähnlichen Geist, ähnlichem Ehrgeiz. Sie ist hübsch und erhält eine gute Bildung. Ihre Familie hat einen ganzen Haufen Geld, wenn auch nicht so viel wie andere. Viele Türen werden sich ihr leicht öffnen und es kann sein, dass es ihr ohne allzu viel Leid oder Auseinandersetzungen gelingt, die zu öffnen, die sie möchte.

Und daher besteht auch die Möglichkeit – die Möglichkeit, mit der ich rechne –, dass Frankie Landau-Banks die Türen öffnen wird, die sie durchschreiten will.

Und wenn sie erwachsen ist, wird sie die Welt verändern.

Wir verabschieden uns von Frankie am Ende ihres zehnten Schuljahres. Äußerlich wirkt es, als liefen die Dinge gut für sie. Sie benimmt sich so, wie alle es von ihr erwarten. Aber die Verbrennung an ihrem Arm hat eine schlimme Narbe vom Ellbogen bis zu ihrem Handgelenk hinterlassen und auch bei warmem Wetter trägt sie lange Ärmel, um die Entstellung vor neugierigen Blicken zu verbergen.

Sie macht immer noch Modern Dance, debattiert immer noch, teilt sich immer noch das Zimmer mit Trish, die beschlossen hat Frankies Verhalten während des schmachvollen Herbstes auf »Stress wegen einer schlechten Beziehung« zurückzuführen.

Frankie ist dankbar eine so treue Freundin zu haben, aber es entgeht ihrer Aufmerksamkeit nicht, dass eine Bedingung dieser Treue Trishs Mangel an Verständnis ist. Könnte Trish nachvollziehen, wie Frankie denkt und welche Themen sie beschäftigen, wenn sie scheinbar ruhig ihre Hausaufgaben macht – Frankies Zorn und Rastlosigkeit –, würde sie sich zurückziehen. Für Trish ist Frankie immer noch ein gewöhnliches Mädchen, das zu Hause Wüstenspringmäuse in einem Käfig hält, nur dass sie jetzt wegen der zweiten schlechten Erfahrung mit einem Jungen kurz hintereinander melancholischer ist und ein bisschen Aufmunterung nötig hat.

Da sitzt Frankie nun in der warmen Frühlingsluft mit dem Laptop auf einer Bank vor der Bibliothek. Es ist Samstag. Die meisten Schüler sind mit einem der Alabaster-Busse in die Stadt gefahren und der Campus ist weitgehend verlassen. Trish spielt mit Artie Golf.

Matthew, Dean und Callum kommen aus Hazelton gestürmt und schießen die Treppe hinunter, dann stehen sie ungefähr drei Meter von Frankie entfernt herum und unterhalten sich.

Sie sagen nicht Hallo.

Sie scheinen sie noch nicht einmal wahrzunehmen.

»Dieses Jahr interessiert mich das Rudern echt gar nicht wenig«, sagt Callum.

»Es interessiert dich *wenig*!«, sagt Matthew und pikst ihn. »Wenn es dich *gar nicht* wenig interessiert, bedeutet das, es interessiert dich ziemlich stark. Es muss heißen: Es interessiert mich *wenig*.«

»Mann, Rüde, ich weiß. Das hast du mir schon gesagt. Es interessiert mich einfach nicht.«

Matthew lacht. »Aber du weißt, dass das Nägel sind, die über die Tafel in meinem Gehirn kratzen. Kannst du es nicht mir zuliebe richtig sagen?«

»Rüde«, witzelt Callum, »ich werd mich mitten in der Nacht in dein Gehirn da schleichen und ein Massaker an deinem inneren Korrekturleser verüben. Kein Wunder, dass du keine Freundin hast.«

»Schon wieder!«, ruft Matthew kichernd und stößt Callum mit der Schulter an.

»Was?«

»Du kannst kein Massaker an ihm verüben! *Massaker* bezieht sich auf das Abschlachten vieler Menschen«, erklärt Matthew. »Du kannst ihn ermorden. Oder umbringen. Weil es nur einer ist.«

Callum lächelt. »Mann, Rüde, es ist ja wohl für jeden offensichtlich, dass du viele, viele Korrekturleser da drin hast.«

»Eins zu null für dich.«

Dean wirft ein: »Habt ihr Lust, heute Nacht Golf zu spielen?«

»Na, klar«, sagt Matthew. »Ich sag's den anderen.« Eine Pause. »Das heißt, ich und meine Korrekturleser.«

Frankie lacht beinahe laut auf, aber sie weiß, dass sie eigentlich nicht zuhören soll.

Und natürlich spielt niemand nachts Golf, nicht ohne Infrarotbrillen.

Sie machen eine Party.

Plötzlich ist Frankies Schutzschild verschwunden und sie ist auf niemanden mehr wegen irgendetwas wütend. Wenn sie Matthew anguckt, sieht sie nichts weiter als einen gut aussehenden Jungen, der sie mal hinreißend fand. Einen Jungen, der Spaß an Wörtern hat, der sie zum Lachen bringt. Sie sieht sein vielsagendes Lächeln, seine breiten Schultern und die ersten Sommersprossen auf seiner Nase. Sein Superman-T-Shirt existiert noch unten in Frankies Schublade und alles, was sie sieht, ist ein Junge, dessen Welt von Abenteuer und Selbstvertrauen und Humor und Freundschaft erhellt wird. Eine Welt, in der sie früher – beinahe – willkommen war.

Frankie möchte zu der Party auf dem Golfplatz gehen. Sie bedauert alles. Sie wünschte, sie hätte sich nie bei den Bassets eingeschmuggelt. Sie wünschte, sie wäre eine andere Art Mädchen. Einfach, süß, unehrgeizig.

Vielleicht könnte sie dieses Mädchen sein. Vielleicht besteht die Möglichkeit.

»Matthew«, ruft Frankie, als er sich von ihr entfernt. Daran, wie sich sein Rücken verkrampft, erkennt sie, dass er sie gehört hat. Aber er reagiert nicht.

»Matthew!«, ruft sie noch mal. »Hey, hör mal!«

Er dreht sich um.

Ob er sie immer noch hübsch findet?

Ob er sich noch daran erinnert, wie es sich anfühlte, wenn sie sich auf seinem schmalen Wohnheimbett geküsst haben? Wenn sie im Dunkeln Händchen hielten?

Matthew ist charmant. Er ist gut erzogen. Adel verpflichtet. Obwohl er Frankie seit jenem Tag, als er aus dem Krankenzimmer gestürmt ist, nicht mehr in die Augen geblickt hat, tut er das jetzt, als sie ihn angesprochen hat. Er verzieht angewidert das Gesicht, nur einen Augenblick lang, bevor er diesen Impuls unterdrückt. »Ja?«

»Ich hab da noch dieses T-Shirt, das ich dir zurückgeben sollte«, erklärt Frankie.

Wird er sich das T-Shirt holen kommen? Wird er jetzt mit in ihr Zimmer kommen, wo sie allein sein werden, und alles Schlechte wird einfach weggeschwemmt?

»Ich kann mich nicht erinnern«, sagt er und klingt gleichgültig.

Aber natürlich erinnert er sich. Frankie kennt dieses Spiel.

»Superman«, sagt sie. »Das Superman-T-Shirt.«

»Ach so, das hab ich ganz vergessen.« Er lacht leise. Falsch. »Du kannst es behalten«, sagt er. »Ich nehme meine Geschenke nie zurück.«

Matthew überlässt Frankie lieber das T-Shirt, als sich

auch nur eine Sekunde länger mit ihr abzugeben. So sehr hasst er sie.

Er dreht sich um und die Hunde folgen ihm.

Frankie kämpft mit den Tränen. Sie will das T-Shirt sowieso nicht mehr.

Als die Bassets über den Rasen davongehen, ruft sich Frankie ins Gedächtnis, warum sie Matthew nicht mehr will. Ihn sowieso nicht mehr will.

Es ist besser, allein zu sein, als mit jemandem zusammen, der nicht wahrnimmt, wer du bist, findet sie. Es ist besser zu führen, als zu folgen. Es ist besser, seine Meinung zu sagen, als zu schweigen. Es ist besser, Türen zu öffnen, als sie anderen Leuten vor der Nase zuzuschlagen.

Sie wird nicht einfach und süß sein. Sie wird nicht das sein, was andere ihr einreden wollen. Puschelhäschen gibt es nicht mehr.

Sie sieht zu, wie die Jungen in unterschiedliche Richtungen davongehen und um die Ecken und in den Gebäuden von Alabaster verschwinden.

Ihr ist nicht mehr nach Weinen zu Mute.

Einige Bemerkungen zum Text, ausserdem eine herzliche Danksagung

$\mathcal{M}$ein Wissen über Internate, Jungenklubs, Streiche, interventionistische Kunst, Stadterkundung und so weiter verdanke ich einer Reihe von Büchern. Insbesondere habe ich genutzt: *Fugitives and Refugees: A Walk in Portland, Oregon* (»Flüchtige und Flüchtlinge: Ein Spaziergang durch Portland, Oregon«) von Chuck Palahniuk; *The Interventionists: Users' Manual for the Creative Disruption of Everyday Life* (»Die Interventionisten. Handbuch für die kreative Störung des Alltags«), herausgegeben von Nato Thompson und Gregory Sholette; *Preparing for Power: America's Elite Boarding Schools* (»Vorbereitung auf die Macht. Amerikas Eliteinternate«) von Peter W. Cookson jr. und Caroline Hodges Persell; *If at All Possible, Involve a Cow: The Book of College Pranks* (»Wenn irgend möglich, bring eine Kuh ins Spiel. Das Buch der Collegestreiche«) von Neil Steinberg; *Prank University: The Ultimate Guide to College's Greatest Tradition* (»Die Universität der Streiche. Die ultimative Einführung in die großartigste Collegetradition«) von John Austin; *Alter Adel rostet nicht* und die Geschichten aus dem Drones Club von P. G. Wodehouse; *Wiedersehen mit Brideshead* von Evelyn Waugh; und *Der Selbstmörderklub* von Robert Louis Stevenson.

Ich habe auf Internetseiten wie santarchy.com, museumofhoaxes.com, actionsquad.org, la.cacophony.org, bridesofmarch.org und vielen anderen, die sich mit Stadterkundung oder Collegestreichen beschäftigen, recherchiert.

Das Material in Frankies Hausarbeit über den Suicide Club bzw. die Cacophony Society beruht auf Tatsachen, genau wie das Material über das Panopticon, dessen theoretische Interpretation sich sehr frei an *Überwachen und Strafen. Die Geburt des Gefängnisses* von Michel Foucault orientiert. Der Diebstahl des Guppys basiert auf dem Diebstahl des Heiligen Kabeljaus von Massachusetts, der 1933 von Harvard-Studenten verübt wurde. Es ist einer der berühmtesten Collegestreiche aller Zeiten. Alle Fehler im Zusammenhang mit diesen verrückten Themen sind allein mir zuzuschreiben.

Die Informationen über Geheimbünde sind komplett erfunden – und vermutlich falsch.

Zu dem Gemüsebasset hat mich mein Freund Paul Zelinsky inspiriert, der einmal Rapunzel aus Käse gemacht hat.

Mein Dank geht an Donna Bray für ihre große Nachsicht und ihren verlegerischen Weitblick. Und für ihren Glauben daran, dass ich aus einem Vorschlag, der nichts weiter umfasste als zwei Absätze Unsinn, eine anständige Geschichte machen würde. Alle bei Hyperion waren ein großartiger Rückhalt und herrlich kreativ, insbesondere Emily Schultz, Elizabeth Clark, Jennifer Zatorski, Scottie Bowditch und Angus Killick. Meine Agentin Elizabeth Kaplan ist unentbehrlich. Ich bin ihr so dankbar für ihre Hilfe.

Mein Dank geht auch an Ben Fine für seine Internatsgeschichten und an meine Freunde vom Vassar College, die Mitternachtspartys auf dem Golfplatz veranstaltet haben. Mein Mann hat mir erlaubt, ein paar seiner Witze zu klauen, und einen ersten Entwurf des Romans gelesen.

Justine Larbalestier, Maryrose Wood, Lauren Myracle und Sarah Mlynowski haben sich so breit über mein Autorenfoto ausgelassen, dass ich das Gefühl hatte, wir wären auf einer Pyjamaparty, und haben mich dann dazu gebracht, ein neues machen zu lassen, diesmal mit Make-up – danke euch allen.

Heather Weston (heatherweston.com) hat unendlich viele Fotos gemacht und mir nur ein Achtel dessen berechnet, was sie wert sind.

Sarah Mlynowski hat das Manuskript gelesen, als das Buch in halb fertigem, schrecklichem Zustand war, und mir enorm geholfen. Auch den Mitgliedern meiner Newsgroup von Jugendbuchautoren bin ich dankbar für ihre Meinungen zum Titel und ganz allgemein für ihre Unterstützung. Danke auch an meine Autorenkollegen Scott Westerfeld, Maureen Johnson und John Green dafür, dass sie mich davor bewahrt haben, mich während der Überarbeitung einsam zu fühlen, und dafür, langweilige Fragen zu beantworten, wann immer ich sie gestellt habe, wie zum Beispiel: »Wie heißt dieses Computerspiel mit dem gelben Punktding, das immer diese

Kugeln fressen muss?« (Pac-Man) oder »Welches ist diese Band, die man hört, wenn man total deprimiert ist?« (The Smiths).

*Wem dieses Buch gefallen hat, der kann es
unter www.carlsen.de weiterempfehlen und mit etwas
Glück ein Buchpaket gewinnen.*

Ich bin eine Kriegerin

Tanya Landman
Apache
272 Seiten
Gebunden mit Schutzumschlag
ISBN 978-3-551-58212-6

„Wir befanden uns tief im Land unserer Feinde. Sie hatten unsere Pferde gestohlen, unsere Waffen, unser Essen. Wenn sie noch einmal angriffen, hatten wir keine Hoffnung zu überleben. Aber eines Tages würden wir Rache nehmen. Und wenn dieser Tag gekommen war, so schwor ich, würde ich dabei sein."

Siki ist vierzehn, als ihr kleiner Bruder bei einem Massaker getötet wird. Voller Trauer und Zorn entscheidet sie sich für einen ungewöhnlichen Weg: Sie will eine Kriegerin werden. Zusammen mit den Männern des Stammes wird sie Vergeltung üben für das Unrecht, das den Apachen angetan wurde.

www.carlsen.de